新视野
学术论著丛刊

敦煌
变文叙事研究

程 洁 著

中国书籍出版社
China Book Press

图书在版编目（CIP）数据

敦煌变文叙事研究 / 程洁著. —— 北京：中国书籍出版社，2021.1
　ISBN 978-7-5068-8257-6

　Ⅰ.①敦… Ⅱ.①程… Ⅲ.①敦煌学 – 变文 – 文学研究 Ⅳ.① I207.62

中国版本图书馆 CIP 数据核字 (2020) 第 260629 号

敦煌变文叙事研究
程　洁　著

图书策划	尹　浩　李若冰
责任编辑	李　新
责任印制	孙马飞　马　芝
封面设计	闫江文化
出版发行	中国书籍出版社
地　　址	北京市丰台区三路居路 97 号（邮编：100073）
电　　话	（010）52257143（总编室）　（010）52257140（发行部）
电子邮箱	eo@chinabp.com.cn
经　　销	全国新华书店
印　　刷	北京厚诚则铭印刷科技有限公司
开　　本	710 毫米 ×1000 毫米　1/16
字　　数	235 千字
印　　张	18.875
版　　次	2022 年 6 月第 1 版　2022 年 6 月第 1 次印刷
书　　号	ISBN 978-7-5068-8257-6
定　　价	60.00 元

版权所有　翻印必究

目 录

引 论 …………………………………………………………… 1

第一章　敦煌变文的叙事逻辑 ………………………………… 12
　　第一节　复仇观影响下的故事逻辑序列 ………………… 14
　　第二节　历史观影响下的故事逻辑序列 ………………… 18
　　第三节　因果报应观影响下的故事逻辑序列 …………… 24

第二章　敦煌变文丰富多彩的叙事时空 ……………………… 31
　　第一节　超现实的叙事时空 ……………………………… 32
　　第二节　敦煌变文的叙事时序 …………………………… 39

第三章　敦煌变文流动变化的叙事视角 ……………………… 46
　　第一节　第三人称的全知叙事视角 ……………………… 47
　　第二节　视角的切换与流动 ……………………………… 56

第四章　敦煌变文的叙事语言艺术 …………………………… 66
　　第一节　散体语言的艺术 ………………………………… 66

第二节　韵语的艺术……………………………………… 74
　　第三节　敦煌变文韵散结合的叙事语言艺术…………… 79

第五章　敦煌变文的叙事形态……………………………………… 84
　　第一节　敦煌变文说唱间行、说唱交替的叙事方式…… 85
　　第二节　敦煌变文图文结合的叙事方式………………… 92

第六章　敦煌变文叙事结构中的"结构之道"与"结构之计"… 101
　　第一节　叙事结构概述……………………………………… 101
　　第二节　中国传统文化中"结构之道"与"结构之计"的
　　　　　　双构性思维…………………………………………… 103
　　第三节　敦煌变文中"结构之道"的统摄作用…………… 106
　　第四节　敦煌变文"结构之计"的叙事模式……………… 111

第七章　敦煌变文的程式化叙事…………………………………… 131
　　第一节　敦煌变文程式概念的渊源及界定……………… 132
　　第二节　敦煌变文中时间的程式化……………………… 136
　　第三节　敦煌变文中情感的程式化……………………… 149
　　第四节　敦煌变文中套语的程式化……………………… 170
　　第五节　敦煌变文中情节建构的程式化………………… 209
　　第六节　敦煌变文中程式的意义………………………… 234

目录

第八章 敦煌变文叙事对后世中国文学的影响 ……………… 242

第一节 观念、主旨的传承 ………………………………… 246

第二节 押座文之于话本入话、得胜头回、杂剧楔子、
　　　　传奇家门 ………………………………………… 253

第三节 韵散相间、说唱间行之于小说、戏曲 …………… 257

第四节 套语之于后世小说 ………………………………… 263

第五节 情节、结构之于后世小说 ………………………… 270

第六节 程式化描写之于后世小说 ………………………… 274

第七节 故事母题的传承 …………………………………… 280

结　语 ……………………………………………………………… 287

参考文献 ………………………………………………………… 291

引　论

二十世纪初，尘封已久的敦煌藏经洞被打开，几近五万卷的敦煌遗书被发现，震动了海内外的学术界，并引起了众多学者的广泛关注与研究，学者们从不同的角度对敦煌出土资料进行了深入细致的分析，取得了很多成果，从而在世界上兴起了一门国际性的显学——"敦煌学"。陈寅恪先生1930年在为《敦煌劫余录》一书作序中首提"敦煌学"这一概念，"敦煌学者，今日世界学术之新潮流也。自发见以来，二十余年间，东起日本，西迄法英，诸国学人，各就其治学范围，先后咸有所贡献"[1]，第一次使用了敦煌学这一名称。"敦煌学"所涉及的范围异常广泛，大凡中古时代的宗教、文化、政治、艺术、历史、地理、语言文字、文学、哲学、科技、经济建筑、各族关系、中西交通等各门学科都有所涉及，因此，对敦煌资料的研究，为中国文化史起到了一个巨大的推动作用，在此，许多重要的问题得以解决，许多文化渊源得以溯源探寻，因此，有人喻之为"学术的海洋"，是我国中古时期社会经济和意识形态的"百科全书"。

在众多的敦煌资料中，敦煌遗书是其中的一个重要分支，而其中的敦煌变文又是敦煌遗书中说唱文学的主要形式，它是在汉魏六朝杂赋、小说、乐府等中国传统文学的基础上发展起来的一种新文学样式，是唐代寺院俗讲的底本，说的过程中结合唱词和图画，有着重要的文

---

[1]　陈垣. 敦煌劫余录. 北京：中央研究院历史语言研究所，1991. 绪论P1

学价值。郑振铎曾在《中国俗文学史》中对敦煌变文给予了很高的评价：

> 在敦煌所发现的许多重要的中国文书里，最重要的要算是"变文"了。在"变文"没有发现以前，我们简直不知道："平话"怎么会突然在宋代产生出来？"诸宫调"的来历是怎样的？盛行于明清二代的宝卷、弹词及鼓词，到底是近代的产物呢？还是"古已有之"的？许多文学史上的重要问题，都成为疑案而难于有确定的回答。但自从三十年前石坦因把敦煌宝库打开而发现了变文的一种文体之后，一切的疑问，我们才渐渐的可以得到解决了。我们才在古代文学与近代文学之间得到了一个连锁。我们才知道宋、元话本和六朝小说及唐代传奇之间并没有什么因果联系。我们才明白许多千余年来支配着民间思想的宝卷、鼓词、弹词一类的读物，其来历原来是这样的。这个发现使我们对于中国文学史的探讨，面目为之一新。[1]

在这里，郑先生就以"宣言式"的口吻阐发了敦煌发现变文对于中国文学史的巨大意义，于此可见，敦煌变文可以说是通俗文学中的重要一页，敦煌变文确立的说唱文学这样一种崭新的文学样式，在中国小说史上具有里程碑的意义。

一、敦煌变文研究的主要成就

敦煌变文的发现，受到国内外众多学者的广泛关注，学者们分别

---

[1] 郑振铎．中国俗文学史．北京：中国文联出版社，2009:114

引 论

从不同的方面对敦煌变文进行全方位的关照，并做了大量整理与研究工作，取得了丰硕的研究成果，主要集中在以下方面：（1）汇辑、整理、注释和校勘；（2）变文文体的研究；（3）文学史中地位及影响的研究；（4）具体作品的研究；（5）对变文进行叙事学的研究。本书旨在沿着前人研究的道路，从叙事学的角度对敦煌变文进行整体关照，力求在前人研究基础上有所新见。

前贤对敦煌变文进行叙事学研究的成果有很多，但大多都是选取某一个角度对敦煌变文进行叙事研究，无法宏观地了解敦煌变文的整体叙事风貌。因此，从总体上对敦煌变文进行叙事学的研究尚有很大的探讨空间。就现在所搜集到的资料来看，有人曾经对敦煌变文的叙事形式、叙事体制等进行过深入探讨，如俞晓红《敦煌变文叙事形式叙略》，论文从四个方面入手，从韵散结合的角度探讨敦煌变文的叙事体制，认为散文部分和韵文部分有着不同的形式特征，分别承担着不同的叙事功能，作者对散文部分和韵文部分的基本句式及其特点做出探讨，进而论述韵散相间形式的基本功能以及全韵篇目的形式特点与功能，全方位论说敦煌变文韵散结合的叙事形式。

俞晓红的另一篇文章《论敦煌变文叙事体制的渊源与演变》，从韵散结合叙事形式的角度，探讨敦煌变文叙事体制的源流与流变问题。作者认为敦煌变文韵文的引导方式有三种，但不论是何种方式，它的根源都在于汉译佛典中所使用的叙事体制，可以说，敦煌变文的叙事体制直接沿袭和传承了汉译佛典中所使用的叙事体制。这两篇论文都从韵散结合的角度探讨了敦煌变文的叙事体制，为我们进一步对变文进行叙事学的研究提供了宝贵借鉴，但文章均没有涉及敦煌变文的叙事逻辑、叙事时空、叙事视角等问题，本书将从更为宏观的角度入手，对敦煌变文进行深入的叙事学研究。另外，将敦煌变文叙事体制的溯源完全归结为汉译佛典的叙事体制传承与沿袭，不包括中国文学传统、文化传统的影响因素，这种观点也是值得商榷的。

从叙事学角度对敦煌变文进行关照的单篇论文，还有白润的《唐代变文叙事学理论——兼论变文的小说史意义》，这篇论文认为敦煌变文是中国古代文言小说和近代白话文小说互相连接的桥梁，并用叙事学的方法考察了《目连救母变文》《伍子胥变文》《韩朋赋》和《秋胡变文》等四篇变文，以此作为论据论说变文的小说史意义。单芳的《论敦煌说唱文学的叙事艺术》一文，则主要论述作为说唱文学先驱的敦煌变文在说唱时所使用的夸张渲染、想象虚构和铺陈敷衍的艺术手法，使我们更进一步了解敦煌变文的叙事艺术。此外，闫春娟于 2008 年 6 月完成的硕士学位论文《敦煌讲史变文叙事艺术再探》，主要从敦煌讲史变文对诗骚传统、唐前史传叙事艺术的继承和民间口头表演叙事艺术三个方面论说敦煌讲史变文的叙事艺术，全方位地展示了敦煌讲史变文的整体叙事情况。

这些论文都为我们进一步从叙事学的角度研究敦煌变文提供了借鉴，但也没有从宏观的角度对敦煌变文进行叙事学的研究，他们或站在小说史意义的角度，或站在叙事艺术的角度，或单纯地研究变文中讲史变文这一分支，都无法从宏观的角度展示敦煌变文的整体叙事风貌。因此，从总体上对敦煌变文进行叙事学的研究尚有很大的探讨空间。

本书研究的目的在于沿着前人的研究道路，对敦煌变文进行叙事学的整体关照，通过运用叙事学理论对变文文本进行细致分析，展现敦煌变文的叙事逻辑、叙事时空、叙事视角、叙事语言艺术、叙事结构形态、程式化叙事等整体风貌，并指出各个方面所展现出来的特点，以便从整体上把握敦煌变文的叙事手法。

本书的理论意义，首先在于敦煌变文是中国古代小说发展过程中的一个重要环节，文本中所展现出来的独特叙事方式，在古代叙事文学发展过程中具有里程碑式的意义。所以，对敦煌变文进行叙事学的研究，有助于中国叙事理论体系的构建。

其次，敦煌变文作为唐代民间说唱文学的独特形式，在中国文学史上有着承前启后的作用，是在汉魏六朝杂赋、小说、乐府等中国传统文学基础上发展起来的，并且具有极强的民间叙事特色，形成一种独特的叙事样式，在很大程度上影响以后的众多文学样式，诸如宋话本、明"三言""二拍"，以及明清以来的弹词、宝卷、鼓词。可以说，通过研究敦煌变文的叙事，有助于我们更好地理解后世小说的叙事形态，也能够为我们勾勒出一条中国古代叙事文学发展的清晰轨迹。

最后，敦煌变文作为一种说唱文学，是中国古代人民大众的第一次文化，对于敦煌变文进行叙事学分析，不仅有助于理解我国唐五代时期说唱文学的叙事风貌，还可以更好地理解唐五代时期大众的审美习惯与欣赏口味。敦煌变文叙事学研究过程中所传达出的伦理道德判断，也代表唐五代时期民众所认可与接收的伦理道德，可以很好地使我们对于唐五代时期的大众文化有更为直观的认识与把握，对于研究唐五代时期的思想史也大有裨益。

二、变文的正名、考源及范围

对于"变文"这样一种新发现的文体，学者们对于它的认识经历了一个漫长的过程。长时间以来，学者们从各个领域对其进行了深入细致的研究，但对于含义、分类、来源等问题，一直没有达成共识，使得人们对于变文的认识也不尽相同，成为长期以来困扰学术界的一个重要问题。

罗振玉先生在1924年辑印了《敦煌零拾》一书，在这本书中曾经提到"佛曲三种"，可以称作是国内最早出版的有关敦煌变文的作品，

>>> 敦煌变文叙事研究

但因材料的缺乏，无法考证文体的名称，罗先生便将其称之为"佛曲"，也就是今天的"变文"。以后，随着变文类作品的不断发现以及学者们对其研究的不断深入，人们对"变文"这一文体的认识也有了长足进步。郑振铎先生首次采用"变文"这一名称，并在《中国俗文学史》中给"变文"下了一个明确定义：

> 像"变相"一样，所谓"变文"之"变"，当是指"变更"了佛经的本文而成为"俗讲"之意（变相是变"佛经"为图相之意）。后来，"变文"成了一个"专称"，便不限定是敷演佛经之故事了。（或简称为"变"）[1]

此后，"变文"的名称才最终固定下来，并且一直沿用到今天。

对于"变""变文"名称的考源问题，除了郑振铎先生的定义之外，学者们还有不同的理解，周一良先生认为"变"是梵语"Citra"一词的英译，"Citra"是梵语中用于泛指一般绘画或壁画之字，所以将绘画敷演成故事称之为"变文"。关德栋先生则提出用另一个梵语词"Madala"作为"变"的渊源，"Madala"一词在佛经中常译作"曼陀罗"，而"曼陀罗"又常被指称图画，在这里可能被借用指称佛教的一般图画，而将其敷演成故事，也就成为"变文"。

以上对于"变""变文"的考源均属于"外来说"，即"变文"文体名称的来源均是由国外演绎过来，或"变更佛经故事"，或梵文转译。与此不同的是，孙楷第先生另辟蹊径，提出"本土说"的观点，从汉语语义对待"变文"命名，认为"变"是"非常""神通变化"之意，

---

[1] 郑振铎. 中国俗文学史[M]. 北京：中国文联出版社，2009：119.

引 论

而"变文"则是将人物事迹用文字描写出来,这种观点在立论上颇具新意,如《中国敦煌学史》中有言:

> 从汉语释义上,以孙楷第的《变文之解》为最佳。由于上节曾作引述,这里只就其内容要点进行评述:
> (一)"变"即"非常"之意,"变"即"神通变化"之"变";
> (二)以图象考之,释道二家凡绘仙佛像及经中变异之事者谓之变相;
> (三)人物事迹以文字描写之,则谓之变文;
> (四)再就变文与变相论,变相的产生是在变文之前,即由于其文述佛诸菩萨神变及经中所载变异之事。[1]

对于"变文"所包含的范围问题,一直是讨论的热门话题,从20世纪20年代至今,这种基本概念的学术争论从未停息过,长期以来一直是学术界悬而未决的一个问题。最初,学者们在研究过程中将所有敦煌发现的说唱类文学通称为"变文",原因在于研究者发现这些文学作品大多是以"变文"或者"变"命名,后来,随着学者们对于敦煌说唱类文学研究的不断细化与深入,人们越来越发现,用"变文"这一名称笼统地涵盖所有说唱类文学作品并不科学,于是对于"变文"所包含的范围问题,不同学者出现了不同认识,有的范围大,有的范围小。

---

[1] 林家平,宁强,罗华庆. 中国敦煌学史 [M]. 北京:北京语言学院出版社,1995:204.

>>> 敦煌变文叙事研究

  前贤用"变文"一词笼统地指称敦煌说唱类文学的情况有许多，如王重民等先生合编的《敦煌变文集》，周绍良、白化文、李鼎霞三位先生编的《敦煌变文集补编》，黄征、张涌泉编撰的《敦煌变文校注》，周绍良先生编撰的《敦煌变文汇录》，都是从广义的角度使用"变文"这一概念的，他们将"变文"涵盖敦煌所有不同体制特征的说唱类文学，包括话本、词文等，范围大，所录入的变文材料十分广泛。

  与此不同的情况是，前代学者还有很多人曾对敦煌变文从狭义的角度进行研究，认为他们在体制上有三个方面的共同特点：其一为散韵结合的叙事方式，这种叙事是通过说唱间行的方式得到体现；其二为在由散文说白入韵文歌唱之际，有习用的过渡语，诸如"……处""看……处，若为……""谨为陈说""若为陈说"等；其三为在歌唱韵文时，同时向观众展示相关图画。前贤根据变文的这些特点，对上述被录入变文集中的敦煌说唱类作品进行研究探讨，发现其中有很多作品本不应该归入"变文"这一文体中，而应该分别归入话本、词文、诗话之中，比如《董永变文》，变文全篇都是以韵文的形式叙事，应当归入词文；《庐山远公话》全篇都是用散文进行叙事，应当归入话本小说。由此可见，韵散组合、说唱间行是前贤对敦煌说唱类文学作品进行细分的一个重要标准。萧相恺先生最早注意到这一现象，曾在《宋元小说史》中对敦煌变文的范围问题进行描述：

    非韵散相间的作品，不能算作"变"。"话"为说散体，即有韵语，也非用以叙述故事，推进情节，在敦煌石室收藏的俗文学作品中，最典型的是《庐山远公话》《叶净能诗（话）》《韩擒虎（话本）》等。[1]

柴剑虹先生也说：

> 凡此类以说唱故事为主要形式特征的文学作品（包括讲经文、词文、故事赋、因缘、诗话），不妨以变文作为总称；而对《敦煌变文集》中所收的明显纯散说类故事（如《韩擒虎话本》《唐太宗入冥记》等），则应与变文划清界限，进入白话小说之列，这样更有利于区别、研究。[2]

以上是前贤学者们对敦煌变文分别从广义和狭义的角度进行界定的，但敦煌变文其实是一个宽泛甚至不准确的概念，对其进行细分的做法固然是科学的，但实际操作并不十分妥当，如从标题上看，《舜子变》被古人归类为变文是毫无疑问的，但其通篇全为散文；如若按照细分的做法，《舜子变》则应该归为话本小说，同古人对变文的界定显然是相背离的。因此，本书将从广义的角度对敦煌变文进行界定，并对其进行叙事学研究。

三、研究范围、所用理论及研究方法

在论文撰写之前，有必要先对敦煌变文的研究范围再次进行界定。如前所述，对于敦煌变文的界定有广义和狭义之分，本文对敦煌变文的研究范围，采取王重民和黄征两位先生的广义观点，因为敦煌变文

---

[1] 萧相恺. 宋元小说史 [M]. 杭州：浙江古籍出版社，1997:17.
[2] 段文杰. 敦煌学国际研讨会文集 [C]. 沈阳：辽宁美术出版社，1995:276.

是一个广泛甚至是不准确的概念，本人认为从广义角度上探讨更能体现其整体叙事风貌。鉴于此，本书在研究过程中所依据的文本，主要参照黄征、张涌泉两位先生合编的《敦煌变文校注》一书，该书共辑录作品86篇，其中有一部分作品由于资料残缺，已经无法得知原题。在有确切原题的篇目中，明确标示"变"或者"变文"的篇目，一共有25篇，本文的研究范围既包括以"变"或者"变文"命名的变文作品，又包括其他标题残缺或以"赋""诗话""讲经文""因缘""缘起"等为题目的篇目，其故事内容既包括历史故事以及丰富多彩的民间传说，又包括大量的宗教故事。本文所研究的对象则是本书中所涵盖的86篇作品。

　　本文在对敦煌变文进行研究的过程中，尝试性地借用西方的叙事学理论，对敦煌变文的叙事逻辑、叙事时序、叙事视角、叙事艺术、叙事结构、叙事程式等内容做出不同程度的剖析，力求展示我国中古时期敦煌变文这样一种特殊的民间说唱艺术的整体叙事风貌。但是，在具体研究过程中，本文虽然以西方叙事学理论为依托，但具体的研究还是立足于中国文化的实际传统，论文撰写过程中深受杨义先生的《中国叙事学》影响。

　　本文在研究过程中，采用整合研究、典型分析、对比研究等方法。在研究敦煌变文具体作品时，将其与叙事学以及佛学经典相结合进行跨学科研究，从叙事学的角度研究敦煌变文的叙事方式、叙事艺术、叙事结构、叙事程式；从佛学思想的角度探讨敦煌变文的叙事逻辑和超现实的叙事时空，从不同的学科展现敦煌变文的整体叙事风貌。同时，在对敦煌变文进行叙事学理论研究过程中，本文将选择重点篇目进行举例论证、典型分析，并将不同内容之间进行对比，以探求其深层的理论意义。通过本文关于敦煌变文的叙事逻辑、叙事时空、叙事视角、叙事语言艺术的探讨，力求从微观入手，从宏观获得整体感知，通过对其叙事进行立体、综合研究，使我们对于敦煌变文的整体叙事风貌有更深入的认识和了解。

第一章　敦煌变文的叙事逻辑

叙事，是将所要讲述的一系列故事以一定的逻辑顺序讲述出来，逻辑顺序成为构建全篇的关键所在。"叙"和"序"两个文字，在中国古代含义本是相通的，古人常常把叙事称作"序事"。在《周礼·春官宗伯·职丧》一文中曾有云："职丧掌诸侯之丧，及卿大夫、士凡有爵者之丧，以国之丧礼，涖其禁令，序其事。"[1]这里所说的"序其事"，表示丧礼事宜顺序的安排，并非今天所指称的讲故事，但我们仍然可以明确感觉到，它实际上已经充分考虑到事件发生发展的先后顺序。此外，"序"字又可以同"绪"同音假借，段玉裁在《说文解字注》中曾说："《周颂》：继序思不忘。传曰：序，绪也。此谓序为绪之假借字。"[2]绪字的含义，当指事情的头绪，从这一点来看，叙事也分明含有厘清事件头绪的含义。总之，由于在古代汉语中，"叙"和"序""绪"是通用的，也使得"叙事"的"叙"蕴含丰富的含义，不仅从字面上可以理解为讲述，而且暗含不同故事之间的发生发展顺序，厘清敦煌变文的叙事逻辑，也成为本书研究之初首先要着重探讨的问题。

---

[1]　阮元校刻．十三经注疏[M]．北京：中华书局，1996：787．
[2]　段玉裁．说文解字注[M]．上海：上海古籍出版社，1988：444．

第一章　敦煌变文的叙事逻辑 <<<

　　叙事的过程，就是讲故事的过程，包含故事内容和叙述者两个方面，仅就故事内容一个方面来说，又必须包含有多个事件，这些事件在发生过程中有其自身内在的逻辑序列，同时，这个逻辑序列还必须具有一定的可能性和可续性。叙事的过程必须服从某种逻辑序列，否则叙事作品便缺少了故事得以发展下去的关键，变得让人无法理解。敦煌变文在唐代之所以如此盛行，其根本原因在于具有很强的故事性，能够迎合唐代上至王公贵族下至平民百姓的欣赏需求，虽然变文的根本目的是引导听众弃恶行善，但在说唱过程中并没有通过枯燥乏味的佛教教义达到说教目的，而是通过讲述形形色色、异彩纷呈的故事完成。就具体的变文作品的实际情况而言，其故事内容总体上都是服从于一定逻辑规则的制约。从变文的具体作品考察其叙事逻辑，敦煌变文呈现出丰富多样的形态，既有线性的叙事，又有生活片段的截取，在此，我将以敦煌变文自身故事内容为切入点，从观念的角度对其叙事逻辑进行一个深入考察。

　　在敦煌变文中，讲述者在叙述故事内容时，往往会依据不同内容安排故事情节，同时融合不同的观念，因此形成形态各异的叙事逻辑。不同的故事内容需要使用不同的叙事逻辑，这是人们理解故事的关键。站在观念的角度，我将敦煌变文故事内容的叙事逻辑概括为复仇观影响下的故事逻辑序列、历史观影响下的故事逻辑序列以及因果报应观影响下的故事逻辑序列。这三种叙事逻辑并不能涵盖敦煌变文中所有作品的具体叙事情况，但却是最具典型意义的三种叙事逻辑，同时，这些逻辑序列虽然是从观念差异的角度研究变文的结果，但在同一篇变文作品中也会出现许多交叉的情况。

第一节 复仇观影响下的故事逻辑序列

复仇观影响下的故事逻辑序列是按照主人公复仇的过程展开故事，往往以情节的曲折跌宕、人物形象的崇高性凸显达到其叙事的目的，一般序列是：仇恨产生—隐忍自保—努力报仇—完成报仇，这种序列在不同篇目的变文故事中，具体情况亦有所不同。

在这一类变文作品中，主人公入世作为的情感表现十分突出，并且相较佛经类变文叙事作品，这种情感更加个人化，人自身的信念发挥很大作用。在这些作品中，主人公的一系列活动都是在仇恨的驱动下产生，复仇的信念十分强烈，人的因素更加积极突出，故事中强烈地展现出人的巨大力量，人成为实现复仇过程的施令者与实施者。总之，主人公在自身或自己亲人受到残酷迫害之后，往往会积极地凭借自己的力量复仇昭雪，主人公的个人恩怨成为推动故事情节得以发展延续的动力，这种逻辑序列的特点在《韩朋赋》以及《伍子胥变文》中强烈地表现出来。

《韩朋赋》中，韩朋的妻子贞夫明艳绝华，形容窈窕，因貌美而被宋王觊觎，宋王派梁伯将其接入宫中强纳为王后，韩朋同时受到宋王的记恨，被宋王无辜地打落双板齿，在遭受各种折磨之后命赴黄泉，妻子贞夫也随即殉情，这一情节是仇恨的产生。故事发展到这里，并没有因主人公的死亡而终止，故事继续发展。他们死后化为一青一白两块石头，但被宋王将两人东西各埋一方，石头上继而各长出桂树与梧桐，枝枝相交，叶叶相笼，根下相连，显然是韩朋和贞夫死后的化身，

第一章 敦煌变文的叙事逻辑

即便是死后不同穴,他们也要牵引到对方,相守相恋,可以看作是韩朋夫妇死后的隐忍阶段。但即便如此,宋王仍然不肯罢休,又命人砍掉连理的桂树与梧桐,砍树时从伤口处流出鲜血,三日三夜,血流汪汪。

韩朋和妻子贞夫在生前所遭遇到的种种不幸都源于宋王的残暴不仁,但因局限于人世间身份的卑微,他们无力改变现状,也无法替自己复仇,而死后还要遭受残暴对待,他们这时终于寻得机会为自己讨回公道,复仇之旅由此展开。宋王命人砍掉连理的桂树与梧桐,树枝掉落在血水里,顿时化为一对展翅的鸳鸯,鸳鸯腾飞时掉落下一支羽毛,宋王立刻捡起羽毛轻拂全身,全身立刻呈现出奇光异彩,宋王大喜,接着又拿羽毛轻拂自己的脖子,他的头应声而落。在这里,鸳鸯掉落下来的羽毛显然是韩朋夫妇的一种象征,或者羽毛本身就是韩朋夫妇的化身,韩朋夫妇将复仇的灵魂化入其中,即便是迫害致死以后,也要将身上的羽毛化为惩恶的利器,为自己复仇,以讨回公道。宋王最终丢了性命,为他的残暴不仁付出了应有代价。故事发展到这里,便完成主人公努力报仇与完成报仇的逻辑序列。

在故事发展过程中,主人公的形象得到凸显,尤其是贞夫,她的坚贞与勇敢令我们至今仍为之赞叹。在面对宋王时,她敢于说出自己的立场:"鱼鳖在水,不乐高堂。燕雀群飞,不乐凤凰。妾是庶人之妻,不乐宋王之妇。"[1]贞夫在强权面前所表现出来的坚贞与勇敢,令我们甚为钦佩。在面对韩朋遭受迫害后所表现出的怯懦时,她勇敢地对韩鹏说:"宋王有衣,妾亦不着;王若有食,妾亦不尝。妾念思君,如渴思浆。见君苦痛,割妾心肠。"[2]贞夫以此向夫君表明心迹,同

---

[1] 黄征,张涌泉校注. 敦煌变文校注[M]. 北京:中华书局,1997:213.
[2] 黄征,张涌泉校注. 敦煌变文校注[M]. 北京:中华书局,1997:214.

时给予韩朋以鼓励，其中蕴含着巨大的勇气与力量，虽是女子，但颇有男子的勇敢与坚毅。在故事中，贞夫和韩朋是实现复仇过程的施令者，他们在仇恨的驱使下，有着强烈的复仇信念，主人公自身力量得到很大展现。纵观全篇，基本上是遵循"仇恨产生—隐忍自保—努力报仇—完成报仇"的逻辑序列。

与《韩朋赋》不同的是，《伍子胥变文》中主人公所表现出来的复仇意识显然更加强烈，一种快意恩仇、手刃仇敌的复仇情感贯穿于故事的始末。在这篇变文中，人物之间的关系呈网状立体结构，纷繁复杂，以主人公伍子胥为连接点，他的仇人有佞臣魏陵、楚平王、外甥子安、子永，还有他与哥哥侍奉的君主郑王、梁王，与他有恩的人有浣纱女、渔夫和吴王。楚平王本来想要为太子娶秦女为太子妃，但却因为垂涎秦女的美貌而纳佞臣魏陵的谗言，将秦女纳为王妃，伍子胥的父亲伍奢犯颜直谏，但最终被楚平王残忍杀害，他的哥哥伍子尚也被楚平王设计骗回楚国，同父亲一起罹难。梁王和郑王分别是伍子胥和伍子尚任官时侍奉的君主，在伍奢被害之际，他们嗅到危险的气息，因为惧怕与楚国结怨，于是不惜以牺牲贤臣换取一时安逸，将伍子尚和伍子胥推入虎口，至此是仇恨的产生。故事发展到这里，已经为我们展示清楚仇恨产生的原因。伍子胥从此踏上复仇的道路，开始为复仇蓄积力量，等待时机，故事发展到隐忍自保的阶段。

在逃亡过程中，伍子胥首先遇到浣纱女，浣纱女为伍子胥提供食物，并且为了保守行踪的秘密，她慷慨抱石投河，做出舍生取义的义举。接着，伍子胥又来到姐姐家，姐姐遣他速去，但还是被两个外甥发现，因为贪图楚平王的赏金而意欲捉伍子胥邀功。伍子胥仓皇逃跑之际，行至江边，得一渔人相助，供给他食物，并且渡他过江，还教给他投奔吴国的方法，为了不泄露伍子胥的行迹，渔人覆船而死。

第一章　敦煌变文的叙事逻辑

伍子胥来到吴国，依照渔人的方法果然得到吴王的重用，吴国经过伍子胥的治理，国泰民安。故事发展到这里，完成主人公隐忍自保、蓄积待发的阶段。经过五年隐忍，伍子胥终于踏上了他的复仇之路。五年后，在吴王帮助下，伍子胥兴兵伐楚，由于将士之间同心同德，奋力征伐，伍子胥大获全胜，楚平王这时已经去世，他的恶行便累及到儿子楚昭王。伍子胥先捉得魏陵，"脔割剜取心肝，万斩一身，并诛九族"[1]，继而把楚平王的尸骨挖了出来，"□自把剑，结恨之深，重斩平王白骨。其骨随剑血流，状似屠羊。取火烧之，当风扬作微尘"[2]。伍子胥又将楚昭王的心肝一并挖出，并"捉剑斩昭王，作其百段，掷着江中，'鱼鳖食之，还同我父'！"[3] 伍子胥还捉住了两个外甥子安、子永，"兀其头，截其耳，打却前头双板齿。"[4] 故事发展到这里，便完成其努力报仇与完成报仇的逻辑序列。

《伍子胥变文》为我们展现的主人公是一个情感强烈震荡的人物形象，能够很明显地感觉到，伍子胥在复仇过程中丝毫没有受到理智约束，他的一举一动完全依赖于个人情感的宣泄，可以体现在他对待楚昭王的身上，楚昭王是无辜的，他与伍子胥并无个人恩怨，但由于父亲的恶行而遭到残忍杀害。在伍子胥的复仇之路上，他的个人信念发挥了巨大作用，仇恨似乎已经凌驾于一切之上。在仇恨直接推动下，伍子胥怀着坚定的复仇决心，矢志复仇，百折不挠，不惜丧失理性，残忍地杀害楚昭王以及魏陵之"九族"，以此化解心中的仇恨。总之，在这篇变文中，伍子胥是实现复仇过程的施令者，他的恩怨情仇是推

---

[1] 黄征，张涌泉校注. 敦煌变文校注[M]. 北京：中华书局，1997：12.

[2] 黄征，张涌泉校注. 敦煌变文校注[M]. 北京：中华书局，1997：12-13.

[3] 黄征，张涌泉校注. 敦煌变文校注[M]. 北京：中华书局，1997：13.

[4] 黄征，张涌泉校注. 敦煌变文校注[M]. 北京：中华书局，1997：14.

动故事得以发展延续的动力。故事结构完整,严格遵循"仇恨产生—隐忍自保—努力报仇—完成报仇"的逻辑序列。

第二节 历史观影响下的故事逻辑序列

中国古代叙事文学的发展,从上古至今已有两千多年的历史,在自身发展演变过程中,深受史传传统和诗骚传统影响,陈平原在《中国小说叙事模式的转变》一书中对此多有论述。陈先生认为,"史传"与"诗骚"是"支配中国叙事文学发展的两种主要文学精神"[1],敦煌变文作为一种叙事文学,也不可避免地受到史传传统以及诗骚传统的双重影响和制约。以下我将从史传传统影响的角度,探讨敦煌变文历史观影响下的故事逻辑序列。

《敦煌变文》作为唐代俗讲的一种叙事文学,学术界学者依其内容曾对其进行分类,在章培恒、骆玉明主编的《中国文学史》中,曾经将现存的敦煌变文作品划分为三类:"现存变文的内容主要是三类:一是演唱佛经故事;二是演唱历史故事;三是演唱民间传说"[2],其中演唱历史故事和演唱民间传说的又相互渗透。民间传说中常常出现历史人物,而历史故事中又多带有传说色彩,在郑振铎先生编撰的《中国俗文学史》中也对其有明确分类。

郑先生首先将变文作品分为两大类:"变文"的分类很简单,可

---

[1] 陈平原. 中国小说叙事模式的转变[M]. 北京:北京大学出版社,2003:156.

[2] 章培恒,骆玉明. 中国文学史[M]. 上海:复旦大学出版社,2003:231.

第一章　敦煌变文的叙事逻辑

分为：（1）关于佛经的故事；（2）非佛经的故事。[1] 其中，关于非佛经故事的变文，郑振铎先生又将其分为两类："今所见的非佛教的变文，可分为两类。一类是说唱历史的或传说故事；另一类是说唱当代有关西陲的'今闻'。"[2] 由此可见，不论学者们凭借什么标准对变文进行分类，都不难看出，说唱历史故事的变文作品在全部敦煌变文中占有十分重要的地位。这一部分说唱历史故事的作品也正体现出变文历史观的逻辑序列。

中国古代文学中史传传统发达，直接导致后世许多叙事文学习惯从历史题材中选取材料，敦煌变文也不例外，有很多作品从历史观的角度进行叙事，如《李陵变文》的故事内容取自《史记·李将军列传》和《汉书·李广苏建传》；《王昭君变文》讲述王昭君出塞去同单于和亲之事，其故事内容取自《汉书·匈传》和《汉书·元帝纪》；《汉将王陵变》一文的故事内容最早在《史记·陈丞相世家》中有所记载，后在《汉书·王陵传》中也有论及。敦煌变文中，《张淮深变文》和《张义潮变文》都是取材于唐代真实的历史，由此能够深刻感觉到，历史叙事在这些作品中占据主导地位。历史题材的作品在叙事过程中，基本上能够依照历史发展的逻辑进行叙事，依照重大事件中"矛盾产生—矛盾发展—矛盾激化—矛盾解决"的逻辑反映历史事件的发展过程与历史面貌，整体叙事体现出历史观影响下的故事逻辑序列，以下将从两个方面对其进行论述。

1. 对唐代历史真相的实时叙事

历史事件并不全为史书记载，这是大家有所共知的，需要我们从

---

[1]　郑振铎. 中国俗文学史 [M]. 北京：中国文联出版社，2009:129.
[2]　郑振铎. 中国俗文学史 [M]. 北京：中国文联出版社，2009:159.

> >> 敦煌变文叙事研究

其他方面着手研究，补充史书的不足。敦煌变文中有《张淮深变文》和《张义潮变文》两篇作品讲述唐代实事，这两篇作品虽然均首位残缺，仅仅留下中间部分，但仍然具有与史互证、补史之缺的作用。《张淮深变文》和《张义潮变文》都是讲述唐代归义军破回鹘、保边疆的真实历史事件，《张义潮变文》讲述土浑王集诸川蕃贼作乱，被仆射张义潮击败，后张义潮在大中十年六月六日又率兵攻打伊州纳职县，急攻土浑和回鹘，最后讲述大唐派使者王端章远赴回鹘进行册立等事。

《张淮深变文》讲述尚书张淮深大破回鹘，唐朝皇帝遣九使持国信远赴流沙进行封赐，后回鹘野性难驯，又犯我边疆，张淮深在西桐海畔再次将其击败等事。在具体的叙事过程中，两篇作品都站在历史高度，首先叙述大唐与蕃贼诸川之间的矛盾隔阂，这是矛盾的产生；进而叙述张义潮和张淮深领导的归义军与蕃贼之间的频繁战争，这是矛盾的发展与激化；最后以归义军的最终胜利结束全篇，这是矛盾的解决。变文作品在叙事过程中，很好地运用历史叙事语言叙述当朝发生在西北边陲的战争实事，其叙事逻辑序列完全依照当时具体事件"矛盾产生—矛盾发展—矛盾激化—矛盾解决"的发展逻辑，基本遵循实录原则。从这一点来讲，这两篇作品体现出历史观影响下的逻辑序列。

有关张淮深和张义潮的英雄事迹在《旧唐书》和《新唐书》中都有记载，但就记载内容而言，均不是很全面，两篇变文作品中所记载的重要事件，在史书中均有不同程度的缺失。因此，这两篇变文对史书的记载可谓起到补史之缺的作用。孙楷第在《敦煌写本〈张义潮变文〉跋》和《敦煌写本〈张淮深变文〉跋》中对这两篇变文的补史意义做出详尽论述，如《敦煌写本〈张义潮变文〉跋》：

此敦煌写本变文，述使主张义潮事，盖即军府设斋会

第一章 敦煌变文的叙事逻辑 <<<

时为义潮所说之事，以事涉本州，耳目切近，而史官记事于边州例不能详；故其敷陈赞咏，足以考见当时之事者，较之史籍，反为详悉。[1]

又如《敦煌写本〈张淮深变文〉跋》中有言云：

今观此本，则淮深御寇奏捷及朝廷使命往还之事，粲然满帙，不特可补张氏一家之事，且关涉当时边境国事，其所赞叙有极足注意者。[2]

由此可见，《张义潮变文》和《张淮深变文》是站在历史观的角度，依照当时具体事件的发生发展逻辑，叙述当朝战争实事，其叙事逻辑序列完全是遵循历史事件"矛盾产生—矛盾发展—矛盾激化—矛盾解决"的发展序列，体现出历史观影响下的逻辑序列。同时，作为文学作品，它们不仅具有较高的文学价值，而且从历史观的角度来看，它们更加具有史学价值，通过对它们的研究，使我们更加清晰地了解唐代敦煌地区的历史，以及唐王朝与西北边陲吐蕃和回鹘的关系，对为史书所不载的重要历史事件有了新的认识。

2. 对历史事件的历史观叙事

在敦煌变文作品中，除了以上两篇叙述当朝实事外，其余讲史变文均是叙述历史事件的作品，它们均采用史传笔法，寓褒贬于具体的

---

[1] 周绍良，白化文. 敦煌变文论文录[M]. 上海：上海古籍出版社，1982:721.

[2] 周绍良，白化文. 敦煌变文论文录[M]. 上海：上海古籍出版社，1982:725.

叙事过程中，在记述历史时常常会将作者或隐或显地倾向性评价寄寓其中。同时，这些作品又以人物为中心，强调人物在历史中的重要作用。这些作品虽有虚构成分，但基本上都能很好地做到史传笔法中的实录，基本上能够按照具体历史事件"矛盾产生—矛盾发展—矛盾激化—矛盾解决"的发展逻辑叙述故事。由此可见，这些作品的叙事逻辑基本上遵循着历史事件的发展序列，体现出历史观影响下的逻辑序列。

《汉将王陵变》的故事最早在《史记》中有所记载，以后陆续在《汉书》《续列女传》等史书中也有所记述，变文与之前史书所不同的是，在内容上新增加了王陵和灌婴深夜往楚家斫营的故事，这一情节设置直接为后来项羽捉拿王陵母亲的故事作出因果铺垫。《汉将王陵变》的故事情节可分为四个部分：（1）王陵和灌婴两人深夜前往楚家斫营，这是故事的开端；（2）西楚霸王用钟离未之计捉住王陵母亲；（3）陵母担心王陵因前来营救自己而被捉，遂自刎而死；（4）汉帝并百官祭王陵之母，赠一国太夫人，王陵母乘一朵黑云在空中谢恩。在这篇变文作品中，四个故事情节基本上是对照"矛盾产生—矛盾发展—矛盾激化—矛盾解决"的发展逻辑叙述故事。对于结果，王陵同西楚霸王之间的矛盾虽然没有得到彻底解决，但王陵母亲死后得到汉王褒奖，死者的魂灵得到抚慰，他们之间的矛盾暂时得到解决。对于陵母自刎的情节，同史书上的记载基本一致，可见是完全以史为框架，是按照具体历史事件的发展逻辑叙事。

在敦煌变文中有两篇是讲述李陵的故事，一篇是《李陵变文》，另一篇是《苏武李陵执别词》。李陵的故事最早在《汉书》中有所记载，敦煌变文中的两篇作品，基本上都是承袭《汉书》中的内容。《李陵变文》的故事情节可以分为六个部分：（1）军中将士击鼓不鸣，察其原因是有二女藏匿于军中，斩二女，鼓始鸣；（2）两军对峙，单于放火烧李陵军队，危急之下李陵急中生智，燃烧军前之草以解燃眉之急；

第一章　敦煌变文的叙事逻辑

（3）李陵军中反将管敢投奔单于，透露军机；（4）李陵在兵尽无援、叛将投敌的情况下惨败，不得已而向单于诈降；（5）司马迁奉命为李陵妻母相面色，看李陵是否阵亡，汉武帝在得知李陵尚未阵亡的情况下，捉了李陵妻母，司马迁为李陵说情；（6）公孙敖兵败，因误会向汉武帝陈述原因为李陵教给单于兵马之术，汉武帝怒杀李陵妻母。

在六个部分中，李陵作为汉将同单于作战，却不料军中藏匿二女使得出师不利，战争局势的转变成为矛盾产生的诱因，后经过单于放火以及叛贼出卖，李陵不得已而兵败诈降，汉武帝又因听信谗言杀害李陵妻母，这是矛盾的发展与激化；最后，妻母被杀致使李陵死心塌地留在番邦，这是矛盾的解决。这六个部分的情节内容，基本上同《汉书》所载的事件内容以及逻辑顺序相一致，所不同的地方仅在于，变文作品在文末有"今日黄（皇）天应得知，汉家天子辜陵得（德）"[1]的评论语句。由此可见，唐朝民众大多都是站在李陵立场上，对李陵的遭遇寄予深切同情，他们认为，李陵是在孤军奋战、四周无援的境遇之下诈降，而诈降之后汉王不仅没有迅速出兵解救，反而听信谗言杀害了李陵的妻母，断了忠臣的退路，是汉王辜负了李陵的一片忠心，正体现出民众对历史事件的评价倾向。《李陵变文》完全是以历史为依据，其叙事顺序也是以历史事件"矛盾产生—矛盾发展—矛盾激化—矛盾解决"为逻辑，正体现出历史观影响下的逻辑顺序。诸如此类的故事还有《王昭君变文》《伍子胥变文》等作品，无一不体现出历史观的逻辑顺序，这里不再一一列举。

综上所述，敦煌讲史变文无论是对当朝历史事件的实时叙事，还是对具体历史事件的历史观叙事，都是以史实为框架，虽然其中存在

---

[1] 黄征，张涌泉校注. 敦煌变文校注 [M]. 北京：中华书局，1997：133.

部分虚构,但目的仅在于为使故事更富有戏剧性,并不影响故事的主题和情节的展开,其叙事逻辑基本上都能做到忠实于历史、以史为本,基本上都能够按照具体的历史事件发展逻辑进行叙述,反映历史真实事件的发展过程与历史面貌,整体叙事可谓呈现出一种历史观影响下的逻辑序列。

第三节 因果报应观影响下的故事逻辑序列

敦煌变文除了演唱历史故事和民间传说内容,最重要并且数量最多的是演唱佛经故事。唐代是一个佛教盛行的朝代,由于帝王提倡,佛教受到朝野上下乃至民间的尊崇,"自初唐以后,禅宗大兴,使佛教一跃而变为纯粹中国化的佛教"[1],在这种政治背景下,佛教意识作为唐代重要的一种意识形态,也随之达到其空前鼎盛的时代,"佛教进一步普及化,深入民众的日常生活中,使佛教的某些基本教义变成大众观念"[2]。

唐朝时已经翻译出大量佛教经典,使其三世业报轮回和善恶因果报应的思想在社会上广为传播,直接影响到敦煌变文中演唱佛经故事的内容。佛教思想主要是劝诫人们摒弃恶念,积极向善,但在敦煌变文中,这种目的并没有通过乏味的宣讲教义完成,而是通过为大家讲述形形色色的故事完成,在具体的叙事过程中,因果报应观贯穿了整个敦煌变文佛经故事类作品。因此,因果报应观念成为影响变文叙事

---

[1] 南怀瑾. 中国佛教发展史略. 上海:复旦大学出版社,2007:83.
[2] 任继愈. 中国佛教史[M]. 北京:中国社会科学出版社,1991:277.

第一章 敦煌变文的叙事逻辑

逻辑的又一重要因素。具体而言,敦煌变文因果报应观影响下的叙事逻辑序列有两种表现方式:一是因果业报轮回思想影响下的叙事逻辑;二是因果孝亲善恶思想影响下的叙事逻辑。

1. 因果业报轮回思想影响下的叙事逻辑

这一类变文主要是以佛教教义为根本,处处体现善恶因果、业报轮回的思想。在这类变文作品中,主人公生前不供佛法,他们往往会因为自身不当的行为种下恶因,结果在死后或者轮回中遭到恶报,万分痛苦。这时,主人公常常会得到某位高人指点,他们历经磨难,终于认识到自己的今生或者前世恶业,虔心忏悔,最终得到解脱,其逻辑序列可概括为:恶业—轮回中得恶报—历经磨难—解脱。

在这一类变文作品中,有着强烈的行善得善报、行恶得恶报的思想,佛教教义中"强调要行'十善',要以'善应'对'恶来'。'十善'与'十恶'相对。'十恶'指:(1)杀生;(2)偷盗;(3)邪淫;(4)妄语;(5)两舌,即说离间语,破语;(6)恶口,即恶语,恶骂;(7)绮语,即杂秽语;(8)贪欲;(9)瞋恚;(10)邪见。离以上十恶,则为十善"[1]。佛教教义中还讲到业报轮回的思想,"三界之内,凡有五道,一曰天,二曰人,三曰畜生,四曰恶鬼,五曰地狱"[2],"经说业有三报,一曰现报,二曰生报,三曰后报"[3],行恶,必在五道轮回中受到惩罚,得到恶报,这些思想都贯穿于整个敦煌佛经故事类变文的叙事逻辑。

《金刚丑女因缘》是这类变文的典型代表,其叙事逻辑受到善恶

---

[1] 方立天. 中国佛教哲学要义 [M]. 北京:中国人民大学出版社,2002:87.
[2] 石峻,等. 中国佛教思想资料选编 [M]. 北京:中华书局,1981:17.
[3] 石峻,等. 中国佛教思想资料选编 [M]. 北京:中华书局,1981:87.

果报、业报轮回思想的影响。变文开始时在金刚丑女出场之前，先列出一个因果关系："布施有多（种）功德，一一不及广赞。设斋欢喜，果报圆满。若人些些攒眉，来世必当丑面"[1]；紧接着叙述故事，丑女"佛在之日，有一善女，也曾供养罗汉，虽有布施之缘，心里便生轻贱，不得三五日间，身死有何灵验？"[2] 短短38个字，讲明了丑女的前生。原来，丑女生前虽有布施之功德，但也行了轻贱圣贤的恶业，以至于命丧黄泉。但正是因为她生前的布施功德，轮回中得以托生波斯匿王宫，可是，虽生于帝王家，却长得一副丑面，不仅为父母嫌弃，还被送至深宫，不得自由，亦不相见。在这里，丑女因为前世种下的恶因，今生可谓吃尽苦头。后来，国王将她嫁给一个出生低贱的男子，就在新婚这一天，丑女却把丈夫吓昏，丑女痛苦不堪，于是在佛前虔诚祷告，佛祖有感于丑女的虔诚，遂慈悲为怀施展法力改变丑女的容貌，使得丑女"敢（感）得貌若春花，夫主入来不识"[3]。在这篇变文中，因果业报轮回的叙事逻辑表现得十分明显，丑女前世因供养罗汉，得以托生帝王之家（第一个因果），但由于生前轻贱圣贤，轮回中得到丑面的恶报（第二个因果），在现世中又因虔心供佛得以解脱恶报（第三个因果），整个故事是在三重因果关系的衔接下，结合佛教业报轮回的思想连缀成篇，集中体现"恶业—轮回中得恶报—历经磨难—解脱"的叙事逻辑。

这类变文还有《大目乾连冥间救母变文》，这篇变文的叙事逻辑也深受因果业报轮回思想的影响。佛经说："全五戒则人相备，具十善则生天堂"[4]，又有云："反十善者，谓之十恶，十恶毕犯，则入

---

[1] 黄征，张涌泉校注. 敦煌变文校注[M]. 北京：中华书局，1997:1102.
[2] 黄征，张涌泉校注. 敦煌变文校注[M]. 北京：中华书局，1997:1102.
[3] 黄征，张涌泉校注. 敦煌变文校注[M]. 北京：中华书局，1997:1107.
[4] 石峻，等. 中国佛教思想资料选编[M]. 北京：中华书局，1981:18.

第一章 敦煌变文的叙事逻辑

地狱"[1]，这样的因果善恶思想在这篇变文中得到集中体现。目连一家三口因为生前不同的言行而种下不同的业因，又因为不同的业因死后得到不同的果报，父亲因为前生虔诚供佛，修十善之行，死后轮回中生天得成正果，目连也由于行善修佛，再加上孝敬父母，最终得证阿罗汉果。与此结果截然不同的是，目连的母亲青提夫人因生前欺诳圣贤种下种种恶因，死后在轮回中堕入地狱受无穷无尽、永不间断的苦难。

目连入地狱救母的过程十分艰难，他排除万难，才找到备受折磨的青提夫人，目连在佛祖的帮助下，解除母亲的地狱之苦，但是青提夫人由于恶业太深，一时难以完全消除，所以她虽然从此免除了地狱之苦，却在五道轮回中堕入饿鬼道，她"咽如针孔，滴水不通。头似太山，三江难满。无闻浆水之名，累月经年，受饥羸之苦。遥见清凉冷水，近著变作脓河。纵得美食香餐，便即化为猛火"[2]。一顿饱饭也吃不上，一口甘泉也喝不进，究其原因是青提夫人的悭吝之心还尚未改变。目连万分焦急，又到佛祖前请求指点，后经佛祖提点，母亲终于脱离饿鬼道，但仍然恶业难排，罪孽深重，不得已又轮回转投畜生道，可见，恶业深重想要解脱并不容易。最后，经佛祖提点，目连母亲在佛塔前虔心诵读《大乘经典》，忏悔改过，终于修得正果。青提夫人凭借功德，脱却狗身，复得为人，并且托生忉利天，永享快乐。

在这篇变文作品中，青提夫人由于前世的不供佛法埋下恶因，五道轮回中堕入阿鼻地狱受苦，这是第一层因果；后经目连救赎，又在五道轮回中历经恶鬼道与畜生道，在现世中终因虔心供佛得以解脱恶

---

[1] 石峻，等.中国佛教思想资料选编[M].北京：中华书局，1981：18.
[2] 黄征，张涌泉校注.敦煌变文校注[M].北京：中华书局，1997：1035.

报，这是第二层因果。整个故事围绕这两层因果关系，结合五道轮回的思想，紧锣密鼓，环环相扣，集中体现因果业报轮回中"恶业—轮回中得恶报—历经磨难—解脱"的叙事逻辑。

2. 因果孝亲善恶思想影响下的叙事逻辑

这类变文同上述内容具有共性，均是在因果报应观的逻辑序列统摄下进行叙事，但与以上因果业报轮回的叙事逻辑不同，因果孝亲善恶的叙事逻辑不是在五道轮回中体现出来，而是主要强调现世现报的思想；另外，这类变文在叙事过程中又将佛家的因果业报与孝亲为重的思想相结合，使这类变文实际上已经从佛教故事中独立出来，不再是单纯的佛学经典衍生出来的作品，而是融进更为广阔的社会生活内容，相较体现因果业报轮回思想的变文，其内容更具有独立性与世俗性。其逻辑序列概括为：凡人行孝—排难除险—感动神灵—得到善报。

在这类变文中，孝道成为判断一个人善恶的主要标准，也是给一个人带来祸福报应的唯一依据，主人公都是孝子，他们大多是善者的化身，因为自己履行孝行而为自己的命运种下善因，而自己的孝道又感动神灵，也为自己带来了意想不到的收获，得到善报。《董永变文》就是这种叙事逻辑，董永的故事可谓家喻户晓，故事情节十分简单。

董永父亲离世，董永因家境贫寒不得已而卖身葬父，果然，他的孝行感动天帝，天帝遂派天女下界帮助董永。天女和董永组建了一个幸福的家庭，为董永生下儿子，还积极帮助董永还清所有债务，使董永从贫困中解脱出来，从此过上人世间平凡幸福的生活。可以说，董永正是因为他所秉行的孝行，才感动神灵，并因此种下善因继而得到善报。其实，变文在开始时已经为我们阐明了文章的主旨，"人生在世审思量，暂时吵闹有何方？大众志心须静听，先须孝顺阿耶娘。好

第一章 敦煌变文的叙事逻辑

事恶事皆抄录，善恶童子每抄将"[1]，这段韵文不仅阐述孝敬父母的重要性，还利用善恶童子两个角色告诫人们不可行恶，在人世间所作的善恶之业，会被善恶童子告知阎罗王，死后以此为凭据，将会得到相应果报。由此可以看出，这篇文章在因果报应的观念下结合孝亲为重的思想，整篇文章遵循"凡人行孝—排难除险—感动神灵—得到善报"的叙事逻辑。

《舜子变》也是这种叙事逻辑的典型。在文章中，舜子是一位恪守孝道的善者，整篇文章是在因果报应统摄下，结合孝亲善恶的思想进行叙事。在文中，舜子的孝行交代得十分明确，舜子生母去世后，他守孝三年，父亲想要迎娶继室时，舜子答应今后会像对待自己的生母一样孝敬继母，但是继母并不领情，她视舜子为自己的眼中钉，先后设计上树摘桃、后院修仓、挖井等众多事件想要置舜子于死地，甚至舜子的亲生父亲也被蛊惑而参与部分行动。当继母连同生父对自己一而再、再而三地进行陷害时，舜子只是默默忍受，并一如既往地履行孝道，毫无怨言。舜子的孝行也为其带来了善报，第一次当他被父亲毒打时，帝释感知，化一老者下界为舜子疗伤，使他的疾痛瞬间全无；第二次后院修仓时，父母放火想要烧死舜子，舜子不得已只能从高高的屋顶跳下，由于他的孝道感动了地神，得地神相助落地时毫发无伤；第三次挖井时，父母想要将舜子填埋在井中，帝释感知，化作一条神龙，将填埋在井中的舜子引领到邻居家的井中得以保全性命，从此，舜子在山中耕作，才免于被父母迫害。

从这里可以看出，正是舜子的孝行为自己种下善因，从而不断得到神灵佑护，也为自己带来善报。舜子躬耕山林，得神灵帮助"其岁

---

[1] 黄征，张涌泉校注．敦煌变文校注 [M]．北京：中华书局，1997:174.

天下不熟，舜自独丰，得数百石谷米"[1]。与此相反的是，舜子的父母、弟弟因恶行而尝到应得恶果，"阿耶两目不见，母即玩遇（顽愚），负薪诣市。更一小弟，亦复痴癫，极受贫乏，乞食无门"[2]。后舜子抛弃前嫌，以德报怨，不仅送米解除饥乏，还分别治好父亲、继母、弟弟的疾患，他的孝行再一次为自己带来好报，尧帝听说后，广赞舜子，将自己的二女娥皇、女英嫁于舜子，还把帝位禅让给他。这篇变文可以看出，舜子种下的善因，今世便得到善报，而他的父亲、继母和弟弟在对他施虐的过程中种下恶业，今世也遭到恶报，围绕孝亲为重的思想，善恶因果报应的叙事逻辑在此得到充分体现。整篇文章是遵循"凡人行孝—排难除险—感动神灵—得到善报"的叙事逻辑。

敦煌变文的叙事逻辑根据变文的不同故事，呈现出不同的叙事序列，主要有三种方式：一是复仇观影响下的逻辑序列；二是历史观影响下的逻辑序列；三是因果报应观影响下的逻辑序列。各种序列都根据不同的故事内容安排故事情节，环环相扣，前后相接，这三种叙事序列虽不能涵盖敦煌变文作品的所有叙事情况，但通过对它们进行深入细致的考察，希望能对敦煌变文的整体叙事逻辑研究略有帮助。

---

[1] 黄征，张涌泉校注. 敦煌变文校注 [M]. 北京：中华书局，1997:203.
[2] 黄征，张涌泉校注. 敦煌变文校注 [M]. 北京：中华书局，1997:203.

第二章　敦煌变文丰富多彩的叙事时空

　　不论《敦煌变文》是按照什么样的内在逻辑统摄故事材料，也不论采用什么样的叙事手法叙事，《敦煌变文》要达到情节引人入胜，并在俗讲的过程中达到宗教劝诫目的，不得不利用一定的叙事时空将形形色色的故事叙述出来。《敦煌变文》的叙事时空呈现出丰富多彩的超现实性，以下将对这一方面进行论述。

　　前文已述，《敦煌变文》由于其故事内容的差异分别表现出不同的叙事逻辑，而不同的叙事逻辑又可呈现出丰富多彩的叙事时空。演唱历史故事和民间传说内容的敦煌变文，其叙事时空相对简单，而占多数篇幅的演唱佛经故事的敦煌变文，叙事时空的情况要复杂得多。演唱佛经故事的敦煌变文，叙事逻辑受到因果报应思想的影响，在这种思想观念影响下，佛经类变文叙事的时间则延伸到三世，甚至更多世，又因为自身行业善恶的不同，主人公在人间、地狱以及天界等不同的空间中轮回流转。因此，演唱佛经故事的敦煌变文，其故事内容不仅在现实的时间与空间中演绎，也在非现实的时间与空间中生发，呈现出超现实的叙事时空特点，即便是演唱历史故事和民间传说的变文作品，其叙事时序也不按正常时间顺序，体现出丰富多彩的叙事时空。如果从广义的角度考察敦煌变文的叙事时序，会发现作品中大量采用预叙和倒叙的叙事手法。以下将从超现实的叙事时空和敦煌变文的叙事时序两个方面加以论述。

第一节　超现实的叙事时空

杨义在《中国叙事学》里谈道:"时间和空间是运动物质的存在形式和基本属性,一是体现物质运动的顺序性、持续性;二是体现物质存在的伸展性、广延性。"[1] 时空艺术如果运用得好,将会使作品呈现出排山倒海的态势,扣人心弦。因此,时空的艺术是任何文学作品都无法回避的内容,叙事由此也成为时空的艺术。

在佛教进入中国之前,中国本土的叙事文学大多采用以顺序为主的编年时空,以便于叙述社会历史,显然受到"史传"传统的影响,这一点在陈平原著的《中国小说叙事模式的转变》一书中已有深刻论述。陈先生认为,"中国小说形式的发展受历史著作深刻影响"[2],而对于超出我们经验范围之外超现实的叙事时空,中国本土的叙事文学则很少涉及。鲁迅曾谈道:"中华民族祖先居住在黄河流域,自然界的情形并不佳,为谋生起见,生活非常勤苦,因之重实际,轻玄想。"[3] 这种注重实际的文化性格后来又受到儒家文化三纲五常的精神控制,变得越加注重实际。朱熹在《四书章句集注》中曾有云:儒家"不语

---

[1]　杨义. 中国叙事学 [M]. 北京:人民出版社,2009:125.
[2]　陈平原. 中国小说叙事模式的转变 [M]. 北京:北京大学出版社,2003:209.
[3]　鲁迅. 中国小说史略 [M]. 北京:中华书局,2010:195.

第二章　敦煌变文丰富多彩的叙事时空　<<<

怪、力、乱、神"[1]，中国本土文化在这一思想影响下，不论情节设置得如何夸张离奇，人物形象塑造得如何飘忽玄怪，总显得过于实际，不能够体现出空灵舒展的特点，在时空上难以体现出一种超现实性。

佛教传入中国以后，其"幻化"的创造性思维深深影响中国本土的叙事文学。上一章论述了占敦煌变文很多篇幅的敦煌佛经类变文的叙事逻辑，主要是受因果报应观念影响，而这样一种观念显然不能够在狭小的现实时间与空间中展现，因此，这类变文叙事的时空由现实伸展到超现实的时空。在演唱佛经故事的敦煌变文作品中，与叙事逻辑有很大关系的超现实叙事时空，同佛教思想中因果报应的观念和生死轮回的观念紧密相连。

佛经中有云："经说业有三报：一曰现报，二曰生报，三曰后报。现报者，善恶始于此生，即此生受。生报者，来生便受。后报者，或经二生三生，百生千生，然后乃受。"[2] 由此可见，三报说在时间观念上除了注重现世以外，实际上提出了前世和来世的观念。《敦煌变文》受其影响，使佛经类变文故事中所展现的时间也扩展到此生之前或之后，即前世和来生。佛教教义中，对于人物活动的空间也多有阐述，"三界之内，凡有五道，一曰天，二曰人，三曰畜生，四曰恶鬼，五曰地狱"[3]，受其影响，敦煌佛经类变文中的人物由于自身造业的差异，也在天、畜生、恶鬼、地狱等不同的空间中受生死轮回、百千万劫的苦难。由此可见，他们生活的空间除了人们生存的现实人间之外，还延伸到地狱和天界，而作为时间观念延伸出的前世和来世，以及作为空间观念伸展出的地狱和天界，显然是敦煌变文受佛教思想影响而创造出来的

---

[1] 朱熹. 四书章句集注 [M]. 北京：中华书局，1983：98.
[2] 石峻，等. 中国佛教思想资料选编 [M]. 北京：中华书局，1981：87.
[3] 石峻，等. 中国佛教思想资料选编 [M]. 北京：中华书局，1981：17.

一种超现实的叙事时空。由此可以推断,《敦煌变文》超现实的叙事时空,实际上包括两个方面,既包括时间(三生为前生、今生、来生),又包括物理空间(三界为人间、天界、地狱),两者相并便体现出一种立体的超现实四维时空观。如果在现实生活中,现实的时空单纯指今生(时间)和人间(空间)的叠加,而对于发生在现实生活中的事情又比较熟悉和了解,发生在我们经验以外的时间(前世、来生)和空间(地狱、天界)中的事情,便超乎我们想象,是人们幻想所生发出来的故事,而敦煌佛经类变文正体现出这样一种超现实的时空观。

《楞严经》中有云:"何名为众生世界?世为迁流,界为方位。汝今当知,东、西、南、北、东南、西南、东北、西北、上、下为界,过去、未来、现在为世。"[1]照经中所言,世应该指时间概念,而界则指空间概念。由此可见,"世"和"界"两者结合起来,便是广泛的时空范畴。《敦煌变文》中有很多地方都运用了"世界"概念,如在《太子成道经》中载:"其波罗奈国者,是三千大千世界之中心,百亿日月之宰"[2];在《八相变》中记载:"遍看下方诸世界,何处堪吾托生临"[3];又如在《佛说阿弥陀经讲经文》(二)中记载:"或言极乐世界者,无有众苦,但受法乐"[4],但《敦煌变文》中所阐述的"世界"概念,同我们现实生活中的"世界"概念有很大不同。在现实生活中,"世"也指称时间,但时间长度比较短暂,一般指人生命中的"一生一世",而在上述敦煌佛经类变文作品中的"世",则是一个绵延不绝、永恒流转的时间,其中囊括过去、现在和未来,是一个无以计

---

[1] 南怀瑾. 楞严大义今释 [M]. 上海:复旦大学出版社,2009:188.
[2] 黄征,张涌泉校注. 敦煌变文校注 [M]. 北京:中华书局,1997:434.
[3] 黄征,张涌泉校注. 敦煌变文校注 [M]. 北京:中华书局,1997:507.
[4] 黄征,张涌泉校注. 敦煌变文校注 [M]. 北京:中华书局,1997:686.

第二章 敦煌变文丰富多彩的叙事时空

数的"百千万世"。现实生活中的"界"用于指称空间方位,但基本上指一维平面,如《孟子·公孙丑章句下》中"域民不以封疆之界,固国不以山溪之险"[1],而在上述敦煌佛经类变文中的"界",则是一个包含天界、人界和地狱界立体方位的"界",它无边无际,高远绵邈,不仅指平面而且指上下、四面八方。由此可见,现实生活中的"世"与"界"指称的时空概念十分有限,而佛经类变文作品中所呈现出的时空概念则是无限的,以下将分别从时间和空间的角度,对敦煌变文超现实的叙事时空加以论述。

具体而言,敦煌佛经类变文的叙事时间包括前生、今生和来生三世,其时间跨度可谓绵延不断、永不断绝。敦煌佛经类变文描写的时间非常夸张,主要体现在这类变文叙事对于地狱时间和天界时间的描述。在这类变文中,主人公由于生前造业的不同,死后归属也不同,如果生前行善积德,死后便会升入天界;如果生前恶贯满盈,死后便会堕入地狱,主人公的生命时间在经历不同的空间时,会经历至少两世、三世,乃至无限更多世,生命绵延不断,体现出时间的超现实性。

具体来说,敦煌变文对于地狱时间的描述非常多。在佛经类变文中描述到,地狱是众生前生遭受恶报、受苦赎罪的地方,主人公如果生前作恶太多,死后会堕入地狱受无穷无尽的痛苦。在十八层地狱中,阿鼻地狱是处在最下层,遭受酷刑最严厉,众生一旦被判定在这里受刑,将会是无穷无尽、永不间断的折磨,所以在地狱中的时间可谓十分漫长。例如,在《大目乾连冥间救母变文》中,目连入地狱救母,当寻至"刀山剑树地狱"时,有唱词云:"阿你个罪人不可说,累劫受罪渡恒沙"[2];

---

[1] 陈蒲清注释.《四书》[M].广州:花城出版社,1998:195.
[2] 黄征,张涌泉校注.敦煌变文校注[M].北京:中华书局,1997:1029.

>>> 敦煌变文叙事研究

当目连寻至"阿鼻地狱"时,又有唱词云:"一切狱中皆有息,此个阿鼻不见停"[1];当母子在地狱中相见,文中描述道:"一向须臾千回死,于时唱道却回生。"[2] 由此可见,地狱受苦的时间何等漫长,何等无穷无尽。变文除了有对地狱受苦的时间描述外,对于"饿鬼"途受苦时间的描写也十分漫长。例如,在《譬喻经变文》中,"才生饿鬼道,受罪何时了""责处罪过没休时,永劫沉沦为饿鬼。念君在世过为灾,一去三途更不回"。[3] 如果人们在地狱受苦的时间是遥遥无期而让人无法忍受,在饿鬼途受苦的时间则同样是绵延不绝,让人看不到希望。根据人们日常经验,快乐时人们往往感觉时间容易流逝,而痛苦的体验,人们对于时间的态度则是难以忍受,因而对于时间的感觉也相对漫长,为此可以解释地狱时间和饿鬼时间如此漫长的原因。

地狱和饿鬼途对于世人的惩罚令人无法忍受,时间绵延不绝,那些因做善事而进入天界的人又感受到怎样的时间概念?在《太子成道经》中叙,释迦牟尼在求菩提缘过程中,"于过去无量世时,百千万劫"[4],先后经历慈力王、歌力王、尸毗王、月光王、宝灯王、萨埵王子、悉达太子等,经过"百千万亿劫,精炼身心"[5],才最终得成正果。这里,时间被无限延伸,主人公所经历的时间已经远远超出现实的"一生一世",而被无限延伸至八世乃至更多世,在最后得成正果升入天界之后,人物的时间又是怎样?文中有言:"人寿八万四千岁"[6],如此长寿的年龄,恐怕只有在超现实的叙事时间下才能产生。又如在《佛说阿

---

[1] 黄征,张涌泉校注. 敦煌变文校注 [M]. 北京:中华书局,1997:1032.
[2] 黄征,张涌泉校注. 敦煌变文校注 [M]. 北京:中华书局,1997:1033.
[3] 黄征,张涌泉校注. 敦煌变文校注 [M]. 北京:中华书局,1997:1077.
[4] 黄征,张涌泉校注. 敦煌变文校注 [M]. 北京:中华书局,1997:434.
[5] 黄征,张涌泉校注. 敦煌变文校注 [M]. 北京:中华书局,1997:434.
[6] 黄征,张涌泉校注. 敦煌变文校注 [M]. 北京:中华书局,1997:434.

第二章 敦煌变文丰富多彩的叙事时空

弥陀经押座文》中："化生童子上金桥，五色云擎宝座摇，合掌惟称无量寿，八十亿劫罪根消"[1]；《佛说观弥勒菩萨上生兜率天经讲经文》中叙："菩萨要证菩提，三十二相，八十种好，永受法乐，不属生死"[2]，这里对于天界时间的描述可谓更进一步，人物显然已经脱离了生与死的轮回，无量寿的描述正体现出叙事时间超现实化的特点。以上在现象世界的超现实变幻中，造成叙事时间的强烈反差和变异，是时间幻化的结果，对于地狱和天界时间的幻化，与人间的时间相对比而存在。在时间幻化过程中，变文作品把时间非人间化，进而呈现出一种超现实的叙事时间。

敦煌变文除了对人物历经多世以及对极为长久的地狱和天界时间进行充分描绘以外，还把笔触伸到与之相对应的空间，时间不可能完全独立于空间而单独存在，必须时刻和空间紧密结合，进而形成一种宏观的时空客体。在敦煌变文中，空间是一切主体赖以存在和活动的场所，但敦煌佛经类变文中的空间与本真意义上的空间又是相对的，具体而言，是一个包含人间、地狱、天界在内非常广阔的空间，是一个囊括"三千大千世界"的广义空间。如在《大目乾连冥间救母变文》中，当目连入地狱寻找母亲时，"地狱之中，锋剑相向，涓涓血流"[3]，而"刀山白骨乱纵横，剑树人头千万颗。……业风吹火向前烧，狱卒杷杈从后插"[4]。目连本是人间凡夫俗子，因向善而证得阿罗汉果，在解救母亲的过程中曾几次入地狱、饿鬼道以及畜生道寻找母亲，为得救母之法，又多次上天界拜见世尊。在这里，同一人物（目连）的

---

[1] 黄征，张涌泉校注. 敦煌变文校注 [M]. 北京：中华书局，1997：1161.
[2] 黄征，张涌泉校注. 敦煌变文校注 [M]. 北京：中华书局，1997：960.
[3] 黄征，张涌泉校注. 敦煌变文校注 [M]. 北京：中华书局，1997：1029.
[4] 黄征，张涌泉校注. 敦煌变文校注 [M]. 北京：中华书局，1997：1029.

活动被叙述者安排在多个空间（包括天界、人间、地狱），充满奇幻色彩，令人顿时生无限虚幻感。又如在《佛说阿弥陀经讲经文》中，有对天界空间的具体阐述。文中叙众神仙欲往佛处听法，此时"二十八天闻妙法，天男天女散天花。龙吟凤舞彩云中，琴瑟鼓吹和雅韵。帝释前行持宝盖，梵王从后捧金炉。各领无边眷属俱，总到圆城极乐会。三光四王八部众，日月星辰所住宫。云擎楼阁下［长］空，掣拽罗衣来入会"[1]。以上对叙事空间的描写显然带有夸饰倾向，而敦煌佛经类变文正是运用这种虚构夸张的空间手法，把故事内容讲述得光怪陆离，客观上产生虚幻、新奇、超现实的效果。由此可见，敦煌佛经类变文不仅巧妙地为展现出一个奇幻的现实空间，也为我们呈现出非现实的空间。其中，人间世界、地狱、天界、饿鬼、动物世界等众多空间无所不括，叙述者想象出的虚构地狱和天界空间，与真实的人的世界同时存在于变文故事中，甚至在不经意间消除了其中真实和虚构的界限，让我们跟随叙述者天上地下任意游走，无限畅快。

综上所述，敦煌佛经类变文在叙事时很好地将时间和空间结合在一起，从而形成一种超现实的叙事模式。敦煌佛经类变文在叙事时正是依靠这种光怪陆离、奇幻怪异的时空，从而使其另辟蹊径，形成与注重实录的中国本土文学不同的叙事风貌，体现出一种超现实的叙事时空观。

---

[1] 黄征，张涌泉校注. 敦煌变文校注[M]. 北京：中华书局，1997：1161.

第二章　敦煌变文丰富多彩的叙事时空　<<<

第二节　敦煌变文的叙事时序

"叙事作品中的时序是本文时间序列与故事时间序列相互对照形成的关系"[1]，"研究叙事的时间顺序，是对照事件或时间段在叙述话语中的排列顺序和这些事件或时间段在故事中的接续顺序"[2]。从以上两个概念可以抽出两种时序：一种是故事时序，另一种是叙事时序。故事时序是所叙故事本身开始、发展、高潮、结局的自然事件顺序，是故事发生过程中的自然排列顺序，而叙事时序是讲述者在讲述故事时的先后顺序。故事时序是不变的，是固定的，而叙事时序则可以根据叙述者的主观意识而随时进行变化。叙事者在叙事过程中有意识地对时间进行操控，以各种方式打断时间的正常顺序，倒装原有的故事时序。这些变异的时间顺序好像一条大河，曲折多姿，波浪万迭，可使叙事作品腾挪造势、摇曳多姿。敦煌变文主要是以顺序为主，但叙述者又常常打破时间的正常顺序，频繁采用倒叙、预叙等叙事方式。

一、以顺序为主

当故事时序和叙事时序在逻辑发展上体现出一致性的特征时，这种叙事方式就是顺序。从敦煌变文整体的叙事时序来看，主要是以顺

---

[1]　童庆炳. 文学理论教程 [M]. 北京：北京高等教育出版社，1998:218
[2]　热奈特. 叙事话语·新叙事话语 [M]. 北京：中国社会科学出版社，1990:14

序为主。在敦煌变文中，不只是《伍子胥变文》《王昭君变文》等讲述历史故事和民间传说的变文，甚至对于说唱佛经故事的《破魔变文》《目连变文》等篇目，对故事情节的叙述无一不是按照时间流程进行的，这些变文按照时间顺序将主人公一生的经历交代得首尾完具、完整有序，体现出顺序的叙事时序。《秋胡变文》《唐太宗入冥记》，以至于《不知名变文》等篇目，虽然首尾残缺，但从留存部分也可看出，是按照顺序的时序加以叙述，据此可以推断残缺部分应该也为顺序。

在敦煌变文中，大部分作品往往以一个人物为中心，故事开端首先交代清楚人物及其事件的来龙去脉，情节线索比较简单，体现出顺序的叙事时序。如《伍子胥变文》，按照伍子胥逃亡复仇的过程，叙述了一系列精彩情节。变文开篇首先交代清楚人物及事件的来龙去脉："昔周国欲末，六雄竞起，八□诤（争）侵……楚之上相，姓伍名奢，文武附身，情存社稷……伍奢乃有二子，见事于君：小者子胥，大名子尚。一事梁国，一事郑邦。并悉忠贞，为人洞达。"[1]在这里，主要人物都已出场，接着又叙述了事件的起因，楚王欲为太子娶秦女为妃，不料见秦女姿容丽质，便生狼虎之心听信魏陵谗言自纳为妃，上相伍奢直谏楚王，楚王不但不觉悟，反而听信谗言将伍奢投放狱中，后又设计招伍奢二子子尚、子胥回楚国意欲一同诛灭，子胥识得奸计，但子尚同父亲伍奢同时被诛戮。接下来便展开伍子胥逃亡复仇的全过程，伍子胥在其逃亡过程中，先遇见浣纱女，并得到她舍身帮助，后又途经姐姐家，同两个外甥周旋脱难，后又途经自己家中，以药名诗同妻子作答，最后在江边得遇渔人，得其舍生的帮助，来到吴国，并在吴王帮助下得以复仇，这是伍子胥逃亡复仇的全过程。在这里，作品按照伍子胥逃亡复仇的顺序，为我们叙述了一系列精彩情节，体现出顺

---

[1] 黄征，张涌泉校注．敦煌变文校注[M]．北京：中华书局，1997：1．

第二章 敦煌变文丰富多彩的叙事时空

序的叙事特征。

在敦煌变文中，以顺序的叙述方式结构全篇作品占有绝大多数，主要是为了迎合敦煌变文"说—唱—听"的传播方式，敦煌变文采用以顺序为主的连贯叙事，听众在听的过程中便于理解，如果多采用预叙、倒叙、插叙等叙述方式，容易造成听众理解的混乱，进而影响听的效果。所以，"说—唱—听"的传播方式深刻制约了敦煌变文的叙事顺序。另外，敦煌变文作为唐末一种独特的文学体裁，叙事顺序同时深刻受到历史叙事的影响，我国古代史传文学主要采用顺序，习惯按照情节发展的开端、发展、高潮、结局的自然顺序进行叙述，敦煌变文受其影响，其大部分作品在叙事过程中也符合逻辑顺序以及情节发展的顺序。

二、倒叙

敦煌变文的叙事时序，总体而言是以顺序为主的连贯叙事，较少采用逆时序的叙事时间形态，当然，并不是说在敦煌变文中绝对没有逆时序的叙事时间形态出现，倒叙是敦煌变文中经常出现的一种逆时序叙事方式。杨义在《中国叙事学》中说："西方人士有云，叙述从中间开始，他们从荷马史诗时代就这样做过。从中间讲起的事情，难免要追溯一下来龙去脉，这就使得倒叙成为不可避免。中国之有倒叙，为期不晚，起码在《尚书》《左传》的时代可以发现。"[1] 由此可见，中国古代已有倒叙的叙事传统，也深深影响敦煌变文的叙事时间顺序。

倒叙指"对故事发展到现阶段之前事件的一切事后追述"[2]，这

---

[1] 杨义. 中国叙事学 [M]. 北京：人民出版社，2009:153.
[2] 热奈特. 叙事话语·新叙事话语 [M]. 北京：中国社会科学出版社，1990:17.

>>> 敦煌变文叙事研究

是热奈特给倒叙下的定义。在敦煌变文中，倒叙在追叙宿昔原因时经常用到，如在《维摩诘经讲经文》（第四、第六、第七）三篇文章中，频繁地使用倒叙手法。这三篇主要是叙述维摩居士卧疾在床，世尊遣众佛前往维摩处问疾之事，世尊先后派遣弥勒、光严童子、长者子善德、文殊师利前往维摩居士处问疾，但众佛都以种种理由辞而不受，这是故事叙事的主要内容。然而，变文为了追溯为什么会出现这样的局面，在故事叙事过程中相应倒叙了先前众佛同维摩居士说法被斥责的故事，显然是一种倒叙手法的运用。这里的倒叙都是以第一人称的口吻叙述的，如在弥勒倒叙往日说法时被维摩苛责的故事："我思往昔，为兜率天王及其眷属说不退转地之次，忽见维摩发笼离垢之缯，手柱（拄）弱梨之杖……维摩居士，说尔许多来由，我终当日都无袛对。"[1] 显然是第一人称的倒叙。

在敦煌变文中，大部分的倒叙都是采用第一人称的叙事方式，但除了第一人称的倒叙之外，还曾出现第三人称的倒叙。如在《伍子胥变文》中，在写伍子胥逃亡过程中被两个外甥追赶时的倒叙，"行得廿余里，遂乃眼润［耳热，遂即］画地而卜，占见外聘来趁……子胥有两个外甥子安、子永，［至家有一人食处，知是胥舅，不顾母之孔坏，逐即生恶意奔遂（逐）……子永］少解阴阳，遂即画地而卜，占见阿舅头上有水，定落河傍，腰间有竹，塚墓城（成）荒，木剧到（倒）着，不进傍徨。"[2] 这里首先交代了伍子胥在走到河边时占卜到两个外甥追赶自己，接着倒叙了两个外甥追赶的原因（为了求取富贵）以及经过，很好地起到承上启下的作用。

---

[1] 黄征，张涌泉校注. 敦煌变文校注 [M]. 北京：中华书局，1997：860.
[2] 黄征，张涌泉校注. 敦煌变文校注 [M]. 北京：中华书局，1997：5.

第二章　敦煌变文丰富多彩的叙事时空

敦煌变文中的倒叙是在顺序情节发展中的一种逆时序，是在顺序框架中展现出来，通过第一人称人物的语言或第三人称叙述者的讲述进行倒叙，并没有影响顺序的总体时序，反而这种倒叙手法使得文本在叙事时显得更加富有变化，通过这种手法将前面事件的叙述融进整体叙事过程中，使文章既饱含感情，又富有变化，无形中增强了变文作品的感染力。这些倒叙为听众提供故事叙述以外更多的信息，给整体叙事出一种奇妙的干预，有如下围棋之设眼，占子不多，却令全盘皆活，帮助听众更好地理解故事，而并没有增加听众的理解难度。

三、预叙

预叙和倒叙在时间顺序的变异操作中处在两极的两个不同概念，倒叙是往前追溯，预叙则是向后暗示。所谓预叙，指对未来将要发生的事件的预期或暗示，热奈特曾经下过一个明确的定义，指"事先讲述或提及以后事件的一切叙述活动"[1]。预叙在中国古代叙述传统中，显然比传统的方法倒叙少，是由于预叙事先揭示故事的结果，从而使得读者对于故事结局的期待有所减弱的缘故，但并不是绝对的，预叙自有自己独特的优势，正如杨义在《中国叙事学》中所说："预叙的功能，如果处理得好，往往能够给后面展开叙述构设枢纽，埋下命脉，在预而有应中给叙事过程注入价值观、篇章学和命运感。"[2] 由此可见，预叙如果处理得好，能够给文章增色。

敦煌变文中一些篇章也使用到预叙的叙述手法，虽然较少，但在文章中起到关键的作用。敦煌变文中的预叙联系着时空的整体性，或

---

[1]　热奈特. 叙事话语・新叙事话语 [M]. 北京：中国社会科学出版社，1990:17.

[2]　杨义. 中国叙事学 [M]. 北京：人民出版社，2009:160.

者是在变文开篇便首先关注时空整体性的一种想象性的结果。敦煌变文中的预叙主要有两种情况：一种是通过梦境预示下文情节的发展；另一种是通过人物的誓言暗示下文的情节。

通过梦境预示下文情节发展的预叙，主要出现在《韩朋赋》和《伍子胥变文》中，杨义在《中国叙事学》中有言："中国古人对于梦具有浓郁的好奇感和神秘感，常常关心梦和灵魂的关系、梦和现实生活中吉凶的关系。"[1]这一观点在敦煌变文中得到很好的体现。在《韩朋赋》中，宋王觊觎韩朋妻美貌，派梁伯骏往韩鹏家意欲强取之，在使者尚未到来之时，韩朋妻贞夫在前一夜做梦"新妇昨夜梦恶，文文莫莫。见一黄蛇，绞妾床脚。三鸟并飞，两鸟相博（搏），一鸟头破齿落，毛下纷纷，血流落落。马蹄踏踏，诸臣赫赫。上下不见邻里之人，何况千里之客。客从远来，终不可信。巧言利语，诈作朋书"[2]。这里实际上是通过贞夫夜梦异象，预示韩鹏夫妇将来的命运，为下文宋王夺妻、杀害韩朋、贞夫殉夫等一系列情节的发展作铺垫。又如《伍子胥变文》中，吴王夫差夜梦异象："吴王夜梦见殿上有神光，二梦见城头郁郁枪枪（苍苍），［三梦见南壁下有匣，北壁下有匡（筐）］，四梦见城门交兵斗战，五梦见血流东南。"[3]接着又叙述伍子胥对于梦境的解释："王梦见殿上神光者有大人至；城头郁郁苍苍者荆棘备（被）；南壁下有闸，北壁下有匡（筐）［者］王失位；城门交兵战者越军至；血流东南者尸遍地。"[4]在这里，变文巧妙地利用吴王夫差梦境中出现异象以及子胥对于梦境的解释，预示未来吴国的命运，

---

[1] 杨义.中国叙事学[M].北京：人民出版社，2009：166.
[2] 黄征，张涌泉校注.敦煌变文校注[M].北京：中华书局，1997：213.
[3] 黄征，张涌泉校注.敦煌变文校注[M].北京：中华书局，1997：16.
[4] 黄征，张涌泉校注.敦煌变文校注[M].北京：中华书局，1997：16.

第二章　敦煌变文丰富多彩的叙事时空　<<<

也为后文进一步叙述越国进攻吴国的情节作出铺垫。

通过人物的誓言预示下文情节的预叙，主要出现在《目连缘起》变文中。文章中叙述目连母亲青提夫人在世悭吝贪婪、多行杀生恶事，目连外出归来，听邻里说母亲朝朝宰杀，不曾修善，便回家问其母亲，这时母亲发出誓言："我是汝母，汝是我儿，母子之情，重如山岳，出语不信，纳他人之闲词，将为是实。汝若今朝不信，我设咒誓，愿我七日之内命终，死堕阿鼻地狱。"[1]结果，七日之后，母亲真的去世，并且堕入阿鼻地狱，身受绵延不尽之苦。在这里，变文实际上是通过母亲青提夫人的誓词预示后文情节的发展，为后来目连救母等一系列情节提前作出合理铺垫。值得一提的是，通过誓言的预叙方式，实际上是融合宗教思维幻化的结果，以一种超现实的因果链，为预叙提供奇幻怪异的前逻辑。随着佛教因缘果报思想的影响，誓言性的预言叙事更多地带有宗教意味，其境界也更开阔。

具体采用什么样的顺序是有其自身意义的，而且是精神深处反复估量和整理的意义，顺序反映出作者的第一关注点不同，这一观念也体现在敦煌变文中。总的来说，在敦煌变文中，叙述者主要采用顺序的叙述方式，在此基础上又频繁使用预叙和倒叙的叙事时序，这种打破时间矢量流程的叙述时序，使得敦煌变文的叙事更加富于变化，也增强了变文作品的感染力，正如孟子之言："观水有术，必观其澜"[2]，敦煌变文在叙事时间的操作上对于倒叙和预叙的使用，很好地体现出古人文不厌曲的叙事特征。

---

[1] 黄征，张涌泉校注. 敦煌变文校注[M]. 北京：中华书局，1997:1011.
[2] 陈蒲清注释.《四书》[M]. 广州：花城出版社，1998:470.

— 45 —

第三章 敦煌变文流动变化的叙事视角

在 20 世纪的叙事学研究中,叙事视角可谓是一个极其重要的课题,甚至被认为是叙事学研究基本的方面和理解叙事作品的关键。任何一个作者,当要在文本中对客观世界进行描述时,不可能如照相一样对客观事物进行摹写,而是必须选择一个观察者并通过观察者的眼光摄取,最后运用一定的语言将观察者所观察到的内容讲述出来。在这个过程中,视角起到决定性作用,决定事件被感知的过程以及方式,比如故事中的事件是谁感知的;是感知到了事件的全部,还是只感知到部分;是透视到所有人物的内心活动,还是透视到某些人物的内心;在故事中,叙述者和被叙述者的态度以及两者之间的关系?视角为我们解决了文本中的这些重要问题,由此可以看出,视角是关乎一部作品优劣的重要标准,对于一部叙事作品来说具有重要意义。杨义在《中国叙事学》中曾经对视角问题有过这样的阐述:"叙事视角是一部作品,或一个文本,看世界的特殊眼光和角度。视角具有选择性和过滤性。"[1]他又说:"某一事象存在之同,可以从异人、异位、异象观之,观之所得,往往是事象的不同侧面、不同轨迹、不同状态,因而在观者眼

---

[1] 杨义.中国叙事学[M].北京:人民出版社,2009:197.

第三章　敦煌变文流动变化的叙事视角　<<<

中引起的感觉、心中引起的思考也自有不同。视角的选择和设定往往带来事象的同异之辨。同时，一个视角的精心安排也会起到波谲云诡，甚至石破天惊的审美效果。"[1]杨义先生对叙事视角的理论阐述，可谓深入而明晰，也可以窥见视角在叙事作品中的重要意义。视角艺术运用得是否妥帖精当，是直接决定叙事作品能否传神出彩而又富有表现力的一个重要品评依据。

童庆炳在《文学理论教程》中说："视角也称为聚焦，即作品中对故事内容进行观察和讲述的角度。视角的特征是由叙述人称决定。"[2]根据叙述人称，可以将叙事角度分为第一人称叙事角度、第二人称叙事角度以及第三人称叙事角度；根据叙事视角的透视范围，可以将叙事角度分为全知叙事视角和限知叙事视角。在中国古代，虽然缺乏对于叙事视角的理论研究，但不可否认的是，在具体叙事实践中，许多叙事作品都能够自觉地进行叙事视角的选择和运用。在敦煌变文中，同样可以看到作者对于叙事视角独具匠心的运用。这一部分内容将从叙述人称的角度以及视角透视范围的角度，对敦煌变文在叙事视角上对传统的继承以及视角的流动性等问题进行讨论。

第一节　第三人称的全知叙事视角

第三人称全知的叙事视角是古代叙事作品，尤其是历史叙事普遍运用的一种叙事模式，这种叙事视角最显著的特点是不存在固定的观

---

[1] 杨义. 中国叙事学 [M]. 北京：人民出版社，2009:199.
[2] 童庆炳. 文学理论教程 [M]. 北京：高等教育出版社，2001:220.

察位置。叙述者在进行叙事过程中，如同上帝般全知全能地超越时空限制，无所不在，无所不晓，既了解过去发生的事情，也通晓人物未来的命运，既可以走进人物心理，也可以掌控故事发展。杨义在《中国叙事学》中曾有云："源远流长的历史叙事，在总体上是采取全知视角的，因为历史不仅要多方搜集材料，全面地实录史实，而且要探其因果原委，来龙去脉，以便'究天人之际，通古今之变'。没有全知视角，是难以全方位表现重大历史事件的复杂因果关系、人事关系和兴衰存亡的形态。"[1] 这是杨义先生对历史叙事中全知叙事视角运用所做出的理论性阐述。

敦煌变文在叙事过程中，很好地继承了历史叙事第三人称全知呈现式叙述方式，但是由于敦煌变文是说话体俗讲的底本，这种独特的讲述式叙事方式又有别于史传叙事，在叙事过程中形成独特的特色，其叙事类型总体上属于第三人称全知讲述式叙事的，而非历史叙事简单的事件呈现。这种独特叙事视角的形成和其本身"说话"的伎艺有关，既然"说话"变文要说给人听，则第三人称全知视角必然也会采取一种讲述式的姿态。总之，敦煌变文对历史叙事的第三人称全知叙事视角既有继承又有超越，叙述者以一种讲述式的姿态，无所不知，无所不晓，既对人物的家世生平清清楚楚，又对人物的容貌、行为、心理十分了解。可以说，叙述者对自己作品中出现的人物事件、命运和心理，基本上是全知的。

1. 介绍人物家世生平，交代事件历史背景

敦煌变文中的许多作品，其叙述者往往是站在一个旁观者的角度，拥有对人物和事件熟知的权力，可以向听众介绍人物的家世生平，以

---

[1] 杨义. 中国叙事学 [M]. 北京：人民出版社，2009:217.

第三章 敦煌变文流动变化的叙事视角 <<<

便让人们清楚地了解作品中的人物情况,也可以交代事件的历史背景。在这里,叙述者仿佛是能够洞察一切的旁观者,作为第三人称全知叙事视角掌控故事中人物的家世生平和事件的历史背景等情况。这种手法显然是继承了历史叙事中注重对人物事件背景进行介绍的叙事手法。

如《伍子胥变文》,作品在开始时便交代事件发生的背景以及人物的家世生平:

> 昔周国欲末,六雄竞起,八□诤(争)侵。
>
> 南有楚国平王,安仁治化者也。王乃朝庭(廷)万国,神威远振,统领诸邦。外典明台,内升宫殿,南与(以)天门作镇,北以淮海为关,东至日月为边,西与(以)佛国为境。开山川而〔□〕(回)地轴,调律吕以辩(变)阴阳。驾紫极以定天阙,减(感)黄龙而来负翼。六龙降瑞,地像嘉和(禾);风不鸣条,雨不破块。街衢道路,济济锵锵、荡荡坦坦,然留名万代。
>
> 楚之上相,姓伍名奢,文武附身,情存社稷……
>
> 伍奢乃有二子,见事于君:小者子胥,大名子尚。一事梁国,一事郑邦。并悉忠贞,为人洞达。[1]

在这里,变文开篇通过第三人称全知叙事视角交代伍子胥复仇故事发生的历史背景,叙述者仿佛是无所不知的上帝,将听众拉入那个特殊的历史环境中,使听众仿佛有一种身临其境的感觉。紧接着,通过全知视角的叙述,让我们对伍奢及其两个儿子伍子胥、伍子尚有了

---

[1] 黄征,张涌泉校注.敦煌变文校注[M].北京:中华书局,1997:1.

一定了解，并在叙述过程中同时对三人的性格进行刻画，伍奢"文武附身，情存社稷"，二子"并悉忠贞，为人洞达"，这里的性格刻画也为后文伍奢的犯颜直谏以及伍子胥替父报仇等情节埋下伏笔，直接推动情节发展。

2. 刻画人物容貌与行为

敦煌变文在说到人物出场时，习惯以第三人称全知叙事视角介绍人物的容貌或独特行为，说到女子时习惯描写她们的美丽，说到众佛时习惯描写他们的神异，这样人物的"开场"，在俗讲的讲述者和听众的接受这个说与听的过程中，让听众对叙述者所描述的具体人物的样貌神态、独特举止行为都有一定了解，对人物身份性格乃至故事情节发展起到一定暗示作用。如在《韩朋赋》中，开篇就对主人公贞夫的容貌进行刻画，"成公素女，始年十七，名曰贞夫。已贤至圣，明显绝华。刑（形）容窈窕，天下更无"[1]，这里叙述者对人物的刻画，让听众心理仿佛出现了一个有着羞花闭月之貌而绝无轻浮之行的古代美女，而她圣贤的性格也跃然纸上，为下文韩朋遭人陷害和贞夫誓死守节等故事情节的发展埋下伏笔。又如在《破魔变》中，有对于魔王三女容貌的描写："侧抽蝉鬓，斜插凤钗，身褂绮罗，臂缠璎珞，东邻美女，实是不如；南国娉人，酌（灼）然不及。玉貌似雪，徒诧洛浦之容；朱脸如花，谩（漫）说巫山之貌。行风行雨，倾国倾城。人漂（飘）五色之衣，日照三珠（铢）之服。"[2] 叙述者先对三女的容貌进行直接刻画，又通过与"东邻美女""南国娉人"的对比，形象生动地描绘三女的美丽，最后又将三女的容貌比作洛浦之容、巫山之貌，

---

[1] 黄征，张涌泉校注. 敦煌变文校注 [M]. 北京：中华书局，1997:212.
[2] 黄征，张涌泉校注. 敦煌变文校注 [M]. 北京：中华书局，1997:534.

第三章 敦煌变文流动变化的叙事视角

如此形象生动的描绘展现出三女倾国倾城的形象,引发人们无限遐想,而三女本是要替父亲(魔王)迷惑世尊,扰乱世尊心性,使之无法得成正果,这里对三女容貌的刻画,更能够突出显示下文世尊不为世俗所扰的性格。

在说到人物出场时,敦煌变文除了有对于人物容貌的刻画,还有对于众佛独特行为的描述。在《太子成道经》中,太子刚出生时便"无人扶接,其此太子,东西南北,各行七步,莲花捧足。一手指天,一手指地,口云:'天上天下,唯我独尊!'"[1] 刚生下来的婴儿不仅能独立行走,还能够说出这样的话,形象生动地将世尊出生时的灵异表现出来。

这些在人物出场时以第三人称全知视角对人物容貌及独特行为的描写,使听众可以在极短的时间里迅速了解人物的身份特征,在脑海中形成鲜明的人物形象,生动传神,各具特色,为下文做好铺垫,直接推动下文情节的发展。

3. 揭示人物心理活动

杨义在《中国叙事学》中阐述:"作者,尤其是虚构叙事的作者,对其作品中的人事、心理和命运往往拥有全知的权力和资格。"[2] 敦煌变文很好地利用第三人称全知叙事视角对人物的心理进行惟妙惟肖的刻画。在敦煌变文中,第三人称全知叙事视角好像上帝,不仅知道人物的家世生平、事件的历史背景,还能深入人物的内心世界,采用内视角的叙事方式,描述人物最细腻的心理活动,这一点敦煌变文运用得十分成功。因为只有将内视角的心理活动与具体情节结合起来,

---

[1] 黄征,张涌泉校注. 敦煌变文校注 [M]. 北京:中华书局,1997:436.
[2] 杨义. 中国叙事学 [M]. 北京:人民出版社,2009:217.

才能充分展现出角色人物复杂的心态。

如《金刚丑女因缘》中，曾多次对人物的心理进行细致刻画，丑女由于前世心生轻贱，死后虽托生王宫，却生得一副丑面，等到待嫁的年龄，其母"宿夜（忧）愁，恐大王不肯发遣"[1]，后其母奏请大王，"大王[闻奏]，良久沉吟，未容发言"[2]。这里对大王和夫人的心理描写便惟妙惟肖地勾勒出两人对女儿婚事的担忧。后夫人设计，命宰相许以高官于民间觅得一贫生子王郎，不料见面时，王郎却被丑女容貌的丑陋唬倒，甚至以水洒面，良久才苏醒，这时变文对丑女两个姐姐的心理活动进行刻画，"于是两个阿姐，恐被王郎耻嫌丑陋不肯……[阿姐]无计，思寸且著卑辞"[3]，而王郎此时心理却另有一番思考："王郎道苦：'彼人误我将来，今日目前，见这个弱事。乃可不要富贵，亦不藉你官职。然相合之时，争忍[见]其丑貌。'思寸再三，沉疑不语。"[4]当王郎苏醒之后，丑女的两个姐姐心怀警觉，恐王郎悔婚，此时王郎心里也正思量着宁可弃富贵也不愿与丑女结成连理。作品在这里对于双方心理的描写，也将变文故事的矛盾冲突又一次推向高潮。

王郎与丑女结为伉俪后，王郎以驸马的身份与高官书题往来，相约邀会，继而轮到王郎家邀请，此时王郎："惟忧妻貌不强，思虑耻于往还，遂乃精神不安，宿夜忧愁"[5]，妻见王郎整日愁思，再三盘问，而当王郎告其原因时，"公主既闻此事，哽噎不可发言，惭见丑质，咽气泪落：前世种何因果，今生之中，感得丑陋？"[6]这里将公主因

---

[1] 黄征，张涌泉校注. 敦煌变文校注[M]. 北京：中华书局，1997：1103.
[2] 黄征，张涌泉校注. 敦煌变文校注[M]. 北京：中华书局，1997：1103.
[3] 黄征，张涌泉校注. 敦煌变文校注[M]. 北京：中华书局，1997：1105.
[4] 黄征，张涌泉校注. 敦煌变文校注[M]. 北京：中华书局，1997：1105.
[5] 黄征，张涌泉校注. 敦煌变文校注[M]. 北京：中华书局，1997：1106.
[6] 黄征，张涌泉校注. 敦煌变文校注[M]. 北京：中华书局，1997：1106.

第三章 敦煌变文流动变化的叙事视角

丑面而无限痛苦的心理细腻逼真、惟妙惟肖地刻画出来。

在敦煌变文中，以第三人称全知叙事视角刻画人物心理的内容还有很多，诸如《唐太宗入冥记》《汉将王陵变》，等等，均有全知视角的心理刻画，这里不作一一例举。通过这些内容可以发现，以第三人称全知视角刻画人物心理，可以使叙述者随时进入人物的内心世界，揭示人物心理活动，以便让听众对变文故事中所讲的人物和行为间的冲突更为清楚地了解和把握，在无形中拉近了讲述者和听众之间的距离，其重要作用不言自明。

4. 宏大场面的渲染

在敦煌变文中，还有很多地方是使用第三人称全知叙事视角对宏大场面进行渲染，显然是对史传叙事手法的继承。如在《破魔变》中，魔王为阻止世尊出世，集结阿修罗、病鬼王等百万之徒党，拟往菩提树下与世尊一决高下，此时文中对魔王行军场面的描写："妖邪万众（种），有耳不闻；器械千般，何曾眼见！然后辟两阵，分四厢，右绕右遮，前驱后截。用霹雷为战鼓，披闪雷作朱旗，纵猛风以前荡，勒毒龙而向后，蚖蛇盘结，遍地盈川，神鬼交横，摇精动目……披旗弄于山川，呼吸吐其云雾，摇动日月，震撼乾坤，作啾唧声，传叱吒号。魔王自领军众，来至林中。先铺瞹瞹之云，后降泼墨之雨……捧石擎山，昏蔽日月。强风忽起，拔树吹沙；天地既不辩（辨）东西，昏暗岂知南北。一时号令，便下天来。"[1] 写出了魔王声势浩大的行军场面。

又如《维摩诘经讲经文》（一）中描写四大天王、六欲诸天等众仙人去往庵园听法的宏大场面："各将侍从，天女天男；尽拥嫔妃，逶迤摇曳。别天宫而云中苑（宛）转，离上界而雾里盘旋……布乐器

---

[1] 黄征，张涌泉校注. 敦煌变文校注 [M]. 北京：中华书局，1997：533.

于青霄，散祥花于碧落。皆呈法曲，尽捧名衣……更有诸天人众，向大觉以归心；八部神龙，望金僊而启首。龙王龙兽，赫亦（奕）威光；龙子龙孙，腾身自在。跳踯踊跃，广现神通，不施愤怒之容，尽发慈悲之愿。更有三头八臂，五眼六通，擎霜剑而夜月藏光，挂金甲而朝霞敛耀。呼吸毒气，鼓击狂风，得海底之沙飞，使天边之雾卷。掷昆仑山于背上，纳沧海水于腹中。眼舒走雷之光，口写血河之色。"[1]这里变文作品通过第三人称全知视角的叙述，运用夸张等修辞手法，使听众仿佛走入叙述，尽观声势浩大的场面。

敦煌变文中以第三人称全知叙事视角渲染宏大场面的内容还有很多，诸如《张淮深变文》《张义潮变文》，等等，均有全知视角宏大场面的描写。以第三人称全知视角对宏大场面进行渲染，直接拉近听众与叙述者的距离，使听众仿佛能够身临其境，也推动了情节的发展。

5. 环境的描写

敦煌变文是俗讲僧人进行说话表演的文学遗存与文本显现，彰显出明显的"说话"艺术叙事模式，最突出的特点是文中经常出现第三人称全知视角对于环境的讲述。变文作品通过对景物进行描摹，展现出故事发生的背景，烘托渲染事件氛围，增加变文作品的感染力和真实性。

如在《庐山远公话》中，叙远公欲往庐山修道，途中便以第三人称全知视角先展现出一派迷人春景，"是时也，春光杨（阳）艳，熏色芳菲，渌（绿）柳随风而婀娜；望云山而迢递，睹寒雁之归忙"[2]，

---

[1] 黄征，张涌泉校注. 敦煌变文校注[M]. 北京：中华书局，1997：763-764.

[2] 黄征，张涌泉校注. 敦煌变文校注[M]. 北京：中华书局，1997：252.

第三章 敦煌变文流动变化的叙事视角

接着又以模拟听众、设为问答的叙述套语,叙远公初到庐山时对庐山的印象,叙述者用"且见其山非常,异境何似生"[1]设问,又用一段韵文对庐山的优美景色加以描绘,"嵯峨万岫,叠掌(嶂)千层,萃口高峰,崎岖峻岭。猿啼幽谷,虎笑(啸)深溪。枯松[挂]万岁之藤萝,桃花弄千春之(口)色"[2]。在这里,作品呈现出一派空幽迷人的庐山美景。远公到达庐山,感得山间鬼神为其造寺,寺庙造好之后,环境描写道:"且见重楼重阁,与忉利而无殊;宝殿宝台,与西方无二。树木丛林拥郁,花开不捡四时;泉水傍流,岂有春冬段(断)绝。更有名花嫩叶,生于觉路之傍;瑞鸟灵禽,飞向精舍之上。"[3]此时又有谒曰:"修筑(竹)萧萧四序春,交横流水净无尘,缘墙弊例(薜荔)枝枝渌(绿),赴(覆)地莓苔点点新。疏野免交(教)城市闹,清虚不共俗为邻,山神此地修精舍,要请僧人转法轮。"[4]这里将远公传法环境的空灵与优美描摹出来,仿佛是一幅出淤泥而不染的自然风景画,让人沉醉其中。从这些内容可以看出,文中环境描写的语句有大量诗词韵文存在,显然是对前代文学遗产,尤其是《诗经》景物描写手法的借鉴与继承,这些诗词的韵语语言凝练,具有蕴藉美,更加深语言的魅力,增强变文作品的感染力。

敦煌变文中以第三人称全知叙事视角描写环境的内容还有很多,为环境描写提供了故事发生的时间地点,渲染了背景,推动情节发展。这些富有意境美的描绘成为敦煌变文不可或缺的重要组成部分。

---

[1] 黄征,张涌泉校注. 敦煌变文校注[M]. 北京:中华书局,1997:252.
[2] 黄征,张涌泉校注. 敦煌变文校注[M]. 北京:中华书局,1997:252.
[3] 黄征,张涌泉校注. 敦煌变文校注[M]. 北京:中华书局,1997:253.
[4] 黄征,张涌泉校注. 敦煌变文校注[M]. 北京:中华书局,1997:253.

第二节 视角的切换与流动

敦煌变文在总体上使用第三人称全知叙事视角，但在某些局部描写上也采用限知的视角，其中涉及视角的切换与流动问题。视角的切换与流动属于行文技巧问题，如果运用得巧妙，可以增强文章的感染力与灵活性，很少有叙述者在行文中将一种视角固守到底，人们往往喜欢追求文本的多样化。在具体的一部作品中，运用某种视角类型可能只适用于作品的一部分内容，当涉及具体的事件与人物时，视角的切换与流动则变得势在必然，也是作者独具匠心的地方。因此，对于一部作品视角的切换与流动问题的研究十分重要。杨义先生在《中国叙事学》中曾经对视角的流动性问题作出如下阐释："全知、限知是视角的静态分类。但在视角动态操作中，我国叙事文学往往以此局部的限知与彼局部的限知，由此及彼，相互呼应，合成全局的全知……它们把从限知到达全知看作一个过程，实现这个过程的方式就是视角的流动。"[1] 在这里，杨义先生实际上是为我们点出我国叙事文学普遍存在的一个特点，即习惯以局部的限知合成全局的全知，这个特点虽然是在分析明清时代章回小说的基础上得出，但这个观点对于敦煌变文视角的研究同样适用。

与章回小说不同的是，敦煌变文视角的切换与流动与其特殊的说唱艺术形式分不开。我们了解到敦煌变文是僧人俗讲的底本，形式不

---

[1] 杨义. 中国叙事学 [M]. 北京：人民出版社，2009:228.

第三章　敦煌变文流动变化的叙事视角

仅有说有唱,又有图,说唱交替。在说唱过程中,作为第三人称全知视角的叙述者如同全知全能的上帝一样观察事物,然后将所观察到的人和事有选择地说唱给大家。这种单一的叙述方式固然无所不能,但却存在很大的局限性,视角的单一会损害故事的逼真性,同时削弱对人物形象的塑造,使故事显得呆板乏味,不能激发听众的兴趣,因此,视角的切换与流动十分重要。

敦煌变文在说唱过程中必须与五行八作的听众发生喜怒哀乐的共鸣,叙述者在采取叙事视角时,必须在第三人称全知视角基础上频繁潜入角色,合成众多的角色视角,模拟角色的口吻,装成角色神态,讲述过程中适时地采取限知的角色视角,做到口到、眼到、手到、神到,才能够赢得听众的喜欢。如果角色变了,视角也随之进行切换与流动,整个文章才会显现出灵动的色彩。视角的切换与流动可以是人称视角之间的交替,也可以是全知限知视角之间的跳跃,还可以是角色视角之间的切换,以下将从三方面探讨敦煌变文视角的切换与流动性问题。

一、第三人称全知叙事视角＋第三人称人物限知视角

在敦煌变文中,叙述者经常在第三人称全知叙事视角叙述下,插入第三人称限知视角的叙述,这种方式通常是叙述者站在角色视角的立场上,通过不同角色人物的观察、心理活动等进行叙述,叙述者巧妙地用局部限知进行组合,进而形成全局的全知,形成视角的切换与流动。杨义在《中国叙事学》中对角色视角有所阐述:"角色视角并非稳定的视角,它是由叙述者视角和书中人物视角重叠而成,是合二而一的结果。"[1]自然可以分为两个方面:当叙述者视角和人物视角

---

[1] 杨义.中国叙事学[M].北京:人民出版社,2009:239.

>>> 敦煌变文叙事研究

分离，以全知的方式出现对事件进行介绍与评说时，属于第三人称全知视角；当叙述者视角和文本中一个人物视角重叠时，组成一个角色视角，也就是第三人称人物限知视角。在敦煌变文中，叙述者经常在第三人称全知叙述的过程中频繁地采取第三人称人物的限知视角，进入其内心，进入其境遇，进入其感觉，促成视角的切换与流动，叙述者和听众一同沉浸在角色的境遇中，精神交融，哀乐与共，无形中拉近叙述者与众多听众之间的距离，使变文作品更加富有灵动性。

如在《伍子胥变文》中，变文开篇首先以第三人称全知叙事视角的方式介绍事件的历史背景以及人物的家世生平。"昔周国欲末，六雄竞起，八口诤（争）侵……伍奢乃有二子，见事于君：小者子胥，大名子尚。一事梁国，一事郑邦。并悉忠贞，为人洞达。"[1] 紧接着，又叙述伍奢父子被杀以及伍子胥逃亡的起因，这些内容基本上都属于第三人称全知叙事视角（a）。从此，伍子胥踏上了逃亡旅途，而当伍子胥行至颍水时，作品的视角随即发生变化：

悲歌以（已）了，更复前行，信业随缘，至于颍水（a）。风来拂耳，闻有打沙（纱）之声，不敢前荡，隐形而立。(b)

子胥行至颍水傍，渴乏饥荒难进路，遥闻空里打沙（纱）声，屈节斜身便即住。

虑恐此处人相掩，捻脚攒形而映树；量（良）久稳审不须惊，渐向树间偷眼观。(a)

津傍更亦没男夫，唯见轻盈打沙（纱）女，水底将头百过窥，波上玉腕千回举（b）。

---

[1] 黄征，张涌泉校注. 敦煌变文校注 [M]. 北京：中华书局，1997:1.

第三章 敦煌变文流动变化的叙事视角 <<<

即欲向前从乞食，心意怀疑生犹豫，进退不敢辄谘量，踟蹰即欲低头去。（a）

女子泊沙（拍纱）于水，举头忽见一人，行步獐狂，精神恍惚；面带饥色，腰剑而行，知是子胥，（c）乃怀悲曰"儿闻桑间一食，灵辄为之扶轮；黄雀得药封疮，衔白环而相报。我虽贞洁，质素无亏，今于水上泊纱（拍纱），有幸得逢君子，虽即家中不被（备），何惜此之一餐"缓步岸上而行（a）。[1]

在这里，作者先将全知视角 a 转移给主要角色人物伍子胥 b："风来拂耳，闻有打沙（纱）之声，不敢前荡，隗形而立"，叙述伍子胥当时所听所闻；紧接着，下文又紧跟一段韵文，通过第三人称全知视角 a 与第三人称限知视角 b（伍子胥的限知视角）的切换，进一步表现出伍子胥当时矛盾的心理；韵文过后，下文又将叙事视角转换给角色人物浣纱女 c，"女子泊沙（拍纱）于水，举头忽见一人，行步獐狂，精神恍惚；面带饥色，腰剑而行，知是子胥"，这里采用心理描写的手法，通过浣纱女的视角叙述伍子胥当时的情态；最后，视角又回转到第三人称全知视角上。这样，在这一情节中，文本通过叙述视角 a—b—a—b—a—c—a 的轮流转换，完成第三人称全知叙事视角（a）与第三人称人物限知视角（b：伍子胥视角、c：浣纱女视角）之间的切换与流动。这种流动转换使得第三人称的全知叙述者充分融合进第三人称人物限知的角色视角中，与角色人物同喜同悲，增强作品的感染力，也是作品视角伎艺的精髓所在。

在敦煌变文中，许多作品都是在第三人称全知叙事视角基础上，

---

[1] 黄征，张涌泉校注．敦煌变文校注 [M]．北京：中华书局，1997：3．

采用第三人称人物的限知视角潜入角色而使视角发生切换与流动，这种方式使得叙事视角变得活泼灵便，流动中让人们仿佛身临其境，任凭第三人称叙述者带着读者和书中的人物一同感知世界，和书中人物一同享受喜怒哀乐，为高兴而发笑，为悲伤而落泪，即"为古人担忧"。

二、第三人称全知叙事视角＋第一人称人物限知视角

敦煌变文由于受到史传手法的影响，基本上采用第三人称全知与限知相互切换与流动的叙事手法，值得一提的是，敦煌变文中还有一些作品是在第三人称全知叙事视角叙述下，插入第一人称人物的限知视角叙述。第一人称人物限知视角具有其他视角所不具有的独特优势，就是叙述者可以完全地将自己置身于虚构的故事世界中，第一人称的人物叙述者仿佛是作品中的一个角色人物，也是虚构故事中的一个角色。叙述者作为故事中的一个人物，讲述自己所见、所闻、所感、所想，在这里，人物的世界与叙述者的世界完全重合。敦煌变文在第三人称全知叙事基础上插入第一人称人物限知叙事，增强故事的真实性，缩短叙述者和听众两者间的距离，也促成视角的切换与流动。

如在《王昭君变文》中，作品首先以第三人称全知叙事视角对胡地风俗以及昭君的心理进行叙述："汉女愁吟，蕃王笑和；宁知惆怅，何别声哀。管弦马上横（恒）弹，节会途间常奏。侍从寂寞，如同丧孝之家；遣妾攒蚿，伏（复）似败兵之将。"[1]（a）接着，变文又以两个"妾闻"的第一人称人物限知视角，由王昭君自己出面，直接对其内心进行描述：

---

[1] 黄征，张涌泉校注. 敦煌变文校注[M]. 北京：中华书局，1997：156.

第三章　敦煌变文流动变化的叙事视角 <<<

　　妾闻："居塞北者，不知江海有万斛之船；居江南之人，不知塞北有千日之雪。"此处苦复重苦，怨复重怨。行经数月，途程向尽，归家啼遥，迅昔（速）不停，即至牙帐。更无城郭，空有山川。地僻多风……妾闻："邻国者，大而 [□]（大），小而 [□]（小）；强自强，弱自弱。何用逞雷电之意气，争锋火之声 [□]（威），独乐一身，苦他万姓！"（b）[1]

　　这里很显然是属于第一人称的人物限知视角，文本通过两个"妾闻"的内心独白，以第一人称的人物限知视角将自己不习胡地异域之苦淋漓尽致地表现出来。第一人称的人物限知视角在文本中并没有一贯到底，至此，作品中的视角又发生流动变化，"明妃既策立，元来不称本情，可汗将为情和，每有善言相向（a）。'异方歌乐，不解奴愁，别域之欢，不令人爱。'（c）单于见他不乐，又传一箭，告报诸蕃，非时出猎，围绕炬指山，用昭君作中心，万里攒军，千兵逐兽（a）"[2]，这里很显然使用第三人称全知叙事视角（a）和第三人称人物限知视角（c：单于的视角）的流动切换，表现昭君的异域之悲。

　　在简短的第三人称视角叙事之后，文本又将视角聚焦于以第一人称"妾"的昭君身上："当嫁单于，谁望喜乐？良由画匠，捉妾陵持，遂使望断黄沙，悲连紫塞，长辞赤县，永别神州"（b）[3]，这里通过第一人称视角的叙述，将自己归家无望的绝望之情表现出来。在这一情节中，文本通过叙述视角 a—b—a—c—a—b 的轮流转换，完成第三

---

[1] 黄征，张涌泉校注. 敦煌变文校注 [M]. 北京：中华书局，1997:156.
[2] 黄征，张涌泉校注. 敦煌变文校注 [M]. 北京：中华书局，1997:157.
[3] 黄征，张涌泉校注. 敦煌变文校注 [M]. 北京：中华书局，1997:157-158.

人称全知叙事视角（a）同第一人称人物限知视角（b：王昭君视角）、第三人称人物限知视角（c：单于视角）之间的切换与流动。在《王昭君变文》中，第一人称限知视角的运用非常频繁，文中第三人称与第一人称多视角的变换，既可以全方位地对事件进行呈现，又可以深入人物心理进行内心独白。叙事视角的不断切换与流动，全方位地展现出王昭君不习胡地风俗的异域之悲，凸显王昭君的人物形象，同时增强变文作品的感染力。

敦煌变文中在第三人称全知叙事视角基础上，同时采用第一人称人物限知视角的篇目还有《秋胡变文》《舜子变》等，插入第一人称的叙事视角有一个很大优势，可以很好地展现故事人物的内心世界，而第一人称叙事视角的运用在古代小说中并不多见，敦煌变文对这一视角的尝试，也可以看作是敦煌变文在叙事视角运用方法上的有益探索，对其后小说发展具有一定的借鉴意义。

三、第三人称全知叙事视角＋第二人称人物限知视角

视角中蕴藏着无限生命，不同的视角选择可以为读者提供不同的世界感觉，也可以使文章展现出不同趣味。敦煌变文中视角的切换与流动十分频繁，除了上述两种情况之外，第三人称全知叙事视角还与第二人称的人物限知视角发生切换。第二人称的人物限知视角是比较特殊的一种叙事视角，相对于第三人称的人物限知视角以及第一人称的人物限知视角，变文作品中对于它的使用情况十分有限，但即便如此，这种特殊的叙事视角以其非凡的表现力与感染力，在敦煌变文作品中发挥出难以想象的作用。

"那些独特的视角操作，可以产生哲理性功能，可以进行比较深

第三章　敦煌变文流动变化的叙事视角

刻的社会人生反省"[1]，在敦煌变文中，第二人称的人物限知视角的运用很好地体现出这一点。在敦煌变文作品中，当作为第二人称限知视角的"你"一旦出现在叙述中时，无形地拉近了作者与读者之间的关系，某种微妙联系随即在两者之间产生；当作者以第二人称限知视角的"你"称呼变文中某位角色时，无形中将读者一同置于"你"的位置上，而当读者不断地听到"你如何如何"的声音时，读者将会产生一种和作者面对面进行对话的感觉。因此，第二人称限知视角的运用在很大程度上消除了读者和作者之间的距离，这种视角直接增强了变文作品的震撼力、感染力和表现力。

如《譬喻经变文》，虽然作品有所残缺，但遗留下来的部分正体现出第三人称全知视角与第二人称限知视角（你、汝）之间的切换。文中首先以第三人称全知视角的方式叙述故事的起因，讲述主人公手持铁棒来到墓所棒槌死尸的情况（a）；接着，变文中的视角开始频繁发生切换：

既将铁棒，直至墓所，寻得死尸，且乱打一千铁棒。
（a）苛责道："恨你在生之日，悭贪疾妒，日夜只是算人，无一念饶益之心，只是万般损害。头头增罪，种种造殃，死堕三途。"

在生恨你极无量，贪爱之心日夜忙。老去和头全换却，少年眼也拟捥将。

百般放圣谩依着，千种为难为口粮。在生爱他总恰好，业排眷属不分张。（b）

---

[1] 杨义. 中国叙事学[M]. 北京：人民出版社，2009:203.

>>> 敦煌变文叙事研究

  缘男为女添新业,忧家忧计走忙忙。尽头苛责死尸了,铁棒高台打一场。
  从次第二。怨死尸在生日,于父母处不孝,中亲处无情;兄弟致辞,向姊妹处无义。（a）
  恨汝生迷智,不曾闻好人。五逆向耶娘,万般恶业累。
  虎狼性纵恣,禽兽心长起。姊妹似参晨（辰）,兄弟如火水。
  内亲长不近,外族难知己。责处罪过没休时,永劫沉沦为饿鬼。
  念君在世过为灾,一去三途更不回。直为在生行不孝,又将铁棒打尸来。（b）[1]

  在这里,变文首先以第三人称全知视角（a）的方式叙述主人公手持铁棒来到墓所棒打死尸的情况,接着就将视角转移给第二人称限知视角（b:你）,具体阐述死尸生前悭贪嫉妒的恶行,以及这种恶行在死后带来的严重后果;接着,变文的视角发生切换,作者又用第三人称全知视角（a）进一步叙述死尸在生之日不孝父母、不睦兄妹的恶行;最后,视角最终定格在第二人称的限知视角上（b:汝）,以第二人称限知视角进一步叙述死尸生时的恶行以及死后堕为饿鬼的后果。在这一情节中,文本通过叙述视角a—b—a—b的轮流转换,完成第三人称全知叙事视角（a）与第二人称限知视角（b）之间的切换与流动,这种流动转换增强了变文作品的灵活性与感染力,可以很好地引起读者共鸣,收到效果。
  第二人称限知叙事视角的使用,在表达上有着特殊作用,可以把

---

[1] 黄征,张涌泉校注. 敦煌变文校注[M]. 北京:中华书局,1997:1077.

第三章　敦煌变文流动变化的叙事视角　<<<

作品蕴含的思想与精神发挥到极致。当作品采用"你如何如何"第二人称限知视角进行叙事时，对读者造成的心灵冲击是不言而喻的，能够引起读者深刻的思考，带给读者强烈的震撼。

由上述例子可以看出，作品很好地利用第二人称限知视角的方式，对生前不修善业的人进行强烈抨击与鞭挞，这种限知视角有着强烈的针对性，又可以带领读者将自身投置在具体作品中，仿佛可以把作品中"你"同现实中的自己混淆，以作品中的"你"反观自己的行为，进而引起人们的深刻思考，在思考中反省自己，在思考中改进自己。

总地来看，敦煌变文从整体上继承了史传叙事第三人称的全知叙事视角，并在此基础上进行视角的切换与流动，插入第三人称人物限知视角、第一人称人物限知视角与第二人称人物限知视角，这种全知全能的叙事视角与第一、第二、第三人称的限知视角不断切换与流动，形成敦煌变文独特的多角度叙事视角特色。这里，全知全能的叙事视角能够掌控全局，摆脱时空的束缚，在复杂的事件中厘清一条线索，而限知叙事视角又可将叙述者与角色人物充分融合，透视人物的心灵，两种类型视角的交叉使用，形成一种叙事张力，使敦煌变文的叙事变得灵活而不呆板，促成其视角的切换与流动。关于敦煌变文叙事视角并非只有上述几种，更多的问题还有待专家进一步探讨。

第四章 敦煌变文的叙事语言艺术

敦煌变文在叙事语言艺术上最大的特点是韵散结合,这是古代民间说唱传统长期孕育的结果,也是为民众所喜闻乐见的一种形式。敦煌变文所使用的语言,不论是散体语言还是韵语,虽然出自唐时日常口语但又是不同于日常口语的一种艺术化的叙事语言,一方面浅显易懂,类似于家长里短式的絮叨;另一方面又不同于当时的口语,在叙事过程中使用想象虚构、夸张渲染等艺术手法,使得语言富有变化、节奏,从而具有一种艺术的美,也使听众在听的过程中产生美感,因此与日常语言有所区别。以下将对敦煌变文散体语言的艺术及韵语的艺术进行探讨,并在此基础上分析敦煌变文的韵散结合的叙事语言艺术。

第一节 散体语言的艺术

在敦煌变文中,散文以及韵语两个部分在语言形式上分别表现出不同特点,承担着不同功能,也呈现出迥异的艺术特征。散文部分主要是叙事,以下将对散文以及韵语两个部分在语言形式上的特点及其艺术特征作简要分析。

第四章 敦煌变文的叙事语言艺术 <<<

一、散体语言的基本句式

在敦煌变文中，散文部分散体语言的基本句式非常独特，呈现出与韵语部分不同的语言特征，简而言之，可概括为两个特点：一是散文部分的散语基本上都以四言为主；二是散文部分在四言基础上，衍生出五言句、六言句以及八言句。

例如，在《李陵变文》中有这样一段文字描写："誓拟平于沙漠，拟绝嚣尘，持此微功，用将明主。岂谓将军失利，将士徒然，负特壮心，乖为（违）本愿。当今日下，实是孤危。鱼游鼎中，燕巢幕下，鼎熸鱼烂，幕动巢倾，势既不全，理难存立。大将军本意，莫枉劳人，幸请方圆，拟求生路。"[1] 这段文字基本上都是使用四言句式，同时夹杂着五言句式和六言句式，但可以看出，五言句和六言句分别是作者为了叙述完整的需要而刻意拉长的句式，其基础仍然是四言句式，显然是在四言句式前提下衍生出来的句式。

又如，在《前汉刘家太子传》中，叙太子逃逝至南阳郡："至于城北十里已来，不知投取之地，遂于磻陁石上而坐……其张老有一子，夜作瑞梦，见城北十里磻陁石上，有一童子，颜容端正，诸相具足，忽然惊觉，遍体汗流，至于明旦，具以梦状告白其父。"[2] 这段文字也是以四言句式为主，但与上例不同的是，这段文字在四言基础上衍生出大量八言句式，这些八言句均是四言句式的加倍，虽然从句法上不能从中间将其分开，阅读时可以在八言句的中间部位稍加停顿。

敦煌变文散体语言以四言句式为主，兼以五言句式、六言句式和八言句式的特征，是因为受到汉译佛经深刻影响。从魏晋南北朝一直

---

[1] 黄征，张涌泉校注．敦煌变文校注[M]．北京：中华书局，1997：130．
[2] 黄征，张涌泉校注．敦煌变文校注[M]．北京：中华书局，1997：243．

>>> 敦煌变文叙事研究

到唐代，汉译佛经在句式选择上采用四言，这种四言的基本句式结构整齐，简短精炼，铿锵悦耳，容易记忆，成为众多佛学家喜用的一种语言句式，如东晋姚兴在《通三世》中有言"过去未来，虽无眼对，其理常在"[1]，又如郗超在《奉法要》中"何谓念天？十善四等，为应天行"[2]，均采用四言句式。

由此可以看出，敦煌变文的散体语言深深地受到佛经中句式的影响，当敦煌变文还是俗讲僧们说唱的原生状态时，其语言形式已经受到俗讲僧日常诵习汉译佛经的深刻影响，从而形成今天人们看到的以四言句式为主，同时同中有异、富有变化的散体语言形式。

二、散体语言中的想象虚构艺术

敦煌变文中的散体语言不仅充分吸收和借鉴汉译佛经中的基本句式，还尝试性地运用许多别具匠心的艺术手法，向人们展示中国古代早期说唱文学的独特语言魅力。敦煌变文散体语言中表现出一个叙事语言艺术是诡谲恣肆、浪漫放纵的想象与虚构艺术。敦煌变文巧妙地将古代抒情诗擅长使用的想象虚构艺术表现手法运用到敦煌变文的散体语言中，使敦煌变文富有生气和灵性，也增强了敦煌变文作品的生动性和感染力。这种借助于想象和虚构的语言艺术方式，如今成为敦煌变文之所以受到许多敦煌学者长久垂青的一个重要原因。佛经类的变文作品，其情节多是虚幻想象的色彩，想象虚构的叙事语言艺术大量地渗透进佛经故事类变文作品的散体语言中，即便是敷演历史故事和民间传说的变文作品，其散体语言也含有大量的想象虚构情节。

---

[1] 石峻，等. 中国佛教思想资料选编[M]. 北京：中华书局，1981：136.
[2] 石峻，等. 中国佛教思想资料选编[M]. 北京：中华书局，1981：17.

第四章　敦煌变文的叙事语言艺术　<<<

　　前者如《大目乾连冥间救母变文》，作者用想象虚构的艺术手法，详细叙述目连救母的全过程。目连到天宫寻找父亲，经父亲提点："汝向阎浮提冥路之中，寻问阿娘，即知去处"[1]，从此目连踏上艰难救母之路。目连到了冥间，先后遇到"八九个男子女人"[2]"壮士驱无量罪人"[3]、阎罗大王、"奈何之上，见无数罪人"[4]、五道将军等人物，并向他们打听母亲的去处，在得知母亲因生前不修善业而堕入地狱时，先后寻历了刀山剑树地狱、铜床铁柱地狱，最终于阿鼻地狱中寻得母亲。后母亲化为饿鬼，目连为母亲送食送水，但食物和水还没有进到嘴里便化为猛火。目连在世尊的指点下，终于帮助母亲从饿鬼化为黑狗，又由黑狗转为女身，从此升入天界永享快乐。在目连救母的全过程中，处处弥漫着诡谲恣肆的想象虚构，目连不仅可以自由地上天入地，而且在地狱中接触的人物都是牛头、马面之类的想象虚构形象，弥漫着浓郁的诡谲色彩，而这些想象虚构的艺术又无一不是通过散体语言进行叙述的。

　　后者敷演历史中的故事作品如《汉将王陵变》，其散体语言同样渗透着许多想象虚构的艺术。如在文末叙当汉王得知王陵母舍生取义的壮举之后，"对三百员战将，四十万群臣，仰酬大设，列馔珍羞，祭其王陵忠臣之母，赠一国太夫人"[5]，受到如此隆重的祭奠，即便是已然身死的母亲，灵魂也备受感激，以至于"陵母从楚营内，乘一朵黑云，空中惭谢皇帝"[6]。这样的情节在现实中是完全不可能发生的，

---

[1] 黄征，张涌泉校注．敦煌变文校注[M]．北京：中华书局，1997：1026．
[2] 黄征，张涌泉校注．敦煌变文校注[M]．北京：中华书局，1997：1026．
[3] 黄征，张涌泉校注．敦煌变文校注[M]．北京：中华书局，1997：1026．
[4] 黄征，张涌泉校注．敦煌变文校注[M]．北京：中华书局，1997：1027．
[5] 黄征，张涌泉校注．敦煌变文校注[M]．北京：中华书局，1997：71．
[6] 黄征，张涌泉校注．敦煌变文校注[M]．北京：中华书局，1997：71．

而在变文作品中,作者却很好地使用散体语言,将想象虚构的艺术手法表现出来。

敷演民间传说的变文作品中,散体语言蕴含大量的想象虚构艺术,如在《舜子变》中叙,当舜子被父亲与继母设计填埋至枯井中时,"帝释变作一黄龙,引舜通穴往东家井出"[1],后舜子在母亲阴魂的指导下前往历山耕种,此时"天知至孝,自有郡(群)猪与(以)觜耕地开垄,百鸟衔子抛田,天雨浇溉"[2]。这些存在于散体语言中想象创造出来的情节,虽荒诞离奇,却使散体语言舒卷灵活,别开生面。

丰富的想象虚构在唐代乃至唐前小说中还非常少见,和我国古代叙事文学的史传笔法有很大关系。敦煌变文散体语言中大量想象虚构艺术手法的运用,仿佛是一场春雨及时滋润中国古代小说,在一定程度上使我国古代叙事文学长时间依存于史传的状态有所改变。敦煌变文散体语言中想象虚构艺术手法的运用,使得变文作品更加意趣横生、富有情趣,其浪漫诡谲的色彩也更加受到读者喜爱。

三、散体语言中的夸张渲染艺术

敦煌变文散体语言中除了大量使用想象虚构的艺术手法之外,还大量使用夸张渲染的艺术手法,夸张渲染艺术手法的使用,构建了散体语言的意境,创造了灵动的艺术效果。可以说,正是散体语言中夸张渲染艺术手法的运用,才使得敦煌变文的叙事艺术更加趋于完美,更加趋于灵活。

---

[1] 黄征,张涌泉校注.敦煌变文校注[M].北京:中华书局,1997:202.
[2] 黄征,张涌泉校注.敦煌变文校注[M].北京:中华书局,1997:202-203.

第四章 敦煌变文的叙事语言艺术

敦煌变文中，许多篇目的散体语言都频繁运用夸张渲染的艺术手法。就夸张手法而言，敦煌变文运用得更加普遍，夸张是"为了突出一个事物或特别的表彰一种思想，而采用一种极度夸大的说法，这种极度夸大的说法称之为夸张"[1]。如在《妙法莲花经讲经文》（一）中，叙大王侍奉仙人时的散体语言，每日"汲水下万丈洪崖，采果上千峰绿树"[2]，利用夸张手法写出国王多年供养仙人的劳苦。又如在《维摩诘经讲经文》（一）中叙三头八臂、五眼六通之神通广大时，说他们"掷昆崙山于彼上，纳沧海水于腹中"[3]，很好地利用夸张手法夸大仙人的力量，放大仙人的形象。又如在《伍子胥变文》中，当伍子胥在逃亡过程中行至江边时，得到一个渔人助佑而得以过江，伍子胥因为感激而意欲将自己的宝剑赠与渔人，渔人不受，伍子胥于是将宝剑投掷于江中，此时宝剑"放神光而焕爛。剑乃三涌三没，水上偏偏（翩翩）。江神遥闻剑吼，战悼涌沸腾波，鱼鳖忙怕攒泥，鱼龙奔波透出"[4]，这里的散语实际上是夸大了伍子胥因为投剑于江中所引起的一系列离奇自然反应，读者通过夸张的描述，自然在心中深深地树立起一个光辉高大的英雄人物形象。这些存在于散体语言中的夸张语言艺术手法，虽然在事实上不可能出现，但是通过夸张却能显现出来，而且读来又合情合理。因此，散体语言对于人物形象的塑造也起到巨大作用。

除了夸张，敦煌变文中散体语言对于渲染的语言艺术手法也多有运用。渲染的艺术手法主要体现在变文散体语言中对于人物所处环境的描写，散体语言通过对环境氛围的描写，可以提供一个人物活生生

---

[1] 史尘封. 汉语古今修辞格通编[M]. 天津：天津古籍出版社，1995:64.
[2] 黄征，张涌泉校注. 敦煌变文校注[M]. 北京：中华书局，1997:708.
[3] 黄征，张涌泉校注. 敦煌变文校注[M]. 北京：中华书局，1997:764.
[4] 黄征，张涌泉校注. 敦煌变文校注[M]. 北京：中华书局，1997:8.

的生存环境，对于人物形象的刻画也起到巨大作用。

如在《妙法莲花经讲经文》（一）中叙仙人所居住的场所时所说"风吹丛竹兮韵合宫商，鹤笑孤松兮声合角徵。队队野猿，潺潺流水；"[1]。这里的散体语言渲染出一个空幽明净、雅意浓郁的神仙世界。又如在《王昭君变文》中对于塞北风光的渲染："即至牙帐，更无城郭，空有山川。地僻多风，黄羊、野马，日见千群万群，□□羱羝，时逢十队五队。"[2]这里变文通过对边塞恶劣环境的渲染，写出王昭君对异地风俗的不适应以及对故国的深情思念，很好地展现出王昭君的形象。上述例子都是利用变文散体语言中的渲染语言艺术手法，通过运用很好地渲染了环境，刻画出人物形象，对于刻画人物心理起到一定作用。

夸张渲染的艺术手法在古代抒情性的诗歌中多有应用，但在唐以前的叙事文学中并不多见，可以说，最早把夸张渲染的艺术手法运用到出神入化的叙事文学是敦煌变文。敦煌变文中的散体语言运用夸张渲染的语言艺术手法，使得变文情节更加富有感染力，而人物形象塑造也更加具有感召力。

四、散体语言中的设谜艺术

散体语言的设谜艺术在敦煌变文中运用得并不常见，只有在《伍子胥变文》中出现两例，但仅仅是这两个例证，却足以体现出这种语言艺术的魅力。谜语是为大众所喜闻乐见的一种民间艺术形式，变文散体叙事语言中植入民间谜语，使得散体语言更加灵活自如、变化生动，无形间可以拉近俗讲者同听众之间的距离，也使得敦煌变文的情节更

---

[1] 黄征，张涌泉校注．敦煌变文校注[M]．北京：中华书局，1997：706．
[2] 黄征，张涌泉校注．敦煌变文校注[M]．北京：中华书局，1997：156．

第四章 敦煌变文的叙事语言艺术 <<<

加起伏跌宕,很好地推动故事情节的发展。

如在《伍子胥变文》中叙伍子胥逃亡的经过,当伍子胥逃亡至姐姐住处时,姐姐因担忧二子回来后会威胁到子胥安危,便"知弟渴乏多时,遂取葫芦盛饭,并将苦、苣为荠(齐)"[1],而子胥此时也深知姐姐用意,"葫芦盛饭者,内苦外甘也,苦、苣为荠者,以苦和苦也。意合遣我速去速去,不可久停"[2],这是一个典型以物喻意的谜语,姐姐不明说而通过具体的事物暗示弟弟危险的存在,使整个情节变得跌宕起伏、引人入胜。除此之外,作品散体语言中还有用药名诗设谜暗示的情节,如在叙述伍子胥逃亡中与妻子相遇之时的对话,妻子说:"膏莨姜芥,泽泻无邻,仰叹槟榔,何时远志!近闻楚王无道,遂发豺狐之心,诛妾家破芒消,屈身苔蓬。葳蕤怯弱,石胆难当。夫怕逃人,茱萸得脱。潜形菵草,匿影藜芦,状似被趁野干,遂使狂夫莨菪。妾忆泪露赤石,结恨青霜。夜寝难可决明,日念舌干卷柏。闻君乞声厚朴,不觉踯躅君前,谓言夫婿麦门,遂使苁蓉缓步。看君龙齿,似妾狼牙,桔梗若为,愿陈枳壳"[3],这时,子胥答曰:"余乃生于巴蜀,长在藿香,父是螟公,生居(诸)贝母。遂使金牙採宝,支子远行……二伴芒消,唯余独活。每日悬肠续断,情思飘摇,独步恒山,石膏难渡。披岩巴戟,数值柴胡,乃忆款冬,忽逢钟乳。留心半夏,不见郁金,余乃反步当归,芎穷至此。我之羊齿,非是狼牙,桔梗之情,愿知其意。"[4] 在这里,伍子胥同妻子用了大量中药名取其谐音相互问答,于紧张之处更添紧张,既增添散体语言的叙事情趣,也使故事情节更加引人入胜。

---

[1] 黄征,张涌泉校注. 敦煌变文校注 [M]. 北京:中华书局,1997:4.
[2] 黄征,张涌泉校注. 敦煌变文校注 [M]. 北京:中华书局,1997:4-5.
[3] 黄征,张涌泉校注. 敦煌变文校注 [M]. 北京:中华书局,1997:6.
[4] 黄征,张涌泉校注. 敦煌变文校注 [M]. 北京:中华书局,1997:6.

第二节　韵语的艺术

敦煌变文的叙事方式习惯在散文叙事过程中结合韵文进行叙事。韵文的主要功能是深化文章思想内容，并对情节加以概括或渲染。以下将对韵语的基本句式及其独特的结构形式作简要分析。

一、韵语的基本句式

敦煌变文中的韵语显示出同散语部分迥异的形式特征，韵语的形式主要有以下特点：（1）韵语基本上都是以五言句式、七言句式为主，兼有三言句式、四言句式以及六言句式，其中又以七言句式居多。（2）韵语中，五言和七言的句式基本都押韵，其他句式的押韵情况则视变文具体情况而定。（3）在一篇变文作品中，韵语不同的句式在一般情况下会单独成段，有时也会交杂使用，在同一段韵语中同时出现不同的韵语句式。

敦煌变文韵语的基本句式是以五言和七言为主，如在《王昭君变文》中叙："忆昔辞鸾（銮）殿，相将出雁门，同行复同寝，双马覆（复）双奔。度岭看玄（悬）瓮，临行望覆盆，到来蕃里重，长愧汉家恩"[1]，全部都是五言；又如《汉将王陵变》中："羽下精兵六十万，团军下却五花营。将士夜深浑睡着，不知汉将入偷营。王陵抬刀南伴（畔）斫，

---

[1] 黄征，张涌泉校注. 敦煌变文校注 [M]. 北京：中华书局，1997：158.

第四章　敦煌变文的叙事语言艺术 <<<

将士初从梦里惊，从帐下来犹未醒，乱杀何曾识姓名"[1]，全部都是七言，而且两则例子都是通篇押韵，是标准的韵文。敦煌变文韵文中，以押韵的五言和七言为主的韵文形式，反映出敦煌变文作为说唱文学，其唱词部分受到唐代五言、七言格律诗的深刻影响，体现出敦煌变文在实际演讲过程中，为适应广大听众习惯而付出的通俗化努力。

在同一篇变文作品中，有时不限于同一种韵语形式，更多的是不同韵语句式先后出现并独立成段，如在《欢喜国王缘》中，既有五言的韵语"有相辞王出，归家别父娘，万人皆失色，百壁（辟）尽悲伤"[2]，也有七言的韵语"从此夫人别大王，归家来见亲父娘，六宫送处皆垂泪，三殿辞时哭断肠"[3]，还有六言的韵语"当日夫人闻说，即时日夜坚持，果然七日身亡，生在他居天上"[4]。

在同一个篇目中，不同韵语句式独立成段并相继出现的情况非常常见，比如韵语中同时运用五言句式和七言句式的有《王昭君变文》《伍子胥变文》《破魔变》等，同时使用六言句式和七言句式的有《降魔变文》《八相变》《太子成道经》《目连变文》等，同时使用五言句式、六言句式、七言句式的除了有上述例子外，还有《欢喜国王缘》《金刚丑女因缘》《大目乾连冥间救母变文》等篇目，反映变文作品在实际演出过程中，在演唱韵文时是随着实际表达需要而选择语言形式，体现出变文韵语的灵活性。

在变文韵语中还出现一种情况，有些篇目是在同一段韵语中同时使用不同的句式。如在《大目乾连冥间救母变文》中："五道将军性

---

[1] 黄征，张涌泉校注．敦煌变文校注[M]．北京：中华书局，1997:67.

[2] 黄征，张涌泉校注．敦煌变文校注[M]．北京：中华书局，1997:1090.

[3] 黄征，张涌泉校注．敦煌变文校注[M]．北京：中华书局，1997:1090.

[4] 黄征，张涌泉校注．敦煌变文校注[M]．北京：中华书局，1997:1091.

令恶,金甲明晶、剑光交错,左右百万余人,总是接飞手脚。叫譀似雷惊振动,怒目得电光辉霍,或有劈腹开心,或有面皮生剥。"[1]在这段中同时出现有四言、六言、七言,段中的两个四言句关系紧密,显然是一个完整八言句式的分割。又如,在七言中插入三言的情况,在《金刚丑女因缘》中有:"叹佛了,求加被,低头礼拜心转志。容颜顿改旧时仪,百丑变作千般媚。"[2]三言在敦煌变文中独立成段的情况并没有,只有在七言韵语中偶有穿插,这样的例子在《欢喜国王缘》《破魔变文》等篇目中均有用到,这些三言句往往穿插在七言韵文中,并同七言韵文相押韵。

敦煌变文韵语以五言句式、七言句式为主,兼有三言句式、四言句式、六言句式的句式特征,体现出韵语灵活多变、自由跌宕的特征,韵语不仅追求句式的整齐,还在叙事过程中依据叙述需要而自由变换形式,体现出变文面向大众、民间化的特征。在变文同一篇目中的韵文,不仅有不同形式的韵语交替使用的情况,而且在同一段的韵文中还能够使不同韵语形式交叉使用,在艺术表现上更加自由灵活,在观众欣赏时也能造成一种错落有致的感觉。

二、韵语中结构形式的艺术

敦煌变文中出现的韵语,特别是演唱佛经类故事时所使用的韵语,在结构形式上显示出一种独具特色的艺术形式。在韵语中,每四句或八句可自然分割为一个小结,每小结之间或者首句重叠,或者尾句重叠,语言形式完全相同。敦煌变文巧妙地运用结构上复沓的艺术手法

---

[1] 黄征,张涌泉校注. 敦煌变文校注 [M]. 北京:中华书局,1997:1028.
[2] 黄征,张涌泉校注. 敦煌变文校注 [M]. 北京:中华书局,1997:1107.

第四章 敦煌变文的叙事语言艺术

进行反复吟咏,从而深化主题,营造氛围,同时增强变文韵语的音乐性,使敦煌变文显现出无穷魅力。以下将对敦煌变文韵语的结构形式及作用作简要概说。

敦煌变文韵语的独特结构形式主要存在于佛经类变文作品中,在不同的作品中,该结构又分别表现出不同的形式特征。具体来说,敦煌变文韵语的结构主要有三种基本类型:第一,韵语中四句为一个小结,每个小结或者首两句韵语重叠,或者尾句韵语重叠,时而有个别字词有所更换,如《维摩诘经讲经文》(四)中:"牟尼这日发慈言,交(教)往毗耶问居士。智慧圆,福德备,佛果将成出生死。牟尼这日发慈言,交(教)往毗耶问居士。戴天冠,服宝帔,相好端严法王子。牟尼这日发慈言,交(教)往毗耶问居士。越三贤,超十地,福德周圆入佛位"[1],这是首两句重叠的情况。此外,这篇变文中同时出现尾句韵语重叠的情况,"智剑风寒比霜雪,不交(教)烦恼满身藏。六根门里常寻捉,此个名为真道场。慈悲愍念受灾殃,六道三途往返忙。拔济总交(教)登彼岸,此个名为真道场。欢喜逢人但赞扬,莫生嗔怒纵心王。若能满面长含笑,此个名为真道场"[2],这是尾句韵语重叠的情况。第二,韵语中八句为一个小结,每个小结的尾句韵语或者完全重叠,或者基本重叠,只更换个别字词,如《维摩诘经讲经文》(一)中:"信心若解修持得,必定行藏没疏失,恶事长时与破除,善缘未省教沉屈。寻常举动见闻深,凡所施为功行密,是故经中广赞扬,万般一切由心识。信心最上说功能,七聖财中为弟一,休向头头作妄缘,直须处处行真(斟)酌。断除邪见绝施为,莫把经文起违逆,是故经中广赞扬,万般一切由心识。信心喻似水精珠,浊水偏能令变易,直使流泉染浑时,

---

[1] 黄征,张涌泉校注.敦煌变文校注[M].北京:中华书局,1997:858.
[2] 黄征,张涌泉校注.敦煌变文校注[M].北京:中华书局,1997:869.

方知珠宝功动力。还须念念发精勤,莫谴头头行游逸,智惠愚痴咫尺间,万般一切由心识。"[1] 第三,韵语中两句为一个小结,且小结与小结之间前后两句在内容上互换位置,造成一种错落有致的感觉,如《故圆鉴大师二十四孝押座文》中:"孝心号曰真菩萨,孝行名为大道场。孝行昏衢为日月,孝心苦海作梯航。孝心永在清凉国,孝行常居悦乐乡。孝行不殊三月雨,孝心何异百花芳。孝心广大如云布,孝行分明似日光。孝行万灾咸可度,孝心千祸总能禳。"[2] 在这一例子中,每一小节都是围绕孝心与孝行阐述,但韵文巧妙地将每一小节中的前后内容互换位置,便于吟诵,铿锵悦耳,造成一种错落有致的效果。敦煌变文韵语虽然结构形式不同,但客观上都造成一唱三叹的艺术效果,很好地表达出思想感情,对于深化主旨等也起到重要作用。

敦煌变文韵语的作用是多方面的,主要有三点:第一点,可以深化文章主旨。韵语通过反复吟唱,突出主题,深化主旨,如在《解座文汇抄》中:"上三皇,下四皓,潘岳美容彭祖少,将为红颜一世中,也遭白发驱催老。文宣王,五常教,夸骋文章词丽操(藻),将为他家得长久,也遭[白发驱催老]。说西施,怛(妲)己貌,在日红颜夸窈窕,只留名字在人间,也遭[白发驱催老]。"[3] 诗歌四句为一小结,小结与小结之间尾句重叠,通过对不同人物的反复吟唱,向人们传达出人间不论是何样人物,最终都不免要化为尘土的道理,因此告诫尘世间的人们,生命无常,在世之时应多做善事,加深作品的主题思想,深化文章主旨。第二点,加强韵文的抒情性。如在《父母恩重经讲经文》(一)中:"或仕宦,居职务,离别耶娘经岁数。见四时八节未归来,

---

[1] 黄征,张涌泉校注. 敦煌变文校注[M]. 北京:中华书局,1997:752.
[2] 黄征,张涌泉校注. 敦煌变文校注[M]. 北京:中华书局,1997:1155.
[3] 黄征,张涌泉校注. 敦煌变文校注[M]. 北京:中华书局,1997:1171.

第四章　敦煌变文的叙事语言艺术　<<<

阿娘悲泣［无情绪］，或经营，求利去，或住他乡或道路。儿子虽然向外安，阿娘悲泣［无情绪］，或在都，差镇戍，三载防边受辛苦。信息希疏道路遥，阿娘悲泣［无情绪］。"[1]韵文通过反复吟咏"阿娘悲泣［无情绪］"，树立起一个时刻牵挂儿女的母亲形象，通过一唱三叹反复进行感情抒发，使父母心中绵延不尽的爱子深情得以深化，爱子深情通过重章叠句的形式得到充分展示。第三点，增强韵文的音乐性。敦煌变文中韵语部分是用于和乐演唱，利用这种独特的结构形式，能够体现出韵文的音乐特点，使韵文充满音乐美和节奏感，更加具有韵律和节奏，便于听众吟咏和记忆，也能够更好地抒发感情。

敦煌变文韵语中一唱三叹艺术手法的运用，是对《诗经》中重章叠句艺术手法的继承与发展，使说唱者和听众的感情得到充分抒发，劝人向善时主旨得以深化，劝人孝敬父母时感情得以升华。同时，这种结构形式所产生的音乐节奏及韵律，又能够加深感情。因此，敦煌变文韵语的结构形式，使得敦煌变文向人们展现出无穷魅力。

第三节　敦煌变文韵散结合的叙事语言艺术

敦煌变文作为一种民间说唱文学，其重要的一种叙事语言艺术就是在散文叙事过程中，同时进行韵文叙事，以达到韵散结合的目的。散文部分主要是用于叙事，承担推进故事情节发展的作用，而韵文部分的作用则相对比较复杂，或者是同散文一样承担叙事的功能，或者是以谒语的形式对散文部分进行概括总结，或者是反映角色人物的心

---

[1]　征，张涌泉校注. 敦煌变文校注[M]. 北京：中华书局，1997:976.

理活动，或者是承担角色人物之间的对话。总之，散文部分和韵文部分交替出现，韵散结合，共同构成敦煌变文独具特色的叙事语言艺术。

第一，散文部分进行叙事，韵文部分同样用于叙事，韵文部分或叙述情节事件，或描写人物、景物，韵、散两部分各自承担不同的叙述功能，相互独立，交替出现。如在《欢喜国王缘》中，散文部分首先叙："大王语夫人曰：'夫人自归家内，七日身亡，以何因缘，而来下界？'夫人道：'我自离宫内，便入山中，礼拜比丘尼，求受八关齐戒。一日一夜，志心境（敬）持，便得上生兜率天上。今朝到此，来报大王，伏望不恋阎浮，求生天上，与为同止，再遂忠（衷）肠，千万再三：速求出离。'"[1] 接着，下文又以七言韵文的形式紧承散文部分继续进行叙事，"大王闻说便心回，日夜烧香礼圣台，自别夫人经数月，思量好是苦持齐……今日若能得上界，施与如来国内财。相劝谏，速持齐，莫恋阎浮急出来"[2]，散文部分先叙述有相夫人因生前礼拜如来，在七日身死之后便上生兜率天上，后因怀念国王而下界，劝说国王从此礼拜如来，不恋红尘，以求与她一同升天。然后，韵文部分紧承散文部分的叙事内容，叙述欢喜国王回到宫中日夜烧香礼佛的事情，在叙述中还以第一人称的叙述穿插国王的心理，"今日若能得上界，施与如来国内财"，这里散文叙事的内容和韵文叙事的内容不同，分别提供了不同的叙述内容。

第二，散文部分进行叙事，韵文部分以谒语的形式将散文部分的内容进行概括总结，这种手法实际上是对佛经中诗谒手法的继承，对散文部分意义的深化有着重要作用。如在《庐山远公话》中，散文部

---

[1] 黄征，张涌泉校注. 敦煌变文校注 [M]. 北京：中华书局，1997：1092.
[2] 黄征，张涌泉校注. 敦煌变文校注 [M]. 北京：中华书局，1997：253.

第四章　敦煌变文的叙事语言艺术

分首先叙述惠远前往庐山修行，在庐山得遇山间鬼神相助，一夜之间造得一寺，"且见重楼重阁，与忉利而无殊；宝殿宝台，与西方无二。树木丛林拥郁，花开不捡四时；泉水傍流，岂有春冬段（断）绝。更有名花嫩叶，生于觉路之傍；瑞鸟灵禽，飞向精舍之上"[1]。然后，韵文部分以偈语的形式对寺庙景观做进一步描述："修筑（竹）萧萧四序春，交横流水净无尘，缘墙弊例（薜荔）枝枝渌（绿），赴（覆）地莓苔点点新。疏野免交（教）城市闹，清虚不共俗为邻，山神此地修精舍，要请僧人转法轮。"[2] 散文部分和韵文部分所叙内容基本一致，韵文部分所起作用，实际上是对散文部分的进一步概括与总结，对散文部分意义的深化起到了重要作用。

第三，散文部分进行叙事，韵文部分则用于揭示角色人物的心理状态。如在《伍子胥变文》中，散文部分首先叙述因楚王无道而导致伍子胥父兄被杀，伍子胥从此踏上逃亡复仇的道路，然后又以韵文的形式对伍子胥逃亡途中的心理状态进行刻画："子胥发分（忿）乃长吁：'大丈夫屈厄何嗟叹！天網恢恢道路穷，使我悒惶没头窜。渴乏无食可充肠，回野连翩而失伴。遥闻天渐（堑）足风波，山岳岩峣接云汉。穷洲旅际绝舟船，若为得达江南岸？下仓（苍）傥若逆人心，不免此处生留难。'"[3] 散文部分虽然有"按剑悲歌而叹曰"[4]的语句，但从韵文部分所叙内容来看，显然是角色人物伍子胥的内心独白。在这里，韵文部分实际上充当之后众多小说中的心理描写内容，表达人物内心的情感状态。

---

[1] 黄征，张涌泉校注. 敦煌变文校注 [M]. 北京：中华书局，1997：253.
[2] 黄征，张涌泉校注. 敦煌变文校注 [M]. 北京：中华书局，1997：253.
[3] 黄征，张涌泉校注. 敦煌变文校注 [M]. 北京：中华书局，1997：3.
[4] 黄征，张涌泉校注. 敦煌变文校注 [M]. 北京：中华书局，1997：3.

>>> 敦煌变文叙事研究

　　第四，散文部分进行叙事，韵文部分承担角色人物之间的对话，已经成为后世小说中对话场景的描写。韵文之前以"云""道"等词汇引领，引出韵语的对话内容。如在《金刚丑女因缘》中，散文部分首先叙述丑女前生虽然有布施的功德，但心里也曾对佛不敬，导致身死托生王宫之后生得一副丑面，大王见小女如此丑陋便将其送至深宫，直至到了出阁的年龄也不让丑女出来与人相见，夫人整夜愁苦，于是便向大王启奏要发遣丑女，散文有言："于是大王[闻奏]，良久沉吟，未容发言，夫人又奏云云。"[1] 然后韵文部分叙述："姐妹三人总一般，端正丑陋结因缘，并是大王亲骨肉，愿王一纳赐恩怜。向今成长深宫内，发遣令交（教）使向前，十指从头长与短，各各从头试咬看。"[2] 散文部分又说："大王见夫人奏劝再三，不免咨告夫人云云。"[3] 韵文："我缘一国帝王身，眷属由来宿业因，争那就中容貌差，交（教）奴耻见国朝臣。心知是朕亲生女，丑差都来不似人，说着上由（尚犹）皆惊怕，如何嘱娉向他门。"[4] 散文部分结尾都有"云云"字样，作为人物语言出现之前的引导词，而韵文部分又以韵语的形式分别承担不同人物之间的对话，这种方式同后代小说对话场景的描写相一致。所不同的是，用韵语的形式承担对话内容，表演时用于吟唱，更加富有音乐性和节奏感，这是用散文描写对话场景所达不到的艺术效果。

　　敦煌变文在散文叙事过程中加入韵文的叙事手法，形成敦煌变文独具特色的叙事语言艺术，其中散文主要承担叙事功能，叙述事件发生的经过与结果，韵文部分则视情况或叙事，或总结，或描写心理，

---

[1] 黄征，张涌泉校注. 敦煌变文校注[M]. 北京：中华书局，1997：1103.
[2] 黄征，张涌泉校注. 敦煌变文校注[M]. 北京：中华书局，1997：1103.
[3] 黄征，张涌泉校注. 敦煌变文校注[M]. 北京：中华书局，1997：1103.
[4] 黄征，张涌泉校注. 敦煌变文校注[M]. 北京：中华书局，1997：1103.

第四章 敦煌变文的叙事语言艺术

或呈现对话。散文结构和韵文结构的有机结合,形成韵散相间的说唱艺术形式,其中散文用于讲述,韵文用于吟唱,这种独特的语言艺术形式有利于促进表演,营造一种抑扬顿挫、张弛有序的演唱效果,而形之于文字,又会让读者感受到强烈的节奏感与音乐感。

第五章 敦煌变文的叙事形态

敦煌变文如何才更加吸引听众？创作者可谓进行了许多有益探索，正是由于听众的参与，敦煌变文的形式、结构形态等方面都呈现出与当时其他文学（如唐传奇）不同的特点，这种差异集中体现在叙事方式上。敦煌变文在叙事过程中，最突出的特点是使用说唱交替、图文结合的叙事方式，使得敦煌变文呈现出与其他文学作品不同的表现形式，散发出独具特色的魅力，在当时所有艺术形式中可谓独树一帜，具有开创性的意义。

众所周知，敦煌变文是一种口头性的表演艺术，类似于后代勾栏瓦舍之间的说唱艺术，这种艺术形式和作家创作文学作品截然分离的创作过程和阅读过程不同，其创作和接受始终处于同一个时间，是同步的，是一次艺术欣赏过程中同步进行的两个方面。在这种艺术形式展现的过程中，俗讲僧的创作活动和听众的接受活动同步进行，而两者之间也存在某种微妙的平衡关系，如俗讲僧说唱变文的精彩程度，直接决定所演变文在听众中的受欢迎程度，而听众在变场观看说唱变文时的反应，又直接影响俗讲僧的创作活动，两者可谓水乳交融、相互促进，使得敦煌变文呈现出一种活态的艺术美感，成为一种互动的、动态的、开放的艺术审美形态一种创作者和接受者双向交流的审美形态。在互相影响的关系中，作为接受者的听众，处于一个更加积极、主动的地位，接受者在整个变文说唱过程中，总是以自己或者随着情

第五章　敦煌变文的叙事形态

节紧张，或者走神自由散漫等，所表现出来的不同情状影响创作者，使得创作者在表演变文的同时，必须不断根据听众喜好随时改进自己的表演，听众对于变文表演的褒贬直接影响表演者的演述活动。这时，创作者需要关注的问题是：采用什么样的叙事方式更能吸引听众？如何采用恰当的、为听众喜闻乐见的形式表演变文？以下将从敦煌变文说唱间行、说唱交替和图文结合的叙事方式等方面，探讨敦煌变文独特的叙事形态。

第一节　敦煌变文说唱间行、说唱交替的叙事方式

如前所述，敦煌变文呈现出来的是一种韵散结合的叙事语言艺术，其中散文部分的基本句式主要是以四言为主，在四言基础上衍生出五言、六言和八言句式，而韵文部分的基本句式要相对复杂，韵文部分主要是以五言、七言为主，兼有三言、四言、六言，其中又以七言句式居多，从中可以看到我国古代七言诗文学传统的深刻影响，此外汉译佛经也多用五言、七言韵文颂唱经文，也可以看到敦煌变文对汉译佛经句式句法的继承。在押韵过程中，五言和七言的句式基本押韵，其他句式的押韵情况则视变文的具体情况而定。在一篇变文作品中，不同的韵语句式一般情况下单独成段，有时也会不同的句式交错使用，这是敦煌变文语言上的基本风貌。

在具体表演过程中，语言情况不同，韵文、散文的呈现方式也不同，其中韵文部分主要用于歌唱；散文部分则主要用于演说。在具体文本中，韵散是交替出现的，使得敦煌变文在表演过程中呈现出说唱间行的艺

>>> 敦煌变文叙事研究

术风貌。"说"是表白讲述，即艺人以第三人称口吻铺陈情节，敷衍故事；"唱"是行腔咏唱，用于叙述故事，抒发感情。前者是散文，后者是韵文，两者相互配合。郑振铎对此曾有过深刻阐述："'变文'是'说唱'。讲的部分用散文，唱的部分用韵文。这样的文体在中国是崭新的，未之前有的。故能够号召一时的听众，而使之'转相鼓扇扶树。愚夫野妇乐闻其说，听者填咽寺舍'。这是一种新的刺激，新的尝试"[1]，不仅阐明敦煌变文说唱交替的叙事方式，同时对敦煌变文的文学史意义以及在当时社会上的影响力都有所阐述。

敦煌变文这种说唱间行、说唱交替的艺术形式，可以起到一波三折、回环往复、一唱三叹的艺术效果。在敦煌变文中，除了《舜子变》全篇都是六言韵语，《前汉刘家太子变》全篇都是散体语言外，其余作品从总体上来说，基本都是采用韵散结合、说唱交替的方式铺陈故事。完整的变文作品，其结构在由散文说白变为韵文歌唱之际，基本上都存在着一些表示衔接过渡的惯用句式，如"……处""看……处，若为……""当尔之时，道何言语"等，这些习用的过渡提示语，都是向听众表示即将由白转唱。

说唱交替的叙事方式很多先贤已经多有论述，"变文时寺院僧侣向听众作通俗宣传的文体，一般是通过讲一段唱一段的形式来宣传佛经中的神变故事"[2]，《中国文学通史》中也有言："变文时唐代一种特殊的文学样式，它以说唱形式出现，是小说和叙事诗的结合体。这种文学样式，其特点是有说有唱，语言通俗，明白如话，有的在说唱时还配有图画，雅俗共赏，极受群众欢迎。"[3]

---

[1] 郑振铎. 中国俗文学史 [M]. 北京：中国文联出版社，2009:119.
[2] 游国恩，等. 中国文学史 [M]. 北京：人民文学出版社，2002:242.
[3] 陈玉刚. 中国文学通史 [M]. 北京：西苑出版社，2009.9P524.

第五章 敦煌变文的叙事形态

敦煌变文说唱交替、说唱间行艺术形式的形成是受到多方面影响的。先贤曾有学者单纯地从本土中找根源，或者单纯地从西方佛经中找依据，这些做法今天看来都值得商榷，我认为，敦煌变文的独特艺术形式，绝不是一种文化影响下的产物，而是多种文化在相互交流、相互激荡下形成的复合形式。为此，以下将从两个方面探讨敦煌变文说唱间行、说唱交替艺术形式产生的根源。

第一，僧侣说唱经文的仪式与体制对敦煌变文说唱间行、说唱交替叙事方式的影响。

众所周知，佛教自从传入中国便在社会上产生了非常大的影响，汉代翻译了大量佛经，社会上信佛的百姓逐渐增多，使得佛教在当时能够和儒家、道家并驾齐驱。随着佛教的兴盛，佛家在宣讲教义时许多特殊的仪式和体制也潜移默化地影响其他的艺术种类，而敦煌变文说唱间行、说唱交替的叙事方式也深深地受到佛教说唱经文体制和仪式的影响。当时，虽然佛教经典存在于各大寺院中，但是信仰佛教的普通百姓并不能直接阅读这些经典佛经，口头说唱才是他们信仰佛教的唯一途径。由此可见，佛教对于佛经的口头说唱是当时佛教传播的主要方式，而敦煌变文说唱间行、说唱交替的叙事方式，无疑受到佛经口头说唱方式的深层次影响。

孙楷第先生对佛教的说唱经文曾经有过这样的阐述：

说唱经文之体，首唱经。唱经之后继以解说，解说之后，继以吟词。吟词之后又为唱经。如是回环往复，以迄终卷。此种吟词，与解说相辅而行。近世说书，尚沿用此格，今按其词，即歌赞之体，彼宗所谓梵音者。盖解说附经文之后，所以释经中之事；歌赞附解说之后，所以咏经中之事；

用意不同，故体亦异也。[1]

由此可见，佛教采用说唱交替的体制向弟子宣讲经文。在佛经中，按照体制不同，佛经内容可分为三类：一类叫作长行，直接宣讲教义、说明义理的散体文字；二类叫作重颂，重复歌唱长行教义、义理的诗歌；三类叫作伽陀，和重颂一样，也是以诗歌形式呈现，所不同的是在内容上不是长行内容的简单诗歌重复，而是具有长行的叙事功能，能够独立承担宣讲教义、说明义理的功能，其表现力更加丰富。

综上所述，在这三类内容中，就其形态而言，第一种属于散体文字，用于叙说，后两种是韵文，用于歌唱。佛教在宣讲教义时，整体上采用有说有唱、说唱间行的方式进行，其中散说和歌赞在功能上也有明确分工，散说主要是宣讲教义、叙述故事，歌赞或者重颂重复咏叹散说的教义内容，或者伽陀独立承担宣讲教义、叙述故事的职能。这些说唱经文体制都直接影响敦煌变文说唱间行、说唱交替的叙事方式。

敦煌变文在佛教宣讲经义、说唱经文的影响下，除了不需要依经文逐章逐句地解说外，其说唱间行的体制和佛教的说唱经文仪式完全相同，敦煌变文在表演过程中很好地保留了佛教宣讲教义时的散文解说和韵文歌唱两个环节，散文解说以四言为主，但句式灵活多变、长短不一；韵文歌唱以七言为主，时长时短，形式如同当时的七言律诗，散文解说和韵文歌唱回环往复，交替进行，在听众听讲故事的同时，也得到音乐的愉悦。这是敦煌变文在汉译佛经传入后，对佛教向普通百姓宣讲经义、说唱经文口头说唱体制的有效继承，使得这种说唱间行的独特艺术形式更加通俗易懂，更加为百姓所喜闻乐见。但这种通

---

[1] 孙楷第．唐代俗讲轨范与其本之体彩[M]．北京：中华书局，1965:54.

第五章 敦煌变文的叙事形态

俗易懂却不是以牺牲文学的艺术美感为代价，敦煌变文反而以其韵文独特的回环往复、朗朗上口的音乐美，感染着听众，其艺术美感也在潜移默化之中滋润了听众的内心，是敦煌变文对佛教口头说唱体制的有效继承。

第二，中国古代传统文学对敦煌变文说唱间行、说唱交替叙事方式的影响。

敦煌变文说唱交替、说唱间行的艺术形式同样受到我国古代传统文学的影响，郑振铎在《中国俗文学史》中有言："'变文'的来源，绝对不能在本土文集里来找到。"[1] 这种观点也值得商榷，因为一种艺术形式的产生并在社会上产生广泛而深刻的影响，只依靠外来文化的影响是很难做到的，必然是在外来文化影响下，同时吸纳本土文化优势，博采众长，最终成为大众喜闻乐见的艺术形式，离开本土影响，必然成为无源之水、无本之木，更谈不上被大家喜爱。敦煌变文也是如此，为大家喜爱的说唱间行、说唱交替的艺术形式，也同样受到我国古代传统文学的影响。

就其散文部分来说，先秦瑰丽雄辩的诸子散文，为我们铺垫了后世散文之文学传统与规则典范，使中国在汉代时就已经出现具有成熟的体物叙志、铺采摘藻的汉大赋，汉赋中华丽规整的语言、叙事性的特征等各方面都影响到变文用于演说的文本，在敦煌变文的散文文本中可以看到汉大赋铺陈叙事、文采藻饰的痕迹。

就其韵文部分来说，中国是一个诗歌充盈、诗情漫溢的国度，先秦的《诗经》有很大一部分是劳动人民边劳动边歌唱的，如《诗经·豳风·七月》，人们一边吟唱，一边劳作。后来又出现了乐府民歌的叙事诗，

---

[1] 郑振铎. 中国俗文学史 [M]. 北京：中国文联出版社，2009:119.

>>> 敦煌变文叙事研究

唐代又出现了大量歌行体的诗歌，而诗歌在中国传统文学中历来和音乐有着千丝万缕的联系，古代诗歌大多可以吟唱，而纯粹的吟诵则是后来之事。

前边以散文铺陈叙事，后面以韵文吟叹歌唱的文学形式，在我国古代文学史上早已出现，从《楚辞·渔父》中可以窥见韵散结合的痕迹。《楚辞·渔父》中，先以屈原和渔父的对答表现两种截然不同的思想性格，这是散体铺陈叙事，最后韵体以渔父吟叹歌唱"沧浪之水清兮，可以濯吾缨。沧浪之水浊兮，可以濯吾足"[1]作结，表现两人完全对立的人生态度。

在我国古代，一些叙事文学作品中，散文夹杂用于歌唱的韵文作品比比皆是，如《左传·郑伯克段于鄢》叙述颍考叔安排郑庄公与其母在地穴中见面的情景，前边均以散文叙事，后郑庄公与其母对唱："公入而赋：'大隧之中，其乐也融融'，姜出而赋：'大隧之外，其乐也洩洩。'"[2]既没有违背郑庄公当时立下的"不及黄泉，无相见也"的誓言，也使母子得以冰释前嫌。

又如，司马迁在创作《史记》的过程中，在表现重大场面或者感人场景时，散文叙事中也多插入诗歌吟唱，如《项羽本纪》中描写项羽四面楚歌时："于是项王乃悲歌忼慨，自为诗曰：'力拔山兮气盖世，时不利兮骓不逝。骓不逝兮可奈何，虞兮虞兮奈若何！'"[3]，用歌唱的形式将西楚霸王穷途末路时的悲凉以及对美人无力保护的痛苦淋漓尽致地展现出来。在这些散文作品中，韵文的适时插入虽然较少，

---

[1] （战国）屈原. 楚辞[M]. 黑龙江：北方文艺出版社，2016:98.
[2] 许嘉璐. 古代汉语[M]. 北京：高等教育出版社，1992:13.
[3] 朱东润. 中国历代文学作品选（上编第二册）[M]. 上海：上海古籍出版社，1979:42.

第五章 敦煌变文的叙事形态

但能够很好地推动故事情节的发展，或者叙事，或者探查人物心理，对人物形象的塑造起到画龙点睛的作用。

由此可见，敦煌变文说唱交替的形式深受中国传统文学影响，只是传统文学还不是严格意义上韵散交替、说唱间行的形式，而是以一段散文叙事、一段韵文吟唱交替出现，边说边唱的形式。

用散文的说和韵文的唱结合起来叙事，在我国传统文学中具有稳固的基础。需要特殊指出的是，变文作品中说唱的散文和韵文，和其他作品中单纯用作欣赏的散文和诗歌具有很大区别。变文作品中的散文主要是用于叙述故事情节，虽然在形式上具有散的特点，但是保留了韵文的痕迹，特别是在描写景物、抒发情感等方面，散文往往使用结构松散、对仗自由的韵文句式，为了演说方便，排除听众的理解障碍，吸引听众，使内容丰富精彩，表演者在说唱时对于押韵和对仗的要求并不十分严格，句法自由，句式灵活多样，还可以随意增加衬字，这种散中有韵的用法很好地增强了散文演说时的感染力，可以看作是变文作品对散体语言的初步变革。

对用于演唱的韵文，则具有更加丰富的表现力。演唱的韵文可以不参与推进故事情节，仅仅当作散文部分的重复抒发感情，还可以促进故事发展，或者叙述故事，或者展现人物对话，或者深入人物内心，或者展现某种盛大场景，而韵文强烈的抒情性不仅弥补了散文之不足，也增强了作品的感染力。这种韵散结合、说唱间行的表演方式，使得整个变文表演错落有致、张弛有度，极具感染力和震撼力。

敦煌变文说唱间行、说唱交替的叙事方式在唐代众多文学形式中可谓独树一帜，虽然本身文艺价值较小，但从中可以窥见当时民间文学说唱、说唱艺术形式蕴蓄的丰富，既在一定程度上影响当时一些作家、作品，也成为我国民间文学从乐府诗歌衰落到后代话本、戏曲等说唱艺术的转折，宋元时期的话本、词话、诸宫调、鼓子词、元杂剧、南戏等说唱文学，以及后来的戏剧，无一不是继承说唱传统后发展起来的，虽然在变文作品中，散文和韵文语言上稍显不成熟，在内容上不免重复，说唱者还没有根据韵、散的不同性能进行分工的自我意识，但都能在后来的各种说唱文学作家手里得到解决。

第二节　敦煌变文图文结合的叙事方式

根据变文的行文特点以及现存变文写卷的图文遗存来看，敦煌变文不仅采用说唱间行、说唱交替的叙事方式，还具有图文结合的叙事特点。也就是说，敦煌变文在表演时，还同时伴有图画呈现，这就是"变相"。"变相"简单地说，是以"相"或者"图画"铺陈敷衍佛教经典的故事，用以感动群众，劝化众人。变相最初是绘在佛舍墙壁上的，郑振铎在《中国俗文学史》中有言："在唐代，有所谓'变相'的，即将佛经的故事，绘在佛舍壁上的东西。张彦远《历代名画记》记之甚详。"[1]

"变相"在唐代非常流行，走进当时的寺院庙宇，无一不在墙壁上绘饰有"佛祖变相""地狱变相"等图画。敦煌变文在说唱时也以"变相"相配合，这里的"变相"已经由墙壁画转变为纸质画卷，图画已经成为配合变文说唱的道具，其目的在于使变文演唱更加通俗易懂，这种文图结合的形式不仅满足听众的听觉需求，也填补听众的视觉需要，让观众在听讲变文时得到视觉愉悦。

---

[1]　郑振铎. 中国俗文学史 [M]. 北京：中国文联出版社，2009：117.

第五章　敦煌变文的叙事形态

有关敦煌变文图文结合的叙事情况，在《敦煌学通论》中有明确阐述：

> 什么是变文？它是如何得名的？却是一个长期困扰学术界的难题。八十年来，中外学者进行了深入探讨，现在倾向性的意见是：变文和另一种叫作变相的图画有关，变文之"变"，即变相之"变"，是变化、变现、变异之意；变相是类似于连环画的故事画，变文本是变相的文字说明，后来变文脱离变相而独立，便演变成一种通俗文学体裁。如白化文先生明确指出："变文时配合一种故事性图画演出。这种图画称为'变相'。现在我们见到的'变相'，主要是佛教故事画，如莫高窟中的'维摩变''劳度叉斗圣变'等。变文配合变相演出，大致是边说边唱边引导观看图画。"[1]

孙楷第先生曾说："盖人物事迹以文字描写之则谓之变文，省称曰变；以图像描写则谓之变相，省称亦曰变。"[2] 由此可见，变文和变相在唐代所表示的含义是同一的，只是表现形式不同，一个利用文辞，一个利用绘画，其中以文辞诉诸听觉感染群众展开故事的是变文，以绘画诉诸视觉吸引群众展开故事的是变相，表演时变文与变相配合使用，关系密切。

唐代敦煌变文说唱时在关键情节处往往以图画相配合，在诗歌中

---

[1] 刘进宝. 敦煌学通论 [M]. 兰州：甘肃教育出版社，2002.9:348.
[2] 孙楷第. 沧州集上 [M]. 北京：中华书局，1965:54.

也能得到印证。章培恒、骆玉明主编的《中国文学史》中记载：唐代诗人吉师老在他的诗作《看蜀女转〈昭君〉变》一诗中，生动传神地描绘一位蜀中女子一边富有表情地说唱《王昭君变文》，一边转动画卷的情景：

> 妖姬未著石榴裙，自道家连锦水濆。
> 檀口解知千载事，清词堪叹九秋文。
> 翠眉颦处楚边月，画卷开时塞外云。
> 说尽绮罗当日恨，昭君传意向文君。[1]

这里的"画卷开时塞外云"一句，明确表明唐代敦煌变文说唱时，在情节关键处确有变相图的展示。变文与变相图的配合使用，共同承担叙事功能，不仅推动情节发展，也极大地调动观众观看的兴趣。

变相最初的使用并不是和变文结合在一起的，而是画在寺院的墙壁上，其内容主要是佛教经典的故事以及佛本生的内容。唐代著名画家吴道子非常善于在寺院绘画变相，唐代寺院的壁画中有吴道子所画的《地狱变》《目连变》等变相图。相传，吴道子所画的《地狱变》等变相图，由于其活灵活现，逼真地展示地狱带给人的恐惧，非常震撼观看之人，能够起到使人向善的目的。据传，吴道子在京城寺院画《地狱变》时，京城很多屠户看了之后，都产生恐惧之心，害怕今世对于生灵的屠杀最后会得到恶报，死后会下地狱，于是纷纷改行，行修善因，足以说明变相图在唐代的流行以及对人们所产生的强烈震撼作用。此时的变相图虽然没有和变文结合在一起，但变相图产生之初就是和文字配合使用的，如敦煌千佛洞第十二窟南边墙壁上画有《祇园记图》，11幅图画以连环画的形式呈现出两个佛教故事，一是孤

---

[1] 章培恒，骆玉明. 中国文学史 [M]. 上海：复旦大学出版社，1997:231.

第五章 敦煌变文的叙事形态

独长者买祇陀太子园,另一个是外道六师与舍利弗斗法,画中人物栩栩如生,活灵活现,表情或狰狞,或慈祥,动作场景刻画细致入微,每个变相图都配有简单的文字说明,这里的文字说明不占主要地位,不同于后世叙事文学,对人物的外貌、动作进行刻画,不能够表现重大场景,只是变相图的简单解说。辅助变相图进行叙事,属于从属地位,这里文字和变相图的配合使用,为后来变文图文结合的叙事形式发展奠定了基础。

随着时代的变迁,变相图也有了进一步发展,出现纸质的变相画卷。纸质变相画卷的制作与使用,最初是和佛经说唱、广宣佛法联系在一起的。也就是说,佛教僧人在宣扬佛法、说唱佛经时,配合数幅图画阐述佛经故事,是一种更为明白晓畅、通俗易懂的宣讲方式,可以给人以直观感受,有助于加深理解,在弘扬佛法的同时,对佛门弟子产生了感人至深的力量。随着俗讲的流行,变相图的使用范围进一步扩展,题材范围慢慢扩大到佛教故事以外的领域,如历史故事、民间故事等都结合变相图的使用,这时,变文和变相图已经充分结合,共同具有叙事功能。变文和变相的关系也发生了变化,文字开始占据主导地位,不再是对图画的简单说明,而变相转为从属地位,只有在表现重大场景的关键之处才会出现,用于补充、辅助文字进行叙事。

我国古代早已有"左图右书""图文结合"的文学传统,古代文人在进行文学创作时,十分重视图像和文字之间的密切关系,宋人郑樵有言:"见书不见图,闻其声不见其形;见图不见书,见其人不见其语。"[1] 明确了阐释图像与文字之间在叙事时的微妙关系。一般认为,成书于先秦时期的《山海经》是某种图像的文字注解,陶渊明在他的

---

[1] 郑樵. 通志·图谱略·索象[M]. 上海:上海古籍出版社,1990:929.

诗歌《读山海经》中有言："欢言酌春酒，摘我园中蔬。微雨从东来，好风与之俱。泛览《周王传》，流观《山海》图。俯仰终宇宙，不乐复何如？"[1]朱熹也说《山海经》是"疑本依图画而为之，非实记载此处有此物也"[2]，持相同观点的还有胡应麟。由此可见，古代文人大多认为是先有"山海图"，后有《山海经》，而《山海经》是古代文人依图而撰写出来的。

先秦时期，已经有图文结合的文学传统。与唐代变文所不同的是，《山海经》以"图文互注"的方式，叙事性薄弱，图像内容基本上都是静止状态的人、动物、事物，很少有人物动作的细致刻画与重大场面的宏观描绘，图像缺乏故事的连贯性，其语言文字也仅仅是对图像的简单图解，段落和段落之间缺乏叙事文学所必不可少的故事情节，没有组合成一篇完整的故事。直到唐代敦煌变文的出现，中国文学史上才出现真正具备独立的叙事功能、能够连贯叙事的图文结合体。在敦煌变文中，图像与文字的关系更为密切，两者配合使用相互映衬，成为一个有机的统一体，不仅共同具有叙事功能，而且在叙事过程中吸引了观众，加深了理解，使观众在听的过程中同时得到视觉审美的愉悦。

敦煌变文中，变相图的使用非常广泛，如《王昭君变文》中上下卷衔接处有言："上卷立铺毕，此入下卷"[3]；《汉将王陵变》中第一段结束时有"从此一铺，便是变初"[4]；《韩擒虎话本》在结尾处有"画

---

[1] 朱东润.中国历代文学作品选（上编第二册）[M].上海：上海古籍出版社，1979.10：341.

[2] 朱熹.朱子全书·晦庵先生朱文公文集（卷71）[M].上海：上海古籍出版社、安徽教育出版社，2002：3427.

[3] 黄征，张涌泉校注.敦煌变文校注[M].北京：中华书局，1997：157.

[4] 黄征，张涌泉校注.敦煌变文校注[M].北京：中华书局，1997：66.

第五章 敦煌变文的叙事形态

本既终,并无抄略"[1];章培恒、骆玉明在《中国文学史》中对"铺"做过解释:"说唱时配合以相应的图画,那些图画几幅一组,连缀成一卷,一卷便成为一铺。"[2] 由此可见,敦煌变文确实是图文结合、图文并茂。敦煌变文每到表现重大场面、情节紧张之处,便会向听众展示变相图,也是说唱交替、韵散结合的地方,同时伴有"……处""……处,若为陈说",等等提示语,提示听众观看图像,也提示听众以下韵文唱词将要对图画进行解说。由此可以判断,敦煌变文中的韵文部分,实际上是对变相图的文字解说,这种说唱与图画展示充分结合的方式,充分营造了氛围,调动了现场气氛,使故事内容更直观,人物形象更生动,不仅加深听众对于故事的理解,也极大地激发听众的观看兴趣。为此,以下以《汉将王陵变》为例,展现变文图文结合的具体情况。

《汉将王陵变》第一段首先讲述楚汉争雄的背景以及王陵、灌婴向汉帝请命欲往楚家斫营的情况,然后以一段韵文叙述王陵和灌婴之间的对话,表现两人对汉王的忠诚以及斫营必胜的信心,在韵散结合处有这样一句过渡语:"二将辞王,便往斫营处,从此一铺,便是变初。"[3] 这里的"二将辞王,便往斫营处"提示以下韵文所要描述的场景;"从此一铺,便是变初"则提示观众马上要展示变相图,以下场景是第一幅变相图的内容。

第二段描写二将斫营的详细经过,表现出二将的智慧与勇猛,然后以一段韵文表现斫营场面的紧张与惨烈,韵散结合处的过渡语为"二

---

[1] 黄征,张涌泉校注. 敦煌变文校注[M]. 北京:中华书局,1997:305.
[2] 章培恒,骆玉明. 中国文学史[M]. 上海:复旦大学出版社,,1997:230
[3] 黄征,张涌泉校注. 敦煌变文校注[M]. 北京:中华书局,1997:66.

将斫营处，谨为陈说"[1]，提示观众观看第二幅变相图，而第二幅变相图所展示的场景内容为"二将斫营处"。

第三段叙述二将斫营成功之后回归汉朝的经过，同样表现出两人的智慧与不畏强敌的勇猛个性。然后，叙述者以"而为转说"[2]引起后面的韵文，"转说"一方面提示观众观看第三幅变相图，另一方面提示观众叙述者将会以韵文演唱的方式为大家转述以下变相图的内容。

第四段讲述西楚霸王询问前来斫营的大将何人，以及楚将钟离未率兵前往王陵家捉拿王陵的情况，之后以一段韵文讲述钟离未与王陵妻、母之间的言语交锋，充分表现王陵妻母不畏强敌、视死如归的精神。在韵散结合处有提示语："新妇检挍田苗，见其兵马，敛袂堂前，说其本情处，若为陈说。"[3]这里的"新妇检挍田苗，见其兵马，敛袂堂前"提示下文的韵文演唱场景，"说其本情处，若为陈说"则既提示观众观看第四幅变相图，也提示观众以下韵文演唱将要展开双方之间的言语交锋。此后四段在韵散结合处也有提示观众观看变相图的过渡提示语，如"遂为陈说"[4]"若为陈说"[5]"而为转说"[6]。这些过渡提示语的作用，一方面提示观众观看变相图，另一方面提示观众以下将要用韵文演唱变相图所展示的内容，是在关键情节、重大场面出现时，叙述者参照变相演说的标志。在《汉将王陵变》结尾处，更有《汉八年楚灭汉兴王陵变一铺》的尾标题，更加明确地说明原文是有相配合的变相图。

---

[1] 黄征，张涌泉校注．敦煌变文校注 [M]．北京：中华书局，1997:67.
[2] 黄征，张涌泉校注．敦煌变文校注 [M]．北京：中华书局，1997:68.
[3] 黄征，张涌泉校注．敦煌变文校注 [M]．北京：中华书局，1997:69.
[4] 黄征，张涌泉校注．敦煌变文校注 [M]．北京：中华书局，1997:69.
[5] 黄征，张涌泉校注．敦煌变文校注 [M]．北京：中华书局，1997:70.
[6] 黄征，张涌泉校注．敦煌变文校注 [M]．北京：中华书局，1997:71.

第五章 敦煌变文的叙事形态 <<<

敦煌变文中过渡提示语的使用非常广泛，在其他变文作品中均有出现，如《李陵变文》《王昭君变文》《大目乾连冥间救母变文并图一卷（并序）》《降魔变文》等篇目均有类似的过渡提示语，其中《降魔变文》中"看布金处，若为"[1]的过渡提示语，明确表明在说唱交替时变相图的存在，而《大目乾连冥间救母变文并图一卷（并序）》变文作品中，则可以从题目中看出，虽然此图并没有保存下来，但变文原卷和变相图相配合使用的这一点毋庸置疑，标题是变文配合图画的最好例证。

在唐代变文叙事中，图画配合说唱的方式可谓变文说唱的一个突出特点。如前所述，吉师老在《看蜀女转〈昭君〉变》中的"画卷开时塞外云"是这一观点的最好例证，而敦煌变文说唱的过程中配合图画究竟有怎样的作用，以下将从两个方面探讨图画配合说唱对敦煌变文叙事形式的影响。

首先，从表层影响来看，变相图的使用使变文在演唱过程中出现很多叙事干预性话语，这些叙事干预性话语显然是叙述者和观众加深交流、场内互动的方式。因为叙述者根据语境要求，为了便于观众理解而设置提示性话语，如《汉将王陵变》中："从此一铺，便是变初"[2]；《王昭君变文中》有"上卷立铺毕，此入下卷"[3]；《韩擒虎话本》中篇末有"画本既终，并无抄略"[4]，这些叙事干预性话语在情节紧张之处出现，其目的一方面提示观众观看即将呈现的变相图，另一方面提示观众倾听以下用于解释变相图的韵文。这种叙事方式能够加强

---

[1] 黄征，张涌泉校注. 敦煌变文校注[M]. 北京：中华书局，1997:557.
[2] 黄征，张涌泉校注. 敦煌变文校注[M]. 北京：中华书局，1997:66.
[3] 黄征，张涌泉校注. 敦煌变文校注[M]. 北京：中华书局，1997:157.
[4] 黄征，张涌泉校注. 敦煌变文校注[M]. 北京：中华书局，1997:305.

现场说唱气氛，使变相图的使用具有直观性，使听众在情节紧张之处直观、形象地欣赏到故事的发展，加深听众对于故事情节的理解，使听众对于故事的印象更为深刻，同时加强现场叙述者和听众的交流和互动，是敦煌变文从表层结构体现出来的变相图的使用对叙述者叙事的影响。

其次，从深层次的影响看，敦煌变文不是在任何一个情节中都配合变相图，只有在故事情节发展非常紧张的地方才会配合变相图进行叙事。由此可以这样理解，叙述者在叙事过程中正是围绕重要的变相图进行串联故事、叙事，如同串糖葫芦，一颗便是一个重要的情节单元，而整个敦煌变文叙事的过程也是在变相图的配合下，将重要的情节单元串联起来的过程。变相图的使用使故事情节呈现出块状化的结构特征，是图像配合说唱对敦煌变文叙事结构方面的重大影响，这种独特的叙事方式也对宋元时期的话本小说产生了很大影响。

敦煌变文的文图结合方式，对后世文学也产生了广泛而深刻的影响，明清时期的平话、演义小说等文学中都或多或少地插有图画，如明代演义小说，每当情节发展到高潮，有关键人物出场或者情节紧张时，就会穿插图画，在图画两边还配有简单的文字说明，用以解释图画内容，读者仅依靠图画以及简单的文字说明，就可以了解整个故事情节。当然，文图结合和敦煌变文中的文图结合还是有所区别的，变文说唱时配合图画是为了便于听讲，而明代演义小说中配合图画，则是为了便于读者进行阅读，一个是服务于现场表演的说唱文学，一个是服务于案头阅读的小说文学，但是两者对于图画的使用有一个共同目的——使文学作品更加通俗，更加吸引听众（读者）。

第六章 敦煌变文叙事结构中的"结构之道"与"结构之计"

如前所述,敦煌变文是一种说唱交替、图文结合的说唱文学,说唱者在表演变文作品之前,首先应想到说唱作品在表演时的结构模样,也就是变文在表演时呈现出来的叙事结构特征和体制,只有这样,说唱者的说唱行为和说唱目标之间才能达到完美契合。有了这一结构框架,才能在表演过程中爆发出灵感的张力,为之投入心血的作品才能得到观众肯定,说唱行为才富有生命力,投射在具体变文文本中,作品才是生命力的结晶。

第一节 叙事结构概述

结构是任何叙事作品在创作时必须考虑的,也是在考察任何叙事性作品时必须分析的部分,是一种沟通创作(不论是写作行为还是口头创作)和目标之间的结构体制,其重要作用可见一斑。杨义先生在《中国叙事学》中对结构的重要作用有过这样的阐述:"在写作过程中,

>>> 敦煌变文叙事研究

结构既是第一行为,也是最终行为,写作的第一笔就考虑到结构,写作的最后一笔也追求结构的完整。"[1] 虽然是针对书面叙事作品而言,但对于敦煌变文的口头叙事作品同样适用。因此,结构是贯穿于任何创作始终的,是首先要考虑的,也是在创作过程中需要全程监控的。

"叙事结构就像支撑一座现代高层建筑的主梁结构:你看不到它,但它却决定你构思的作品轮廓和特点"[2]。"结构"一词在中国叙事学体系中虽然是一个名词,但从中国传统词源上来看,其原本是一个动词,具有动词的特性。在古代,"结"是结绳的含义;"构"就是建造房屋的含义,将两者结合成词,即为结绳连接构架房屋。可见,结构的本义与房屋构架有关,这一关联也不可避免地影响后世文学创作,使我们在具体考察一篇作品的叙事结构时,不仅要注意时间的失向维度,也需要根据不同的写作手法注意其空间的立体维度,拓展结构的文化内涵,使作品避免以时间为基点顺向叙事的枯燥,使整体结构变得多姿多彩。

尽管结构具有动词意味,在具体考察一篇变文作品时,则不能把作品的结构简单地当作一种机械组合体,与叙事结构的动态过程相背离,而敦煌变文作品中的结构亦是如此,不应该是静止的,而应该是动态流转的。在一篇变文作品中,由于以复杂的叙事手法组合众多的故事内容与叙事单元,再加上浓厚的佛教劝化思想,因此在表层结构之外,在思想层面隐藏着更大的隐中之义,这种隐中之义在人们的理解与感悟中最终形成一种不同于表层结构的隐性结构。对于敦煌变文的结构而言,隐性结构的考察同样重要。在分析变文作品时发现,这

---

[1] 杨义. 中国叙事学 [M]. 北京:人民出版社,2009:37.
[2] 戴维·洛奇. 叙事结构. 小说的艺术 [M]. 北京:作家出版社,1998:241.

第六章 敦煌变文叙事结构中的"结构之道"与"结构之计"

种隐性的结构经常超越具体的文字,而在文本所描绘的叙事内容之外,隐藏着说唱者对于世界、人生、价值的感悟,从这一层面来说,隐性结构富有哲学意味。因此,在考察敦煌变文的结构问题时,既要考察作品的表层结构,又要考察其隐含着深刻哲学的隐性结构。

结构问题不能简单地等同于作品内部各部分内容的叠加,而应该在叠加基础上探求文本深处富含哲学意味的隐性结构,探索其隐含于表层结构之内的深层意义,即变文作品中所蕴含的"天人之道",以显性叙事结构呼应"天人之道",是中国古代传统叙事性文学常用的一种叙事谋略,也是一篇叙事作品得以具有玄妙的哲理意味所在,变文作品也是如此。一篇变文叙事作品,初读时仿佛是在欣赏发生在别家的故事,故事中的喜怒哀乐固然会触动人们的神经,但尚未引发人们哲理性的思考,表演者在说唱时或许会运用到各种叙事技巧、叙事方法,呈现出富有特色的表层结构,但都属于显性的叙事结构。如果不探求隐藏于故事背后的"天人之道",不层层揭开作品表面的神秘面纱,则无法真正读懂作品,也无法真正触摸到作品的实质。

第二节 中国传统文化中"结构之道"与"结构之计"的双构性思维

如前所述,敦煌变文作为一种叙事性说唱文学,存在深层结构和表层结构,我们研究的主要任务是通过分析作品的表层结构,寻找和发现隐藏于背后的深层结构,发现其内在的哲学规律。"结构之道"与"结构之计"的双构性思维是中国传统文化中的重要基因。在研究中我们发现,表层结构往往容易探求,因为作者经常会使用结构之计,

>>> 敦煌变文叙事研究

或者顺向叙事，或者重复葡萄藤连缀，使作品在表层层面呈现出多姿多彩的风貌；与之相反，结构之道并不容易挖掘，如果没有一定的潜在文化哲学底蕴，则无法探求深刻的结构之道。有关结构之道与结构之计的问题，杨义先生曾有过深刻论述：

> 人与天地之道的精神契约以及契约的履行，导致中国人谈论文章，讲究"道"和"计"的关系，这种思维模式和结构的动词性相遇相值，就产生了结构中道和计的命题，因而在显层面上，人们可以发现五花八门的叙事技巧，或叙事法，但深入考察又可以发现，这些技巧或叙事法或明或暗，或深或浅，或直接或间接地指向某种潜在的文化哲学，指向"叙事之道"。结构上的道与计、道与法的关系，引导人们阅读叙事作品的过程，在相当程度上成为破解文化密码的过程。讲结构必须讲结构之道，结构才能获得出发点和归宿。[1]

杨义先生的论述明确地阐释了叙事文学结构理论中"结构之道"与"结构之计"的双构性思维。实际上，"道"与"计"的双构性思维模式并不是凭空产生的，而是有着深厚的文化渊源。在我国传统文化中，古人在探索宇宙万物时从不孤立地观察和探求，他们总是用各种方法，将万事万物放置于相互联系的宇宙环境中进行整体关照，他们的研究方法是贯通宇宙的，决定他们的思维方式不是单向的，而是双构并列考虑。比如，古人讲时间，习惯"古今"并列，"早晚"连用；古人讲空间，习惯"上下"双构，"东西"连用；古人讲人事，习惯"吉凶"

---

[1] 杨义. 中国叙事学 [M]. 北京：人民出版社，2009:50.

第六章　敦煌变文叙事结构中的"结构之道"与"结构之计"

成词,"兴衰"连用;古人讲事物,习惯"新旧"并列,"多少"连用,细细考察,两级双构并行列举的例子比比皆是。古人很早已经形成双构性的思维,春秋战国时期,《老子》一书中已经体现出浓厚的朴素唯物辩证法思想,书中对老子物极必反、相辅相成的思想进行了大量阐释,处处体现出双构性的思维,"故有无相生,难易相成,长短相形,高下相倾,音声相和,前后相随"[1],这种双构性的思维充满天地宇宙的大智慧,渗透在天地宇宙之间,环绕于人们四周,无所不在,是一种整体性的思维,是一种动态的思维,是一种考察万事万物获得真知灼见必须采用的思维,是一种蕴含大智慧的思维。

中国传统文化中的双构性思维也深深地影响着叙事文学,使叙事文学作品中处处体现出双构性的叙事结构。具体来说,"结构之道"与"结构之计"的双行并列在考察一篇作品的叙事结构时,并不是分隔开各自考察,而是互不干涉,相反,两者之间有着十分密切的关系。杨义在《中国叙事学》中有这样的阐述:"它们以结构之计呼应着结构之道,以结构之形暗示着结构之神,或者说它们的结构本身也是带有表里相应的双构性,以显性的技巧性结构蕴含着深层的哲理性结构,反过来又以深层的哲理性结构呼唤和贯通着显层的技巧性结构。"[2] 由此可见,在一篇叙事作品中,"结构之计"与"结构之道"的关系可谓唇齿相依,两极共构的关系使得叙事作品不仅拥有了显性的叙事结构,同时拥有隐性的深厚文化哲理内涵,双构性原理在深层次上拓展了叙事作品结构的开放性,使我们只要考察其中的一极,另一极也隐隐地在心中呼之欲出。

---

[1] 王力. 古代汉语 [M]. 北京:中华书局,1981:372.
[2] 杨义. 中国叙事学 [M]. 北京:人民出版社,2009:52.

第三节　敦煌变文中"结构之道"的统摄作用

敦煌变文作为中古时期的一种说唱性叙事文学，在对其进行结构研究时，不能忽视以结构之计蕴含结构之道，以结构之道呼唤和贯穿结构之计的双构性思维方式，对此应该充分确立：敦煌变文的每一篇叙事作品都蕴含着两种结构，即作为显性结构的技巧性结构，即"结构之计"，和作为隐性结构的哲理性结构，即"结构之道"。这两种结构相互关联、相互呼应，共同承载着变文作品的结构意蕴。考察时，应该双向兼顾，否则将停留在表层结构中，难以探求作品深处的文化密码。

在敦煌变文的每一篇叙事作品中，都隐含着一个属于"结构之道"的潜在结构，这样的结构之道总是以深邃的思想性贯穿于作品始终。隐藏于敦煌变文作品中的深层结构，就是因果报应的观念，体现出"天人合一"的自然和谐状态，如同一只无形的手，时时制约着变文作品叙事的方向与顺序，制约着故事情节的发展与推进。在敦煌变文中，不论是演唱佛经故事的作品，还是演唱历史故事和民间传说的作品，人物的命运仿佛都不同程度地受到因果报应规律的制约与支配。在敦煌变文作品中，善因种善果、恶因种恶果，前世的因种今世的果，今世的果又转化为今世的因，再种来世的果。敦煌变文中的大多数人物就是在人生流转不息的轮回过程中，经受反反复复的因果链。敦煌变文的说唱者正是本着这样的因果报应观念，理解与阐释心中的人生与世界，而作品正是由于这一观念的约束，使得敦煌变文显现出颇为深

第六章　敦煌变文叙事结构中的"结构之道"与"结构之计"

刻的哲理性与深邃的思想性。

本书第一章曾经论述过因果报应观影响下的故事叙事逻辑，在演唱佛经故事的作品中体现得非常明显。在敦煌变文的佛经故事中，故事情节通过一个人或者两个人在今世因不同的善恶言行而获得来世不同的果报组织，人物可以上天入地，故事情节不止是在人间展开，还涉及天界与冥界，时间跨度也颇具想象力，涉及前世、今生以及来世，在此基础之上，故事情节自然曲折离奇，丰富多彩。然而，透过纷繁复杂的故事情节，可以从中清晰地厘清因果报应、转世轮回的深层结构线索，从而构成变文作品的"结构之道"。

如《大目乾连冥间救母变文并图一卷》一文，叙述目连与母亲虽为母子，但两人的行为却大有不同：目连深信三宝，多行善事，而母亲却心性悭吝，不供佛法，隐匿资财，他们因此获得的果报也迥然有别，前者最终因其善事证得罗汉果，后者却因其悭吝而堕入阿鼻地狱，构成故事的第一层因果；下文情节结构的推进，完全围绕第一层因果展开，目连在得知母亲堕入阿鼻地狱之后，便踏上了漫长的救母之路。

目连来到冥界，四处寻母不得，阎罗王遣善恶二童子指引向五道将军处问其母去处，后寻历了刀山剑树地狱、铜柱铁床地狱等，目连最终在阿鼻地狱第七隔中寻得其母。目连想要替母受罪，但狱主不允许。目连在世尊帮助下，终于使其母得以逃脱阿鼻地狱的严刑，但由于母生前罪根深重，虽免遭地狱之苦，但堕入饿鬼之道，目连又入王舍城中为母亲乞得饭食，亲自手拿饭匙喂食，由于母亲仍有悭吝之心，食物还未入口，随即变为猛火，目连于是又向世尊处探寻超脱之法；后在世尊的指点下，母亲终于得以进食，母亲进食之后又转为王舍城中黑狗，后又在世尊的指点下，母亲终于转却狗身，再世为人，这些故事情节成为作品中的第二层因果。

这篇作品是通过两个主要人物以及各自不同的线索组成故事，在第一层因果中展示出两个人物相互对立的因果关系，主要人物之一目连母亲，宿因："母生悭悋之心，所嘱咐资财，并私隐匿"[1]，后所得果报："因兹欺诳凡圣，命终遂堕阿鼻地狱中，受诸[剧]苦。"[2] 主要人物目连，宿因："深信三宝，敬重大乘"[3]，后所的果报："承宿习因闻法证[得阿罗]汉果"[4]。第二层因果主要是围绕目连救母的具体过程展开，救母的情节包含两因两果，宿因一——"目连承佛明教，便向王舍城边塔庙之前，转读大乘经典，广造盂兰盆善根，阿娘就此盆中，使得一顿饱饭喫"[5]，后得果报：母亲身为恶鬼，得以进食，后转为黑狗；宿因二——"目连引得阿娘往于王舍城中佛塔之前，七日七夜，转读大乘经典，忏悔念戒"[6]，后得果报：母亲终于乘此功德，转却狗身。在两重因果报应的关系中，在情节的推进发展中，两位主人公不仅拥有属于自己的独立的故事发展情节，又有相互交叉的故事情节，他们既有自己独立的行为发展轨迹，相互之间又产生紧密联系，最终随着故事情节的推进，两者完成统一。还需要说明的是，在《大目乾连冥间救母变文并图一卷》这篇变文作品中，在其因果报应的深层次结构外，还穿插有另外一个值得品味的潜隐结构。如前所述，目连入冥界救母，到阎罗王处问其母在地狱何处，阎罗王遣善恶二童子指引往五道将军处询问，途径奈何桥时，遇到无数罪人，脱衣挂在树上，大声哭泣，目连问其缘由，罪人告目连生前造诸多罪恶，如今

---

[1] 黄征，张涌泉校注．敦煌变文校注[M]．北京：中华书局，1997：1024．
[2] 黄征，张涌泉校注．敦煌变文校注[M]．北京：中华书局，1997：1024．
[3] 黄征，张涌泉校注．敦煌变文校注[M]．北京：中华书局，1997：1024．
[4] 黄征，张涌泉校注．敦煌变文校注[M]．北京：中华书局，1997：1024．
[5] 黄征，张涌泉校注．敦煌变文校注[M]．北京：中华书局，1997：1037．
[6] 黄征，张涌泉校注．敦煌变文校注[M]．北京：中华书局，1997：1038．

第六章　敦煌变文叙事结构中的"结构之道"与"结构之计" <<<

纵有万般悔意也无法逃脱地狱的苦难。临行时,罪人们求目连通告子孙:"何时更得别泉门,为报家中我子孙,不须白玉为棺椁,徒劳黄金葬墓坟。长悲怨叹终无益,鼓乐弦歌我不闻,欲得亡人没苦难,无过修福救冥魂。"[1] 这一情节的穿插,本与目连救母的整体情节建构没有多大关系,但说唱者在目连救母的整体情节中穿插这一情节,无形中给整个情节增添了一个潜隐结构,说唱者通过这一潜隐结构,通过罪人之口阐述生前所造罪孽,死后入地狱所受苦难以及自己的忏悔之心,从侧面推进故事情节,加深故事的思想深度,给听众以更深的心灵震撼,对听众形成深层次的感化作用。可以说,正是作为故事潜隐结构的情节渗透,给作品提供了更为深层次的哲理性意蕴和张力,加深作品的宗教色彩和命运感的阴影,"结构之道"在这里得到更深层次的呼应。

在敦煌变文中,除了许多演唱佛经故事的变文作品之外,演唱历史故事以及民间传说的变文中也不乏情节曲折复杂、故事丰富离奇的作品,而这些故事的深层结构仍然是由"天人合一"的果报观念结构全篇,因果报应仍然是这些篇目深层次的"结构之道"。如《舜子变》一文,作品由三个主要人物组成故事,故事主要讲述舜子为人慈孝,母亲乐登夫人病逝后,父亲又娶新室,后母对舜子百般厌忌,挑唆父亲先后通过后园树上摘桃、后院修仓放火、庭前挖掘枯井三计,要致舜子于死地,后在帝释的帮助下,舜子得以逃脱,而父亲、后母和弟象最终得到惩罚。在这篇变文中,主要人物之一为舜子,从大的方面主要包含一因一果,宿因:舜子为人慈孝,母亲去世之后,"舜子三年池(持)孝,淡服千日寡(挂)体"[2],后得果报:在横遭父母三次陷害之后,去往历山耕种,"天知至孝,自有郡(群)猪与(以)

---

[1] 黄征,张涌泉校注. 敦煌变文校注[M]. 北京:中华书局,1997:1028.
[2] 黄征,张涌泉校注. 敦煌变文校注[M]. 北京:中华书局,1997:200.

犇耕地开垄，百鸟衔子抛田，天雨浇灌。其岁天下不熟，舜自独丰，得数百石谷米"[1]。在舜子的整个故事因果链条中，细细品察，还包含三个小的果报：果报一，后园树上摘桃被父亲三条荆杖毒打后，"上界帝释知委，化一老人，便往下界来至。方便与舜，犹如不打相似"[2]；果报二，后园修仓遭父母放火，舜子"腾空飞下仓舍。舜子是有道君王，感得地神拥起，遂烧毫毛不损"[3]；果报三，庭前挖掘枯井，父母填井埋之，后"帝释变作一黄龙，引舜通穴往东家井出"[4]。如果不是舜子拥有美好的品德、善良的心灵、孝顺的人格，他如何能够在陷害之中数次得到神灵庇护而安然无恙，如何能够在历山耕种时得到鸟兽天神的帮助而"舜自得丰"，其中因果报应的结构之道展现得非常明显。与之相对的是，舜子的父亲、后母和弟象，在他们的故事中也包含深刻的因果报应关系，宿因：三次对舜子的陷害，后得果报："从此后阿爷两目不见，母即顽遇（愚），负薪诣市。更一小弟，亦复痴癫，极受贫乏，乞食无门"[5]。这里，父亲、后母和弟象也终因自己的罪行而得到应有的果报。在这篇变文作品中，发生在多个人物身上的多层因果报应使得故事情节跌宕起伏、引人入胜，因果报应的结构之道贯穿于作品始终，成为推进故事情节发展的隐性结构。

由此可见，不论是说唱佛经类故事的变文作品，或是说唱历史故事或民间传说的变文作品，故事情节的开端、发展、高潮和结局均离不开作为结构之道的因果报应思想统摄，所不同的是，说唱佛经类故事的变文作品，其在因果报应结构之道统摄之下的故事情节，其时间

---

[1] 黄征, 涌泉校注. 敦煌变文校注 [M]. 北京：中华书局, 1997:202.
[2] 黄征, 涌泉校注. 敦煌变文校注 [M]. 北京：中华书局, 1997:201.
[3] 黄征, 涌泉校注. 敦煌变文校注 [M]. 北京：中华书局, 1997:202.
[4] 黄征, 涌泉校注. 敦煌变文校注 [M]. 北京：中华书局, 1997:202.
[5] 黄征, 涌泉校注. 敦煌变文校注 [M]. 北京：中华书局, 1997:203.

第六章 敦煌变文叙事结构中的"结构之道"与"结构之计"

跨度往往牵扯到多生多世,而说唱历史故事或民间传说的变文作品,由于故事内容的特殊性,说唱者在表演时力求将虚构的故事真实化,使听众信服,所以作品在因果报应潜隐结构统摄之下的故事情节往往发生在一世之中,但这样的区别并不影响我们在因果报应结构之道的概念中探求敦煌变文的隐性结构。

因果报应、天人合一的"结构之道"始终贯穿敦煌变文作品始终,统摄全文结构,预示人物的结局,承担人物的命运,制约情节发展。佛教认为,人世间的芸芸众生,生前所做的身、口、意三业,都会在今世或者来世招来相应果报,而有情众生在今世所感受到的所有苦、乐、祸、福,也都是由其自身今世或者前世的行为、语言和思想所产生的业力所导致,正所谓有因才有果,而果又作为因,引出下一层的果。敦煌变文众多作品的故事情节无不由因果报应连接,因果报应是贯穿整个敦煌变文作品故事情节的潜隐结构,这种深层结构最终成为敦煌变文的结构之道,不仅包容说唱者对万事万物的人间哲学,展示说唱者心目中的世界图式,也规范变文故事的结构形式,以巨大的逻辑力量制约故事走向,推动情节发展,从而达到故事结构形式的完整性。

第四节 敦煌变文"结构之计"的叙事模式

对于叙事性文学,从文学研究角度探讨叙事结构模式问题,往往非常重要。如前所述,敦煌变文叙事作品的结构具有双重性,即以"结构之计"呼应"结构之道",以"结构之形"暗示"结构之神",以显性的"技巧性结构"蕴含深层次的"哲理性结构",又以深层次的"哲理性结构"贯穿显性的"技巧性结构",正如杨义先生的观点:"结构之道用以笼罩全文，结构之计用以疏通文理，两者的功能具有统摄和具现之别，但两者的表现形态虽然或有隐、显之分，却非绝对如此，它们之间不乏隐中有显、显中有隐的交叉或交融，有时则处在隐显之间。"[1] 该观点虽然针对中国叙事作品大的范畴来说，但对敦煌变文的解读，又何尝不是如此。

在敦煌变文中，因果报应的观念成为敦煌变文故事情节的深层结构，对故事情节的产生、发展、高潮和结局每一个环节都起到至关重要的作用，使故事拥有一个完整的结构，并在此基础上灵活地拓展时空，构建多重小故事，形成故事链。

如前所述，"结构之道"呼唤"结构之计"，蕴含"结构之计"，在探讨一篇变文作品时，不能仅仅考虑"结构之道"，还应探讨作品的表层结构方式，探讨作品的"结构之计"问题。与因果报应的深层结构相适应，敦煌变文的浅层结构，即故事的"结构之计"也体现出自身高度程式化的特点。敦煌变文的浅层结构，即"结构之计"，主要体现为情节整体建构的顺向叙述、情节局部分割的"花开两朵，各表一枝"、情节局部重叠的葡萄藤叙事三种模式，以下将从这三个方面论述敦煌变文"结构之计"的叙事模式。

一、敦煌变文情节整体建构的叙事模式——顺向叙述模式

敦煌变文在叙述故事时采用"时间顺向叙事"模式，在情节整体建构的叙事结构上，体现出一种较为典型的顺向叙事模式。故事情节的发展往往依照"开端—发展—高潮—结局"的顺序，整个故事情节的推进都体现出时间的一维性特征。时间如同一条直线，而故事则是

---

[1] 杨义. 中国叙事学 [M]. 北京：人民出版社，2009:55.

第六章　敦煌变文叙事结构中的"结构之道"与"结构之计"

这条直线上连缀起来的珠子，整个故事以时间为线索，一般都不会随意打破或逆转故事时间的顺向流动趋势。故事的情节发展、人物的生老病死、事件的起承转合，都是在一个顺向的叙事过程中完成的，敦煌变文的情节整体建构都遵循叙述时间的顺向发展，体现出一种顺向叙述程式。

如在《李陵变文》中，首先以韵文的形式对全文内容进行概括："从来不信三军勇，是日方知九姓衰。凶（匈）奴得急于先走，汉将如云押背追，丈夫百战宁词（辞）苦，只恐明君不照知。"[1] 设置在故事开头的韵文，对下文情节的展开以及故事的结局都具有一定的暗示作用。将帅在沙场上百战不辞劳苦，何以明君不知道？明君如若不知，将会对百战中的将士造成什么样的伤害？下文故事在疑问中，正式走入顺向叙事的程式。然后，变文交代李陵以五千步卒战匈奴十万余骑，各自排兵布阵，李陵虽暂时得胜，但经过一番惨烈厮杀，终因寡不敌众，带领兵将躲入草丛之中。后单于顺风放火欲烧李陵军，李陵以火烧前头草得以延命。此时，李陵兵营中粮草具尽、箭尽弓折，已经失去了战斗能力，恰巧李陵军中兵将管敢因事获罪，怕李陵斩之，遂叛变投奔敌营，并将李陵营中粮草具尽、弓箭尽失的情况报告给单于，单于与李陵又经历了惨烈厮杀，李陵寡不敌众，弓箭用尽，兵败回营，此时，李陵虽有一腔报国之志，虽有不辜负汉家明主的愿望，但终因形势所逼，不得已降服了匈奴。

汉帝在得知李陵兵败投降匈奴后，命太史司马迁在朝堂之上相李陵妻母面容有无死色，得知李陵妻母面相无死色，汉帝勃然大怒，认为李陵背叛汉朝，欲将李陵妻母一并杀之，后太史司马迁说情，才暂

---

[1]　黄征，张涌泉校注．敦煌变文校注[M]．北京：中华书局，1997：128．

>>> 敦煌变文叙事研究

且留下妻母性命。第二年，汉帝又命公孙敖领五万骑征战匈奴，匈奴军中往年兵败汉将李绪曾教单于兵马法，于是单于军队打得公孙敖兵马失利，公孙敖问单于军中行军兵将是谁，李绪不敢向公孙敖言明，便谎称是李陵，后公孙敖回到汉朝将情况说与汉帝，汉帝大怒，在马市尽杀李陵妻母，并处司马迁以宫刑，李陵在得知家人被杀之后，沙场悲哀大哭，最后唱出"忆往初至峻（浚）稽北，房骑芬芬（纷纷）渐相逼，抽刀避（劈）面血成津，此是报王恩将得（德）。制不由己降胡房，晓夜方圆拟归国，今日黄（皇）天应得知，汉家天子辜陵得（德）"[1]的深深哀音。故事从头到尾，严格按照开端—发展—高潮—结局的顺序叙事，以此调度变文的情节结构和故事衔接，严格遵守时间顺序原则，在叙事方式上呈现出典型的顺向叙事模式。

顺向叙述模式不仅在历史故事的变文作品中表现得非常突出，在民间故事以及说教感化色彩浓厚的佛教类变文作品中，顺向叙述模式也是起到决定作用的一种结构程式。民间故事的变文作品，如《董永变文》《舜子变》《秋胡变文》等，无一例外地呈现出顺向叙事的结构模式，根据事件的起因与发展、经过与结果，将事件连缀成篇，依照发生在人物身上的故事，将故事的前因后果、事件脉络交代清楚，故事整体上是遵循时间顺向叙事原则。佛教故事的变文作品，如《太子成道变文》《破魔变文》《目连变文》《地狱变文》《欢喜国王缘》《丑女缘起》等，更是严格遵循顺向叙事的程式，这些佛教类的变文作品，由于本身蕴含着深刻的因果报应结构之道，使得作品严格按照因果报应的结构连缀故事，而因果报应的结构之道，本身是一种顺向叙事结构。

敦煌变文所具有的顺向叙事模式，是为了迎合广大听众的认知能

---

[1] 黄征，张涌泉校注．敦煌变文校注 [M]．北京：中华书局，1997:133

第六章　敦煌变文叙事结构中的"结构之道"与"结构之计" <<<

力需求而形成的，与人类最重要、最根本的时间顺序观念相一致，当听众听到说唱者顺向叙述故事情节顺向建构故事结构时，听起来会更容易理解，对于进入思维中的大量信息不会显得突兀，进而根据说唱者说唱的内容自觉地整理出一条线索，连缀故事。当听众面对纷繁复杂的故事情节或抽象晦涩的结构时，听众无疑要付出加倍的努力，而听众大多数都属于普通市民或农民，文化水平有限，如果是复杂的情节或抽象的结构，广大听众是完全听不懂的，也达不到变文说唱或娱人或感化的目的。

敦煌变文作为一种说唱文学，其本身是诉之于听众的听觉，说唱的内容转瞬即逝，如果采用复杂的情节和抽象结构，不仅不利于听众理解，也不利于听众对于故事情节的记忆，通常情况下，说唱者都倾向于将复杂繁冗的故事情节做简单化处理，将抽象晦涩的故事结构转换成与之相似的熟悉简单的具体意象，能够很好地降低听众的认知难度，达到表现效果。

由于敦煌变文所采用的顺向叙事程式根植于具体的时间顺序观念，并在具体叙事过程中一一对应后者的时间结构，所以，在当时社会文化的大背景下，以普通市民、农民为主体，认知水平较为低下的听众比较容易从整体上理解故事情节，掌握故事的讲述过程。这样的顺向叙事程式正迎合了广大听众的认知需求，达到便于理解、强化记忆的目的，听众对容易接受感知的讲述方式也极为欢迎。

二、敦煌变文情节局部分割的叙述模式——"花开两朵，各表一枝"模式

在敦煌变文的整体叙事框架中，还有一种值得注意的顺向叙事情况，当说唱者需要表现同一人物在不同时间、不同地点的生活际遇，

>>> 敦煌变文叙事研究

而不同的生活际遇在本质上并没有一定联系时，说唱者习惯采用"花开两朵，各表一枝"的叙事手法，首先叙述人物在某一时间、某一地点的故事，然后叙述人物在另一时间、另一地点发生的事，这时虽然几个毫无联系的故事被转换成先后交替的叙述次序，使故事结构形成一种立体的叙事，但每个故事叙事顺向时间流走的大趋势并没有因此改变，整个故事仅仅是分流出若干个小故事，如同大河流中分流出的小溪，是对整体结构进行情节局部分割的结果，这里把它形象地称之为"花开两朵，各表一枝"。

如在《张义潮变文》中，变文首先为我们展现一场两军交战的场景，吐蕃王欲调集诸川兵马远来劫掠沙洲，唐朝探子打探到消息后，仆射张义潮亲自点兵，前往沙洲平乱，吐蕃兵马大败，后张义潮乘胜追击，打得吐蕃兵马胆怯奔逃，这是变文呈现的第一个独立小故事，在这个故事之后，变文进入下一个故事的叙述层面。在敦煌北一千里处有一个伊州镇，城西有一个纳职县，县里居住着大量回鹘以及吐浑人，他们结为贼盗，频频劫掠伊州，侵夺牲畜，劫掠人物，后仆射张义潮在大中十年六月六日，亲率甲兵，突袭纳职县，四面进攻，列鸟云之阵，杀的贼寇仓皇逃窜，回鹘大败抛鞍弃马，逃回纳职县城。这是变文呈现的第二个独立小故事，故事到这里并没有结束，而是围绕同一个主人公——张义潮，从而使第三个独立的小故事呼之欲出。第三个小故事讲述大中十年，大唐差册立回鹘使御史中丞王瑞章持节奔赴单于，下官押衙陈元弘在走到沙洲界内时，与游奕使左承珍相见，当时左承珍看到旷野之中的陈元弘后以为是贼寇，猖狂奔逃，陈元弘令士兵将左承珍领至马前，阐明缘由，原来是王瑞章与陈元弘行至雪山南畔时，遭遇回鹘一千余骑，被回鹘贼寇侵扰，打伤士兵，劫夺国信。左承珍在得知是唐朝使者后，便将之领到沙洲，引入参见仆射张义潮，陈元弘拜见张义潮，将回鹘劫夺国信之事报知张义潮，仆射张义潮听闻之

第六章　敦煌变文叙事结构中的"结构之道"与"结构之计"

后勃然大怒，告陈元弘会帮助他寻回国信。这是变文呈现的第三个独立小故事。

到这里可以看出，在这篇变文的整体叙事框架中，一共镶嵌了三个小故事，这三个小故事虽然表现的是同一个人物，但故事和故事之间没有任何因果联系，没有任何可衔接的关系，三者各自独立，都表现同一个人物在不同时间、不同地点的生活际遇，从结构上看是一种并列叙事。但很明显，这三个结构并列的叙事成分并没有镶嵌在一个大的顺向叙事结构中，而是各自独立、毫无关系，成为有别于顺向叙事模式和下文葡萄藤结构叙事模式的显著特征，不会依托整体结构的顺向发展脉络，或者作品本身缺乏一个在整体上呈现顺向叙事的结构。分散的结构是"花开两朵，各表一枝"，但看似毫无关联，实则一脉相通。这种并列的叙事结构，从不同的侧面综合立体地塑造了人物形象，使人物形象更加多元、丰满，也更加吸引听众，使听众在一个故事结束尚且意犹未尽之时，仍能够在下一个故事中获得享受，迎合普通民众对民间说唱艺术的审美追求。当然，不可否认的是，虽然几个齐头并进的故事时间被排列成一个轮流接替的叙事次序，使作品呈现出一种立体式的叙事状态，但每个独立的小故事内部仍呈现出时间顺向流走的大趋势，整个故事仅仅是分流出若干个小的支流，其实质并没有改变。为此，可以做一个大胆揣测，对于"花开两朵，各表一枝"的手法，也许是经过几代俗讲表演者共同演绎的结果，也许在先前只有一个独立故事，但是在后来传承的过程中，由于反映当代历史事件，故事主要人物的功绩越来越大，人物形象也越来越立体，故事内容便越来越丰富。由于局限于俗讲表演者水平的限制，要把众多的故事衔接起来统摄于一条线索实属不易，造成俗讲表演者对故事情节的简单堆砌，而没有将各个故事以一个一脉相通的线索贯穿起来的情况。

三、敦煌变文情节局部重叠的叙事模式——葡萄藤结构叙事模式

敦煌变文以多层面的叙事框架结构故事,在很大程度上造就了敦煌变文叙事繁复的特征,表现在结构上,是情节局部重叠的叙事模式。敦煌变文的浅层结构除了表现为情节整体建构的顺向叙述模式、情节局部分割的叙事模式之外,还具有情节局部重叠的葡萄藤叙事特征,三者作为"结构之计"均与敦煌变文因果报应的深层"结构之道"相适应,服务于"结构之道"。以下将从情节局部重叠的角度分析敦煌变文的葡萄藤叙事模式。

敦煌变文中的每一篇作品都有贯穿于作品始终的主线,这条主线流畅自然地衔接着一个又一个或各自独立,或有因果联系的小故事,使作品首尾完备、情节连贯,这条线索从纵向推进故事情节的发展,推进故事的开端、发展、高潮和结局,使作品听来犹如高山流水、江河入海,脉络清晰,线索分明,想必唐朝广大听取敦煌变文的听众也会被说唱者一气贯成的叙事方式深深吸引。但通过研究发现,敦煌变文在整体叙事中不仅具有顺向叙事的特征,还具有情节局部重叠的叙事特征,也就是说,敦煌变文作品往往习惯于在大的故事框架中套有若干个小故事,这些小故事在讲述过程中往往具有相似的特征,体现出一定的重叠性,这种情节的局部重叠或者呈并列结构,或者呈递进结构,共同服务于顺向叙事的主线,在大故事框架中套有若干个小故事,小故事中又可套有更多小故事的叙事结构,学术界很多学者把它形象地定义为"葡萄藤式"结构。如果将情节整体建构的顺向叙事方式比喻为一根葡萄藤,这种情节的局部重叠犹如葡萄藤上连缀的颗颗葡萄。这种情节局部重叠的叙事程式——葡萄藤结构叙事程式,在敦煌变文作品中比比皆是,体现出高度程式化的特点。

第六章　敦煌变文叙事结构中的"结构之道"与"结构之计" <<<

"重叠叙事模式,是将有相似特点的情节多次(一般是三次或三次以上)重复以表现人物同一性格特征的人物叙事结构模式。"[1]情节局部重叠的葡萄藤结构叙事模式有其自身的形成条件:其一,故事中的主要人物性格结构单一,呈现出典型的"扁平人物"特征,人物的性格特征突出而又内涵丰富,人物形象必须是一个典型的"扁平人物",如果是一个圆形人物形象,性格的多样性可使作品情节叙事呈现出丰富多样的可能性,缺少局部重叠的必要性,在结构成篇时可不必使用这种重叠的葡萄藤叙事模式。情节的局部重叠要求所叙内容必须有其自身相似性,才能形成重叠结构,如果人物形象性格多样化,则无法形成重复性内容,也无法形成重叠的情节。其二,事件的对峙性冲突,或人物性格之间的矛盾富有力度,并形成延续的过程。在重叠叙事模式中,事件的发展不会一帆风顺,人物为了达到目的,需要付出极大努力,并在一次次的挫折中向成功迈进。故事中的人物历经坎坷、饱尝艰辛,在一次又一次的努力中最终取得成功,而人物在事件对峙过程中为了取得成功所付出的一次又一次努力,势必会形成一种重叠的叙事模式。敦煌变文之所以能够形成情节局部重叠的葡萄藤叙事程式,与以上两点分不开。

我们探讨敦煌变文情节局部重叠的葡萄藤叙事模式,是从结构的角度深入分析重叠问题,但不容否认的是,重叠最初是作为一种艺术表现手法而被广泛使用,作为艺术表现手法的重叠(重复、反复),最初产生于人类对自然和生命现象周期运行规律的感悟,卜辞、《周易》和《诗经》都有重章叠句的抒情(比兴、咏叹)和铺陈(赋)。上古时期这些作品中所使用的重章叠句,实际上是后世叙事文学中重叠叙

---

[1] 刘上生. 中国古代小说艺术史 [M]. 湖南:湖南师范大学出版社,1993:392.

事的萌芽。后来，在《尚书》中开始有了比较完整的重叠记事，如《盘庚》三篇记载盘庚三诫其民的故事，《战国策》中出现比较完整的故事化重叠叙事，如《冯谖客孟尝君》中记载冯谖三弹剑铗的故事，《邹忌讽齐王纳谏》中则记载邹忌三问与徐公孰美的故事，都属于情节重叠的葡萄藤叙事模式。司马迁撰写的《史记》，也广泛使用情节重叠的叙事模式，如《李将军列传》中叙李广与匈奴大小七十余战的经历，是史传文学以重叠叙事突出所记人物性格和命运特征的典范。

重叠叙事的真正发展，是在小说突破史家观念束缚，可以自觉虚构故事、创造叙事结构之后，特别是在佛教俗讲变文、唐传奇和民间说话影响下的小说创作之后，如唐人传奇《游仙窟》《杜子春》等作品都广泛地使用情节重叠叙事模式。唐代佛教俗讲变文在这一方面也做了很多有益尝试。作为一种叙事文学，唐代敦煌变文情节重叠的葡萄藤叙事具有更加多样化、艺术化的继往开来的里程碑意义。在此之后，宋元话本中也大量使用三叠叙事模式，此时的情节重叠叙事已不再是情节的简单重复，而是重叠结构自身的审美功能大大增强。

纵观敦煌变文全书，叙事作品中广泛使用的情节重叠叙事模式有两种形态：一是阶段性情节的重叠叙事，主要是从作品的整体结构来看，指为解决某一基本矛盾而展开的情节过程。故事在情节推进过程中为了解决矛盾，自然地将情节分为若干个有承接意味的阶段，主人公在每一阶段克服困难的过程也自然形成了一种情节的重叠叙事。二是个别性情节的重叠叙事，主要是从作品中的某一个别性的情节进行分析，指为解决某一具体矛盾而展开的重叠叙事。这种叙事往往在短时间内发生，矛盾集中，连续性强，人物特征在短时间内反复呈现，能够产生强烈的审美效果。阶段性情节的重叠叙事，其重叠内容从头至尾属于承接关系，而个别性情节的重叠叙事，其重叠内容相互之间属于并列关系，以下将从敦煌变文的三个不同类别（佛经故事类、民间传说类、

第六章　敦煌变文叙事结构中的"结构之道"与"结构之计"

历史故事类）探讨重叠叙事程式。

敦煌变文中的佛经故事类变文广泛使用情节重叠的葡萄藤叙事程式。其中，既有阶段性情节重叠叙事的情况，也有个别性情节重叠叙事的情况。例如，《大目乾连冥间救母变文并图一卷》一文是阶段性情节重叠叙事模式的典型代表，作品中的目连是德才性兼美而以孝为其主要特征的形象，是一个完美的理想形象，其性格特征较为单纯，但是目连的德、孝、性又极具表现力度和丰富内涵，既拥有一种超乎常人的心理（德、孝）能力，又拥有一种出类拔萃的实践能力（可以上天入地救其母），可以说，目连是智能与才能的完美结合，因而，目连的形象乃是一种"丰富的单一"。目连在救母时所面对的困难，是母亲生前所造的恶业，使得母亲死后堕入最恶劣的阿鼻地狱，整日忍受酷刑，不见天日，无法超脱，把目连推到以一身不懈努力万死救母的中心地位，使其才智的实现过程成为不断克服困难的长期曲折的反复过程，这就是目连形象的塑造必须采取情节重叠叙事模式的原因。

在《大目乾连冥间救母变文并图一卷》中，塑造目连形象的重叠叙事主要使用的是阶段性情节重叠叙事模式，目连在得知母亲堕入地狱之后，最终在阿鼻地狱第七隔中寻得其母，目连想要替母受罪，但狱主不允许，后目连在世尊的帮助下，终于使其母得以逃脱阿鼻地狱的严刑，但由于其母生前罪根深重，虽免遭地狱之苦，但堕入饿鬼之道，这是作品在目连救母过程中展示出的第一层叙事，在第一层叙事结束时，母亲已由阿鼻地狱转入饿鬼道。后目连入王舍城中为母亲乞得饭食，亲自手拿饭匙喂食，但由于母亲仍有悭吝之心，食物还未入口，随即变为猛火，目连于是又向世尊处探寻超脱之法，后在世尊的提点下，母亲终于得以进食，但进食之后又转为王舍城中黑狗，这是作品展示的第二层叙事。在第二层叙事结束时，母亲由饿鬼道转为牲畜，最后，目连在世尊的提点下，向王舍城中佛塔前转诵大乘经典，母亲终于转却狗身,再世为人,这是作品展示的第三层叙事。在第三层叙事结束时,目连母亲终于再世为人,目连救母的行为也终于功德圆满。这里,作品很巧妙地将故事分为若干个阶段性的情节,以目连在救母过程中克服重重困难来结构故事,加之每一次面对的困难都有所不同,形成一种"设难—解难、再设难—再解难、三设难—三解难"的情节重复,三个情节的重叠关系属于承接关系,故事也由此造成一种一波未平一波又起的叙事效果。

所谓阶段性情节,指在解决某一基本矛盾过程中所呈现出的阶段性特征以及主人公做出的阶段性努力。该作品中的三大情节,分别显示目连救母于阿鼻地狱、救母于饿鬼道、救母于牲畜,进而使母亲再世为人过程中的智慧能力和奋斗精神。这种承接关系的重叠叙事,对于强化人物某一性格特征(如目连的德、孝)起到重要作用,其阶段性情节的重叠又富节奏变化之妙,三层的重叠叙事涉及三个不同故事,跌宕起伏的文本内容不仅使作品不显得单调,反而带给人们一种目不暇接的感觉。

佛经故事类变文中,除了有使用阶段性情节的重叠叙事模式情况之外,也有大量作品使用个别性情节的重叠叙事模式。个别性情节,指解决某一具体矛盾的过程,这种在较短时间内发生的事件,矛盾集中,连续性强,扣人心弦,人物特征反复呈现,能够产生强烈的审美效果。如《八相变》中叙释迦如来在过去无量世时,历经百千万劫,后在悉达太子时,托生于夫人摩耶腹中,摩耶夫人观无忧树时伸手攀枝,于左肋之下生太子。太子时年十九,贪着五欲,天帝释知道太子欲游观四门,于是在四门前各化一身,帮助太子领悟生死之道。然后,帝释帮助太子领悟生死的情节中,表现出典型的重叠叙事程式,太子才出东门,就在路上碰见一个路人,行色匆匆,问之原因是家中新妇将欲诞下新儿。太子问人间的"生"只是路人的一种情况,还是人间

第六章 敦煌变文叙事结构中的"结构之道"与"结构之计"

都有,路人告诉悉达太子是人间都有的普遍情况,这是作品在这一帝释点化太子的情节中展示的第一层叙事。在这第一层叙事结束时,太子参透了人间的"生"。后太子游观南门,才出南门就遇见一个老人,老人发白如霜,鬓毛似雪,孱弱无力,两手拄杖,太子问其是何人,其人回答是"老人",并叙许多老之情状,这是作品在帝释点化太子情节中展示的第二层叙事。在这第二层叙事结束时,太子参透了人间的"老"。后太子游观西门,才出西门,太子即遇一人,此人四肢羸弱,面容消瘦,千般苦痛,喘息不安,太子问其是何人,此人回答是"病儿",并叙述病儿诸多苦痛,故事发展到这里,展示出帝释点化太子情节中的第三层叙事。在这第三层叙事结束时,太子参透了人间的"病"。后太子游观北门,又见一人,四肢全具,卧于荒郊,旁边还有六亲哭号,太子问此是何人,丧主说是"死人",并说人间所有的人都是如此,都会经历死亡,作品在这一点化的情节中展示出第四层叙事。在这第四层叙事结束时,太子参透了人间的"死"。不难发现,作品实际上利用葡萄藤的结构方式,设置了四层重叠叙事,利用悉达太子四门出游,遇帝释化路人、老人、病人、死人的情节,使悉达太子在目睹人世间的生、老、病、死等人生之苦后,进而看破尘世,为求解脱,出家修行。四层重叠叙事相互之间属于并列结构,这种程式化的叙事方式不仅具有排比性质,还具有对比意味,与生老病死相比,出家修行无疑是摆脱人间苦难的最好途径,因而悉达太子最终选择出家。作品在帝释点化太子情节结束时,很自然地为下文太子出家、雪山修行成佛扫清道路。很显然,作品在这一个别性情节中安排四个简单重复非常有必要,不仅推进故事发展,影响人物的性格走向,也为下文悉达太子出家修行作出必要铺垫。如果作品没有运用葡萄藤结构的重叠,下文的故事也就无从展开。

《维摩诘经讲经文》(4、6)同样是个别性情节重叠叙事模式的

>>> 敦煌变文叙事研究

杰出代表，变文叙维摩诘精通佛理，有高深的辩才，曾经多次在论辩佛理时折辱名门弟子，一日维摩诘卧病在家，佛陀欲遣佛门弟子前去探视，可是，包括弥勒菩萨、目连、舍利弗、大迦叶、须菩提、阿难、光严童子等在内的十二位佛门弟子都心有恐惧，不愿前往探视，唯恐有辱使命。原来，此前众弟子在同维摩诘论辩佛理时都曾被其苛责，因而不敢前往，最后还是文殊菩萨不辱使命，率众人前往维摩诘处问疾，才没有辜负佛陀的厚望，终于完成这一颇为艰巨的任务。作品在究竟选择谁去维摩诘处问疾这一情节中，使用了情节重叠的叙事结构，佛陀对众弟子的询问以及众弟子相应对答，本身是一种情节重叠的叙事结构。这种结构不仅具有排比意味，还具有对比意味，前面的十二位佛门弟子都不敢前往维摩诘处问疾，从侧面烘托出后者文殊师利辩才的高深，又反衬出维摩诘佛理的通达与超群。可以说，故事运用葡萄藤式铺叠繁复的叙事结构取得了一石二鸟的叙事效果，不仅突出文殊师利的辩才，维摩诘的形象也在重叠反复中塑造得愈加丰满。

敦煌变文除了佛经故事类变文，在历史故事与民间传说类变文中也广泛使用情节重叠的葡萄藤叙事模式。最经典的历史故事《伍子胥变文》中，说唱者巧妙地使用阶段性情节的重叠叙事，首先叙述楚平王荒淫无道，上相伍奢直言劝谏却引来杀身之祸，伍奢和儿子伍子尚相继被杀，伍子胥继而走上逃亡以及复仇的道路。故事发展到这里，展示出仇恨产生的原因；然后，故事巧妙地采用葡萄藤阶段性情节的重叠叙事，展开伍子胥逃亡复仇的故事。伍子胥从此踏上复仇的道路，为复仇蓄积力量，等待时机。在逃亡过程中，他首先遇到浣纱女，浣纱女给伍子胥提供食物，为了不暴露伍子胥的行踪，她抱石投河而死，这是作品在逃亡复仇情节中展示的第一层叙事。在第一层叙事中，作品刻画了一位善良刚烈的女性形象。然后，伍子胥又来到姐姐家，姐姐遣她速去，但还是被两个外甥发现，因贪图楚平王的赏金而意欲捉

第六章　敦煌变文叙事结构中的"结构之道"与"结构之计" <<<

伍子胥邀功，伍子胥仓皇逃跑，这是作品在逃亡复仇过程中展示的第二层叙事。在第二层叙事中，作品不仅刻画出姐姐的善良，也刻画出外甥的贪婪。伍子胥仓皇逃跑之际，行至江边，得一渔人相助，供给他食物，并且渡他过江，还教给他投奔吴国的方法。为了不泄露伍子胥的行踪，渔人覆船而死，这是作品在逃亡过程中展示的第三层叙事。在第三层叙事中，作品刻画了一位舍生取义的渔人形象。这里不难发现，作品实际上利用葡萄藤的结构方式，设置了三层重叠叙事，伍子胥在逃亡过程中先后遇到浣纱女、姐姐与外甥、渔人，不同的人物和伍子胥分别生发出不同故事，这种重叠不仅具有排比性质，而且具有承接递进的意味，伍子胥身怀仇恨，一心想为父亲与兄长报仇，使得他的性格也体现出一种"丰富的单一"，伍子胥的对手，是一位在权势以及地位方面都占据绝对优势的楚平王，由于伍子胥力量的弱小，故事成为获得帮助、不断努力战胜对手、不断克服困难的长期曲折的反复过程，也是伍子胥形象的塑造以及故事情节的推进必须采用的重叠叙事原因。

在《伍子胥变文》中，作品通过重复的情节内容展示伍子胥逃亡过程的艰辛。伍子胥在逃亡过程中，先后遇到浣纱女、姐姐、渔父，相同的情节是均有三人馈赠食物的叙写和伍子胥对三人猜疑心理的刻画，虽然情节重复，但反复渲染将伍子胥食不果腹的饥饿状态和风声鹤唳、草木皆兵的恐惧心理惟妙惟肖地体现出来，很好地增强了感情，极大地博取了听众的同情心。毫无疑问，这里的重叠"蓄势"是为了下文复仇情节的"待发"，有了此处的反复渲染作为铺垫，之后的复仇情节便如江河般汹涌展开。

民间传说类变文也广泛使用情节重叠的葡萄藤叙事模式，如《舜子变》中使用个别性情节的重叠叙事。母亲乐登夫人病逝后，父亲又娶新室，后母对舜子百般厌忌，挑唆父亲先后通过后园树上摘桃、后

— 125 —

院修仓放火、庭前挖掘枯井三计，要致舜子于死地，后在帝释的帮助下，舜子得以逃脱。这里，故事展示了三层葡萄藤结构的重叠叙事：第一层，后园树上摘桃被后母设计陷害，被父亲三条荆杖毒打；第二层，后园修仓遭父母放火；第三层，庭前挖掘枯井，父母填井埋之。三层重叠的叙事结构事件集中，矛盾深刻，连续性强，扣人心弦，相互之间呈现出并列排比的意味，不仅刻画出舜子的孝道，也反衬出父亲与后母的邪恶与毒辣，人物特征的反复呈现，产生出强烈的审美效果。

重复，必然有故事情节的相似性，但相似的情节并列在一起，如果处理不好，会陷于简单雷同的泥淖中。大多数作品在处置情节时力求同中有异，避免简单重复，使用葡萄藤结构重叠叙事的最高境界。"重叠叙事并非情节的简单重复，也并非人物特征的单纯复现。重叠叙事的基础是事件性质（矛盾）和人物特征（性格）的同一性，但是重叠叙事的成功，在于实现同而不同、同中有异、同中有变，即性格特征的单一稳定与性格表现的生动丰富性、情节性质的相似同一与情节内容的差异特殊性两者的统一。"[1]因此，从根本上来说，同中有异、同中有变乃是作品审美艺术魅力的源泉，而情节重叠的叙事模式，只是作品故事结构的组织形态，前者是作品的灵魂，后者是作品的骨架。《舜子变》中描述舜子父母对舜子的三次陷害，令人眼花缭乱的三次斗智斗勇，三次险中脱身，百读不厌。舜子至孝的人物形象并不丰满，但在三叠故事结构中却能栩栩如生，脍炙人口。这里的叙事内容和叙事技巧虽为重叠但毫不重复、毫不雷同，正是说唱者精心设计叙事结构所产生的独特效果。

---

[1] 刘上生.中国古代小说艺术史[M].湖南：湖南师范大学出版社，1993:394.

第六章　敦煌变文叙事结构中的"结构之道"与"结构之计" <<<

　　葡萄藤结构的情节重叠叙事模式是塑造特征化人物的重要手段。第一，可以使人物的性格特征在多次重叠中得到强化、更加理想化，甚至绝对化，并使人物的特征最终成为人物形象身上的独特标志性符号。如果没有对目连救母的三层重叠叙事，怎么能够使目连的智慧与孝心的描述达到超群绝伦的目的。第二，可以在对峙性矛盾的延续过程中展开出性格对照，以突出主要人物形象。如《伍子胥变文》中的三层重叠叙事，既有正衬，又有反衬。如浣纱女、渔夫，作品通过浣纱女抱石投河与渔夫覆船而死的情节，从正面衬托出伍子胥正义的人物形象，而外甥的贪婪与冷漠又从反面衬托出伍子胥人格的高贵。第三，可以在叙事的重叠结构中表现同一矛盾的不同形态，以及同一矛盾与其他矛盾交织的复杂状态，使人物特征得到具体表现，创造"单一的丰富"审美境界。《伍子胥变文》中的三层重叠叙事，既有伍子胥同楚平王的矛盾，又有伍子胥与外甥的矛盾，同时渔人覆船救子胥的情节还为下文化解伍子胥与郑王的矛盾埋下伏笔，整体看来可谓矛盾重重、互相交织，伍子胥的复仇人物形象在矛盾交织的复杂状态中得到丰富体现。

　　由此可见，葡萄藤结构情节重叠的叙事模式在敦煌变文的很多作品中都有体现，对于这种独特的重叠叙事方式，可以从三个方面窥见其原因：一是从敦煌变文口头文学说唱体性质中找到原因。作为一种口头说唱文学，情节的重复在所难免，是由说唱文学的文体性质所决定的；二是可以窥见民间文学对敦煌变文的影响。同中有异的情节、葡萄藤重叠的反复叙说，在民间文学中被广泛使用，这种并列铺排的重叠叙事结构，不仅可以放慢故事情节的叙事速度，还能够增加故事的叙事长度，其充沛的表现力与叙事张力也充分地被敦煌变文所借鉴；三是佛教作为一种舶来文化，其佛经深受古印度叙事文学影响，敦煌变文作为唐代佛教文化的一种衍生品，其"葡萄藤式"结构的大量运用，

>>> 敦煌变文叙事研究

深刻体现出受古印度叙事文学影响的一面。季羡林先生曾谈到古印度叙事文学中"葡萄藤式"结构对中国的影响：

> 印度古代著名史诗《摩柯婆罗多》的结构属于这个类型。作为骨干的主要故事是难敌王（Dyryodhana）和坚阵王（Yuddhisthira）的斗争，其中穿插了很多独立的小故事。巴利文《佛本生经》是以佛的前生为骨架，将几百个流行民间的故事汇集起来，成为一部大书。流行于全世界的《五卷书》也是以一个老师教皇太子的故事为骨干，每一卷又以一个故事为骨干，叠层架屋，把许多民间故事搜集在一起，凑成一部书……这种例子在印度文学里不胜枚举。[1]

李宗为先生曾在《唐人传奇》中指出：

> 这种大故事套小故事，小故事又套更小故事的结构形式，是印度文学及中东文学所惯用的，如印度的《五卷书》《故事海》及阿拉伯的《一千零一夜》，等等结构都是如此。[2]

敦煌变文"结构之技"中的"葡萄藤式"情节局部重叠叙事模式，是表达方式与情节结构的完美结合，与因果报应观、转世轮回观的深层结构相照应。在作品中，果报轮回的观念如同贯穿于作品的葡萄藤，而在果报轮回观念统摄之下的不同层次的故事情节，则组成了大故事

---

[1] 季羡林. 比较文学与民间文学 [M]. 北京：北京大学出版社，1991:107.
[2] 李宗为. 唐人传奇 [M]. 北京：中华书局，2003:50-51.

第六章　敦煌变文叙事结构中的"结构之道"与"结构之计" <<<

套小故事、小故事套更小故事的重叠结构，进而构成一串串葡萄一般的故事链，这里，果报轮回（"结构之道"）的观念起到核心作用。正因为有了果报轮回"结构之道"的贯通，使得故事主人公在达到佛教最高境界（涅槃境界）之前，故事情节可以无限曲折延伸，因为转世轮回是没有止境的，犹如葡萄藤上的葡萄可以绵延生长。

敦煌变文情节整体建构的顺向叙事模式、情节局部分割模式以及葡萄藤结构重叠叙事模式，不仅对唐代叙事文学产生深远影响，还开创后代长、短篇小说以多样化的结构方式构建曲折情节以及多角度描写人物的艺术先河。情节顺向叙事的结构，后世叙事文学多有应用，但观水有术，必观其澜，顺向叙事的总体结构中，很多作品都嵌入葡萄藤结构重叠叙事，而三叠（或多叠）情节的巧妙设置，则成为既体现时序又标志阶段并富有衍生力的基本数字符号。后世《水浒传》中表现鲁智深侠义勇武的几次"大闹"、《红楼梦》中表现"刘姥姥三进荣国府"等都与此一脉相承，其中"刘姥姥三进荣国府"的三叠叙事程式对展示贾府荣枯衰败和作为全书结构线索更发挥着多重功能。《西游记》主体取经部分采用"九九八十一难"的写法，也是一种典型的葡萄藤重叠叙事模式，从宽泛的意义上来说，也是取经集团人物身上的葡萄藤重叠叙事[1]。在更高层次和水平上继承和发展传统的，是长篇世情小说《儒林外史》，作品中讽刺儒林世相的三次名仕集会（莺脰湖、西子湖、莫愁湖），既与表达改造世风理想的群儒大会（泰

---

[1]　参见杨义. 中国叙事学[M]. 北京：人民出版社，2009:50."道与计的双构性思维"一节，杨义先生认为《三国》中运用数字程序叙事主要属于结构之计，而《西游记》的"九九八十一难"则体现为结构之道，与古代对天地之道的认识相沟通。本人认为《三国》大量运用的三叠叙事也包涵了"结构之道"的意义，并不单纯属于"结构之计"，而《西游记》也包含了"结构之计"的内容，并不仅仅属于"结构之道"。

伯祠名贤主祭）相辉映，又成为书中结构的大小收束。由此可见，敦煌变文的结构叙事程式对后世叙事文学影响极为深远。

第七章 敦煌变文的程式化叙事

　　如前所述，敦煌变文产生于唐代佛教肥沃的土壤，滋生于佛教俗讲独特的传播形式，是唐代俗讲僧向普通百姓铺陈敷衍佛经故事、传播佛教教义、劝导人民向善的有效途径，直面对象是普通百姓，决定俗讲的内容必须把明白晓畅、通俗易懂作为最重要的美学追求，力求适应广大人民群众的审美情趣、接受心理以及欣赏能力。为了充分契合普通百姓的情感体验，使大众百姓获得情感上的共鸣，俗讲僧在铺陈敷衍佛经故事的同时，必须要迎合"里耳"，运用相对固定的结构程式以及语言程式强化听众的理解，而这种程式不仅体现在结构、内容、故事情节的统筹方面，更体现在语言形式方面，而变文作品作为俗讲的一个底本，自然在语言方面体现出鲜明的程式化特点。敦煌变文使用一套高度纯熟的程式语言建构语言规则，使得敦煌变文的语言具有后世"行话"的某些功能，以下将着重阐述敦煌变文的语言程式，力求揭示敦煌变文在语言方面的程式化形式。

　　"为使我们能具备有意义的、相互联系的经验，并能理解它们及对之进行推理，我们的行为、感觉、知觉活动中一定存在模式和常规。"[1]

---

[1] 张敏. 认知语言学与汉语名词短语[M]. 北京：中国社会科学出版社，1998:112.

从语言学的角度分析，敦煌变文中存在的程式化语言对普通百姓在听讲时内容的理解、推理、认知、记忆等无不具有重要功能。大凡接触过敦煌变文作品的学者，无不对其独到的程式化语言留下深刻印象。

敦煌变文，不论是敷衍佛经故事，还是演绎历史故事或者民间传说，都有其一定的外在语言形式，并且在敷衍故事时均表现出鲜明的语言程式化特点，作品中的某些语言经常以一种雷同的固定模式出现，这种仿佛雷同的固定程式不仅在同一篇作品中反复出现，即使是不同的作品之间，也可以体察到固定语言程式的存在，不同于其他文艺作品中的语言多姿摇曳，反而像今天行政公文，对语言有着固定的程式要求，如在韵散衔接处引用基本相似的引导词；在对景物、场面进行铺陈渲染时采用基本雷同的语段内容和语言形式；在进行人物描写时采用基本相似的语言艺术方式，等等。以下拟从时间程式、情感程式等方面，通过对变文中的细节描写分析，探索敦煌变文语言形式的程式化现象。

第一节 敦煌变文程式概念的渊源及界定

"程式"是口头文学研究理论中一个非常重要的概念，源于"帕里—洛德理论"。该理论由帕里、洛德师徒共同创立，是为了研究"荷马问题"而创立的一种口头创作理论。这一被称为"荷马问题"的问题，长期以来一直困扰西方学术界，学者们众说纷纭、各持己见，由于拿不出真正让人信服的材料，学者们一直难以达成统一意见，帕里、洛德两人对此（荷马问题）曾进行大量研究，他们在继承、总结前人研究成果的基础上有了新的发现：荷马史诗作为一种口头文学，呈现出高度程式化的特征，这种语言的程式化又来源于悠久的口头传统。在此基

第七章 敦煌变文的程式化叙事

础上,他们对荷马史诗的创作情况进行了系统分析和总结,提出全新的程式化理论。这一理论完全是从荷马史诗的口头性特点出发创立的,明显区别于作家作品的诗学理论。

尽管这一理论是在史诗研究基础上发现并创立起来的,但鉴于口头文学的相似性,对于其他口头文学同样适用,在20世纪70年代,我国学者王靖献已经运用这一理论,系统地对《诗经》做出深入研究,又有学者运用这一理论研究了扬州平话,还有学者依次研究了话本小说,由此可见,这一理论对于不同样式的口头文学具有很大的借鉴意义。敦煌变文作为一种口头文学,在研究过程中借鉴该理论同样有必要,近年来已经有一些学者运用这一理论对敦煌变文进行细致研究,如郭淑云的《从敦煌变文的套语运用看中国口传文学的创作艺术》、富世平的《敦煌变文的口头传统研究》,两人均从不同方面对敦煌变文的程式化问题进行分析。当然,必须正视这样一个规律,任何一种理论的使用,都有其范围和局限,建立在史诗研究基础之上的程式化理论也是如此,在使用过程中并不能生搬硬套,因为荷马史诗和敦煌变文在形式和内容等方面都存在较大差异,如果全盘肯定,势必会走入研究误区,因此在研究敦煌变文时,这种程式化理论无疑对我们有很大的借鉴意义和启示作用,但更多的是一种视野的开阔,是一种思路的启发,是一种创新的手法,而不是用于照搬的理论,其启示作用远远大于对它的直接应用,因为敦煌变文作为一种民间口头叙事文学,同诗歌形式的荷马史诗极为不同。

不可否认,"程式"的概念同传统文艺理论中的"套语"概念大有相似之处,但这里之所以不用"套语"而用"程式"概念,并不是为了玩弄新词,而是着眼于"程式"包含更多的积极意义。"套语"是传统文艺理论中的一个重要概念,是为了分析作品中反复出现的一个词或一句话而设立的概念,它的出现往往和墨守成规相联系,充满消极意义，但现实不容忽视，存在于口头文学作品中重复出现的词、句子等诸多"套语"，在作品中往往起到的并非是消极作用，而是可以舒缓节奏、增强感情、方便理解、互动听众，这种套语在口头文学说唱活动中的建设性大于其消极作用。因此，在研究敦煌变文的过程中引用一个全新的"程式"概念，旨在摒弃"套语"背后强烈的消极意义，深入分析反复出现的成分在口头文学作品中起到的重大作用和价值意义。还需说明的是，选用"程式"概念并不代表在论述过程中需要完全摒弃"套语"概念，不可否认，"套语"在对语言的程式化现象进行探讨的过程中，是一个非常重要也非常具有代表性的概念，对语言程式的指称意义是巨大的，它的出现直接从语言角度对作品中重复出现的内容进行概括，当涉及具体的套语现象时，还需要借用传统的"套语"概念。

如前所述，鉴于不同的文体形态，敦煌变文中的程式概念与史诗中的程式概念自有不同的界定范围，以下将根据敦煌变文文本的实际情况，结合口头文学中的程式理论，对敦煌变文中的程式问题作具体界定。

敦煌变文中的程式，指在作品文本中反复出现的较为固定的表达方式和情节内容。具体来讲，在敦煌变文中，相同的表达方式能够表达出相同的或相似的情节内容，相同的情节内容是运用相同或相似的表达方式，两者在叙事过程中互相依存密不可分。因此，可以这样定义：敦煌变文中的程式，从形式上来说是一种具有稳定结构的表达方式；从内容上来讲是一种运用稳定结构的表达方式表达出来的一种较为固定的情节内容。敦煌变文在叙事过程中处处体现出形式和内容的统一，在两者交迭配合下，敦煌变文处处体现出程式化的叙事特征。

第七章　敦煌变文的程式化叙事

"程式的基本属性就是重复"[1]，只有在文本中反复出现相同或相似的表达方式、故事情节才能够称之为"程式"，对于这种程式化的重复，在作家的作品中一般应规避，他们在创作过程中力求新意，避免雷同的表达方式和情节内容，力图给读者带来耳目一新的感觉，但以口头说唱为特征的民间文学则不然，在表达过程中，程式化的重复是其最显著特点。鉴于口头说唱的形式特点，大量重复可以加强记忆，加深印象，便于听众理解，必要的重复还可以增强感情，造成一种一唱三叹的抒情效果，还可以延缓叙事节奏、降低叙事密度，避免大量情节的展示给听众带来疲惫和心理压力，使听众有充裕的时间对所听到的说唱内容细细品味、慢慢欣赏。这种程式化的重复并不是唐人的专利，早在先秦《诗经》中已经得到大量应用。《诗经》中的大量诗歌采用重章叠句的方式，数章诗歌之间在形式和内容上基本一致，仅在相同位置上个别字词有所改变，这种重章叠句的方式造成一唱三叹的强烈抒情效果。后世汉乐府民歌中也有大量程式化的重复情况，典型的如汉乐府民歌《江南》："江南可采莲。莲叶何田田，鱼戏莲叶间。鱼戏莲叶东，鱼戏莲叶西，鱼戏莲叶南，鱼戏莲叶北。"[2] 最后四句仅更易四字就营造出一种鱼戏莲池的优美意境。

程式化的重复在变文作品中运用得十分广泛。在阅读变文作品时，最深刻的感受是充斥于其间的大量程式化重复，敦煌变文的每一篇作品从头至尾、从大到小，处处体现出程式化的特征。从大的方面来讲，韵散相间的结构方式及重复出现的故事情节是敦煌变文中典型的结构

---

[1] 朝戈金. 口传史诗诗学：冉皮勒《江格尔》程式句法研究 [M]. 广西：广西人民出版社，2000:232.

[2] 朱东润. 中国历代文学作品选（上编第一册）[M]. 上海：上海古籍出版社，1979:364.

程式；从小的方面来讲，敦煌变文的程式特征又表现为时间的程式、情感的程式、情节的程式、描述性套语的程式、结构性套语的程式等，不同的程式内容共同构成敦煌变文典型的程式化特征，体现程式在变文情节叙事进程中的积极意义和建设性作用。

第二节 敦煌变文中时间的程式化

敦煌变文在说唱一些情节复杂、内容曲折离奇的故事时，经常需要在情节与情节之间进行时间迅速流逝的转换，敦煌变文在对时间流逝描写中运用相对固定的表达方式，我们将这种相对固定的表达方式称为时间语言的程式化，这种程式化体现在两个方面：一是在敦煌变文的故事情节中，一些情节、动作、行为往往需要经过一段时间的历练才能够出现相对应的结果，其中单调的过程完全可以省略，这样，说唱者在说唱故事的过程中必然会出现许多时间空白点，这些时间空白点没有任何情节可言，无法吸引听众的注意，唯一的目的是适应转换情节的需要，对于无意义的时间空白点，无论是从说唱者的角度还是从听众的角度，都希望时间过得越快越好，情节能够继续，这样，一种简洁明快的表达时间流逝的程式化语言应运而生。二是在敦煌变文中，说唱一些内容紧张、情节复杂的故事时，需要对时间进行特殊处理，通过时间迅速流逝的描写方法，展现复杂的情节、烘托紧张的气氛，也需要对时间流逝的状态进行程式化描写。在敦煌变文作品中，无论哪种对于时间流逝的描写，运用的都是一种相对固定而又简洁干练的语言程式。比如在《汉将王陵变》中，对于时间流逝的描写：

第七章 敦煌变文的程式化叙事

不经旬日之间，便到右军界首。[1]

钟离未唱喏出门，顷刻之间，便到两军，抄录已了。[2]

不经旬日，便到绥州茶城村。[3]

不经旬日，便到楚国。[4]

不经旬日，便到楚家界首。[5]

不经旬日，便到汉国。[6]

不经旬日，便到两军界首。[7]

在以上语段中，主要使用了两种表达方式（不经旬日、顷刻之间）表达时间的迅速流逝，不仅表达的含义基本相同，而且表达方式在结构上也基本一致，是一种典型的、高度一致的程式化语言。但纵观敦煌变文的每一篇作品，时间的程式化不仅体现在具体的一篇作品中，更体现在浩瀚的整体建构中，在其他变文作品中，其重复出现的时间表达程式化的情况要显得更为复杂。

敦煌变文中时间程式的基本结构要素由四部分组成：A 表示"不经"；B 表示"旬日"；C 表示"之间"；D 表示"前后"。纵观所有说唱变文，所有作品中出现的时间程式均是 A、B、C、D 四个词语之间的巧妙组合，词语搭配次序井然，浑然天成，以下将对作品中出现的四种搭配格式进行分析。

---

[1] 黄征，张涌泉校注. 敦煌变文校注 [M]. 北京：中华书局，1997：66.
[2] 黄征，张涌泉校注. 敦煌变文校注 [M]. 北京：中华书局，1997：68.
[3] 黄征，张涌泉校注. 敦煌变文校注 [M]. 北京：中华书局，1997：69.
[4] 黄征，张涌泉校注. 敦煌变文校注 [M]. 北京：中华书局，1997：69.
[5] 黄征，张涌泉校注. 敦煌变文校注 [M]. 北京：中华书局，1997：70.
[6] 黄征，张涌泉校注. 敦煌变文校注 [M]. 北京：中华书局，1997：71.
[7] 黄征，张涌泉校注. 敦煌变文校注 [M]. 北京：中华书局，1997：71.

>>> 敦煌变文叙事研究

（一）A+B+C 式

"A+B+C"式在敦煌变文中是结构最为完整的一种时间程式。这种结构由三部分组成：A 表示"不经"；B 表示时间的词语"旬日"；C 表示状态的词语"之间"，"不经旬日之间"。三个部分都完整的时间程式在敦煌变文作品中并不多见，以下略举几例：

《汉将王陵变》中有：不经旬日之间，便到右军界首。[1]

《太子成道经》中有：不经旬日之间，便即夫人有孕。[2]

《悉达太子修道因缘》中有：不经旬日之间，便则夫人有孕。[3]

《目连缘起》中有：不经旬日之间，罗卜经营却返，欲见慈母，先遣使报来。[4]

还有一些程式化的时间表述明显是"A+B+C"的变体，即在个别地方依情节需要更换个别字词，如 A"不经"可更换为"不逾"；B"旬日"可更换为"旬月""两三日""三二年""时向（饷）"；C"之间"可更换为"中间"等，如：

《张淮深变文》中有：不逾旬月之间，使达京华。[5]

《伍子胥变文》中有：不经旬月之间，即至吴国。一依鱼人教示，披发遂入市中，泥涂面上而行，獐狂大哭三声，东西驰走。[6]

---

[1] 黄征，张涌泉校注．敦煌变文校注 [M]．北京：中华书局，1997：66．
[2] 黄征，张涌泉校注．敦煌变文校注 [M]．北京：中华书局，1997：436．
[3] 黄征，张涌泉校注．敦煌变文校注 [M]．北京：中华书局，1997：470．
[4] 黄征，张涌泉校注．敦煌变文校注 [M]．北京：中华书局，1997：1011．
[5] 黄征，张涌泉校注．敦煌变文校注 [M]．北京：中华书局，1997：191．
[6] 黄征，张涌泉校注．敦煌变文校注 [M]．北京：中华书局，1997：10．

第七章　敦煌变文的程式化叙事

《张议潮变文》中有：不经旬日中间，即至纳职城。[1]

《舜子变》中有：不经两三日中间，后妻设得计成。[2]

《庐山远公话》中有：不经三二年间，便即生男种女。[3]

《叶净能诗》中有：不经时向（饷）中间，张令妻即再苏息。[4]

以上例子从整体结构角度来看，都是完整的结构，但从中也可以看出高度程式化的灵活变通，即便是同一种高度固定的完整时间结构，在对应的语言位置上也会适时出现变异，避免时间语言的单调划一，使相同的语言程式显现出灵活多变的特征。在固定的时间程式之后，大多数句子会出现一个"即"，或者"便"，表示时间迅速流逝之后随之出现的状态，表示故事或动作立即发生，这种现象也可以看作是敦煌变文相对固定的一种程式化句式。

（二）A+B 式

如前所述，敦煌变文中的时间描述是一种相对固定的时间程式，但并不意味着敦煌变文的时间程式就是整齐划一的"A+B+C"式，在时间程式中，同样蕴含形态以及结构上的各种可能性变化，当然，这种变化并不是说唱者随心所欲唱导出来的，而是适应具体的语言环境，在时间程式所允许的范围内所出现的一种变通。众所周知，敦煌变文中的许多作品主要以四言句式为主，在这些作品中，为了前后句式整饬朗朗，便于演唱，时间程式常常被省略为四言，出现"A+B"式的程式化时间表述方式，即在"不经""不逾"（B）等词之后加上"旬日""旬

---

[1]　黄征，张涌泉校注．敦煌变文校注[M]．北京：中华书局，1997:180.
[2]　黄征，涌泉校注．敦煌变文校注[M]．北京：中华书局，1997:201.
[3]　黄征，张涌泉校注．敦煌变文校注[M]．北京：中华书局，1997:261.
[4]　黄征，张涌泉校注．敦煌变文校注[M]．北京：中华书局，1997:334.

月""数日""信宿"(B)等表示时间的词语,每一个部分具体使用哪一种词语,也具有很大的灵活性。《汉将王陵变》中的例子大多数属于这一类,这种时间程式的表述方式在敦煌变文中最为常见,和敦煌变文喜欢以四言朗朗上口的句式说唱有很大关系。相关例子还有:

《张淮深变文》中有:不逾信宿,已近西桐。[1]

《秋胡变文》中有:不经旬月,行至胜山,将身即入。[2]

《韩擒虎话本》中有:不经旬日,直至锅口下营憩歇。[3]

《降魔变文》中有:不经数日,至舍卫之城。[4]

除此之外,敦煌变文中还有一些时间程式的句子是时间程式和具有叙述功能的具体情节结合在一起,主要是为了迎合具体的语言环境。在语言环境中,如果整段都是七言的韵文形式,所出现的时间程式为了句式整饬以及押韵需要,也必须转换成七言韵文,例如:

《捉季布传文》中有:不经旬日归朝阙,具奏东齐无此人。[5]

《董永变文》中有:忽然慈母身得患,不经数日早身亡。[6]

《大目乾连冥间救母变文》中有:儿子不经旬月,事了还家。[7]

---

[1] 黄征,张涌泉校注. 敦煌变文校注 [M]. 北京:中华书局,1997:193.
[2] 黄征,张涌泉校注. 敦煌变文校注 [M]. 北京:中华书局,1997:233.
[3] 黄征,张涌泉校注. 敦煌变文校注 [M]. 北京:中华书局,1997:300.
[4] 黄征,张涌泉校注. 敦煌变文校注 [M]. 北京:中华书局,1997:554.
[5] 黄征,张涌泉校注. 敦煌变文校注 [M]. 北京:中华书局,1997:94.
[6] 黄征,张涌泉校注. 敦煌变文校注 [M]. 北京:中华书局,1997:174.
[7] 黄征,张涌泉校注. 敦煌变文校注 [M]. 北京:中华书局,1997:1024.

第七章 敦煌变文的程式化叙事

（三）D+A+B 式

敦煌变文中除了以上所举时间程式格式之外，还有一种D+A+B式，即D"前后"加上"不经""不逾"（A），再加上"旬日""旬月""数日""两旬"（B）等表示时间的词语，A、B两部分具体使用哪一种词语，也具有很大的灵活性。这种时间程式在《韩擒虎话本》中具有代表性，如：

  前后不经所（数）旬，裏（果）然司天太监，夜官（观）虔（乾）象，知随州杨坚限百日之内，合有天分，具表奏闻。[1]
  前后不经旬日，杨素战箫磨呵得胜回过，直指閤门，所司入奏。[2]
  前后不经旬日，便到蕃家解守（界首）。[3]
  前后不经旬日，便达长安，直指閤门，所司入奏。[4]
  前后不经两旬，忽觉神赐（思）不安，眼[润]耳热，心口思量，升厅而坐。[5]

时间程式是在相对传统稳固的A+B程式之前加上"前后"字样，体现出时间程式在不同作品中的变异性特点。值得一提的是，D+A+B式的时间程式在敦煌变文中只出现在《韩擒虎话本》变文作品中，在其他作品中均不曾发现，可见，这种时间程式可能是说唱者个人风格的

---

[1] 黄征，张涌泉校注. 敦煌变文校注 [M]. 北京：中华书局，1997:298.
[2] 黄征，张涌泉校注. 敦煌变文校注 [M]. 北京：中华书局，1997:303.
[3] 黄征，张涌泉校注. 敦煌变文校注 [M]. 北京：中华书局，1997:304.
[4] 黄征，张涌泉校注. 敦煌变文校注 [M]. 北京：中华书局，1997:304.
[5] 黄征，张涌泉校注. 敦煌变文校注 [M]. 北京：中华书局，1997:304.

一种特别体现,是《韩擒虎话本》作者个人说唱风格体现出的一种结果。当然,这种变异并不是随心所欲,必须是在传统所允许的范围内,说唱者对这种独特时间程式的使用,必定同听众的理解与感受相适应,如果它的使用会造成听众理解困难,或是听众就某种语言习惯感受的不适应,说唱者也不能在说唱时大量重复使用,所以,它是一种在基本结构(A+B)稳定基础上的变化,体现出明确的个性化特征。

(四)B+C 式

如前所述,敦煌变文中时间程式最为完整的结构是 A+B+C 式,但在时间程式研究的过程中,还发现一种灵活的省略格式,即省略掉前面的"不经"(A),只保留后面的"旬日"(B)和"之间"(C)两部分,即在具体的时间短语之后加上"之间"等词语,如:

《伍子胥变文》中有:旬月中间,事了回兵,自当死谢。[1]

《叶净能诗》中有:旬日之间,中使蜀川一百余里已来,忽见净能缓步徐行。[2]

但是,这种程式在具体表示时间的过程中变化非常大,除了"之间""中间"(C)相对稳定之外,具体的时间词汇 B,大多并不是如上所举的具体时间词语,取而代之的是更为具体、更为形象、时间更为短暂的词语。在敦煌变文中,"B"使用频率最高的当属"旬日""旬月"的时间表述方式。除此之外,尚有很多变体,如(1)"逡巡";(2)"须臾";(3)"荏苒";(4)"顷刻";(5)"展转";(6)"瞬息";(7)"弹指";(8)"不久";(9)"电转";(10)"念念";(11)"瞥然";(12)"时饷";(13)"一转",更加体现出时

---

[1] 黄征,张涌泉校注. 敦煌变文校注 [M]. 北京:中华书局,1997:11.
[2] 黄征,张涌泉校注. 敦煌变文校注 [M]. 北京:中华书局,1997:340.

第七章 敦煌变文的程式化叙事 <<<

间程式的灵活性,以下各举例说明:

(1)"逡巡",有时也作"逡速"。

《伍子胥变文》中有:鱼(渔)人逡巡之间,即到船所。[1]

《破魔变文》中有:逡速之间,直至菩提树下。[2]

(2)"须臾"

《庐山远公话》中有:须臾之间,敢(感)得帝释化身下来,作一个崔相公使下。[3]

《八相变》中有:须臾之间,便到朝堂门所。[4]

(3)"荏苒"

《庐山远公话》中有:荏苒之间,便堕在胎生之中。[5]

又有:荏苒之间,又经数月。[6]

(4)"顷刻"

《叶净能诗》中有:[净能]作色愠然,又取朱笔书符,吹向空中,化作一使人,身着朱衣,倾(顷)刻之间便至。[7]

《不知名变文(一)》中有:倾克(顷刻)中间,烧钱断送。[8]

---

[1] 黄征,张涌泉校注. 敦煌变文校注[M]. 北京:中华书局,1997:8.
[2] 黄征,张涌泉校注. 敦煌变文校注[M]. 北京:中华书局,1997:533.
[3] 黄征,张涌泉校注. 敦煌变文校注[M]. 北京:中华书局,1997:257.
[4] 黄征,张涌泉校注. 敦煌变文校注[M]. 北京:中华书局,1997:523.
[5] 黄征,张涌泉校注. 敦煌变文校注[M]. 北京:中华书局,1997:262.
[6] 黄征,张涌泉校注. 敦煌变文校注[M]. 北京:中华书局,1997:269.
[7] 黄征,张涌泉校注. 敦煌变文校注[M]. 北京:中华书局,1997:334.
[8] 黄征,张涌泉校注. 敦煌变文校注[M]. 北京:中华书局,1997:1131.

(5)"展转"

《叶净能诗》中有：展转之间，便至岳神庙前。[1]

(6)"瞬息"

《降魔变文》中有：瞬息中间消散尽，外道飘飖无所依。[2]

《叶净能诗》中有：瞬息之间，及诸州郡。[3]

(7)"弹指"

《难陀出家缘起》中有：弹指之间身即到，高声门外唱家常。[4]

《维摩诘经讲经文（一）》中有：咸离宝殿，下到婆娑，只如弹指中间，已入菴园会里。[5]

(8)"不久"

《难陀出家缘起》中有：不久之间便到寺，难陀辞佛却归来。[6]

(9)"电转"

《难陀出家缘起》中有：世尊天眼早观见，电转之间到树所。[7]

(10)"念念"

《维摩诘经讲经文（三）》中有：念念之间，即当坏灭。[8]

---

[1] 黄征，张涌泉校注. 敦煌变文校注[M]. 北京：中华书局，1997:334.
[2] 黄征，张涌泉校注. 敦煌变文校注[M]. 北京：中华书局，1997:567.
[3] 黄征，张涌泉校注. 敦煌变文校注[M]. 北京：中华书局，1997:338.
[4] 黄征，张涌泉校注. 敦煌变文校注[M]. 北京：中华书局，1997:590.
[5] 黄征，张涌泉校注. 敦煌变文校注[M]. 北京：中华书局，1997:764.
[6] 黄征，张涌泉校注. 敦煌变文校注[M]. 北京：中华书局，1997:591.
[7] 黄征，张涌泉校注. 敦煌变文校注[M]. 北京：中华书局，1997:591
[8] 黄征，张涌泉校注. 敦煌变文校注[M]. 北京：中华书局，1997:834

第七章 敦煌变文的程式化叙事

（11）"瞥然"，有时也作"瞥尔"。

《维摩诘经讲经文（三）》中有：譬如云里电光，瞥然之间，即使不见。[1]

《解座文汇抄》中有：人生一世，瞥尔之间，如石火电光，非能久住。[2]

（12）"时饷"，有时也作"时向"。

《盂兰盆经讲经文》中有：时饷之间不得见，恓惶惆怅似汤煎。[3]

《大目乾连冥间救母变文》中有：目连问以（已），更往前行，时向中间，即到五道将军坐所。[4]

（13）"一转"

《频婆娑罗王后宫采女功德意供养塔生天因缘变》中有：我今于佛如来，随生一念，一转之间，得此妙果。[5]

这种"B+C"的时间程式同样是"A+B+C"完整时间结构的变体，这种变化也不是说唱者随意唱导出来的，而是迎合具体的语言环境需要，在以四言句式为主的变文作品中，达到朗朗上口、便于吟诵的效果，说唱者必然要对时间程式进行四言整齐划一的修整，不仅是变文作品语言的需要，更是说唱者说唱实践的需要。当然，"B+C"式运用在具体作品中，作者为了达到情节迅速流转、时间迅速推进的效果，刻意压缩时间，使用"逡巡""荏苒""瞬息""弹指""电转"等时间

---

[1] 黄征，张涌泉校注．敦煌变文校注 [M]．北京：中华书局，1997：834．
[2] 黄征，张涌泉校注．敦煌变文校注 [M]．北京：中华书局，1997：1173．
[3] 黄征，张涌泉校注．敦煌变文校注 [M]．北京：中华书局，1997：1007．
[4] 黄征，张涌泉校注．敦煌变文校注 [M]．北京：中华书局，1997：1028．
[5] 黄征，张涌泉校注．敦煌变文校注 [M]．北京：中华书局，1997：1082．

形象化的词语，不仅推进了故事情节发展，也使故事情节变得紧凑而张弛有度，使得变文作品的语言更加形象生动。总之，在"B+C"时间程式中，"B"多种变体广泛而灵活地运用，表现出敦煌变文作为一种民间说唱文学口头表演的特征，是为了迎合说唱者口头表演的现场性而做出的灵活选择，是说唱者为了满足听众需要以及调节现场气氛，在程式化框架中做出的灵活变通。

（五）B式

敦煌变文时间程式中还有一种变体，即在A+B+C的完整结构中，不仅省略掉"不经"（A），同时省略掉"之间"（C），只保留中间表示时间的词语B，通过研究发现，前后都省略，只保留中间部分的时间程式方式在敦煌变文中非常少见，仅仅出现在一些非常整饬的句子中，不单独使用，一般是同推动故事情节发展的其他词语组合在一起，共同构成一句完整的句子。这种非常简约的B式时间程式，是为了句子整齐而作的省略，以下列举进行说明：

《妙法莲花经讲经文（一）》中有：未容旬日欢娱，已道某人身死。[1]

《捉季布传文》中有：旬日敕文天下遍，不论州县配乡村。[2]

还有：骤马摇鞭旬日到，望捉奸凶贵子孙。[3]

《伍子胥变文》中有：日夜登其长路，旬月即到吴中。[4]

这种只保留"旬日""旬月"（B）的用法，是时间程式中最省略的用法，通过研究例子发现，这种时间程式用法大多出现在韵文中，

---

[1] 黄征，张涌泉校注. 敦煌变文校注[M]. 北京：中华书局，1997：707.
[2] 黄征，张涌泉校注. 敦煌变文校注[M]. 北京：中华书局，1997：92.
[3] 黄征，张涌泉校注. 敦煌变文校注[M]. 北京：中华书局，1997：93.
[4] 黄征，张涌泉校注. 敦煌变文校注[M]. 北京：中华书局，1997：15.

第七章 敦煌变文的程式化叙事

而韵文对于字数乃至于韵脚都有严格的规定，是为了配合韵文句子整齐而作出的省略，其功用是显而易见的。

通过以上对时间程式的分析，可以做如下总结：

要素	格式	核心要素
A：不经 B：旬日、旬月 C：之间 D：前后	1.A+B+C 式	核心要素：B 常用：旬日、旬月 变体：逡巡、须臾、荏苒、顷刻、展转、瞬息、弹指、不久、电转、念念、謦然、时饷、一转、数日、信宿、两三日、三二年、两旬，等等
	2.A+B 式	
	3.D+A+B 式	
	4.B+C 式	
	5.B 式	

从表格及以上时间程式分析，可以体察到三点内容：

首先，从表格中可以看出，不论是哪种时间程式，表示时间迅速流逝的词语（成分 B）是在所有程式结构中有所保留、不可或缺的核心成分，是所有时间程式中最基本的核心要素，虽然这一核心要素在具体使用过程中，根据情节变化以及说唱者个人喜好，会和其他要素自由组合，从而形成一定变化。但作为核心要素，时间迅速流逝的词语（成分 B）绝对不能省略，并且除了第五种程式为了句子整齐需要而单独使

— 147 —

用外，核心要素在大多数情况下都需要和其他要素配合使用，在配合使用时的顺序也有固定要求，都表现出较稳定的程式化形态。

其次，作为时间程式的核心要素，主要是为了表达时间的迅速流逝，但这一核心要素变化非常频繁。如果仅从字面意思理解，含义可相差十万八千里，如"旬日"和"旬月"，一个是在一天之内，另一个则有一月之久，但通过阅读文本可以发现，看似差别巨大，但在具体的语言环境中并没有实际意义的差别，它们都不是写实的，而是共同表达时间流逝的含义，是为了表现时间迅速，是选择"旬日"还是"旬月"，只能根据说唱者个人的不同喜好。

再次，通过研究发现，这些时间程式并不都集中在具体的某一篇作品中，而是分散地出现在敦煌变文不同的作品中，而不同的作品是由不同的说唱者表现的，说明敦煌变文中的这些时间程式并不是某一位说唱者的说唱习惯，而是一种群体的智慧，是一种群体约定俗成的说唱程式。它们身处于一种固定的佛家说唱传统中，根植于这种说唱艺术，对于这种时间程式掌握娴熟，由此造就了今天我们所看到令人惊艳的变文说唱艺术。

如前所述，敦煌变文中最完整的时间程式是A+B+C式，其他种类的时间程式可看作是完整时间程式的各种变体。纵观敦煌变文每篇作品，凡是描写时间迅速流逝的内容，基本上都使用了时间程式。虽然文学作品中描述时间流逝的方式有很多种，但在敦煌变文中却发现其中蕴含的一致性，尽管在具体运用的过程中，根据不同说唱者的喜好和语言习惯以及作品不同的语言环境，时间程式会呈现出不同的变异特点，但总地来看，各种变化基本上都是在完整程式A+B+C式基础上的变化，而不管是哪一种，其核心要素不变，时间程式的各种类型总体来看是成系统的，呈现出高度程式化的状态。

第七章　敦煌变文的程式化叙事　<<<

在以上分析中应尽可能多地罗列时间程式类型，虽不能说是全部穷尽、巨细无遗，但涵盖了所有具有典型意义的时间程式类别。以上列举大量事例进行不厌其烦的引述，主要目的是为了向大家更直观、更清晰地展示变文各种时间程式的使用情况，展示时间程式在变文说唱过程中使用的范围之广以及频率之多的特点，力求展现变文时间程式的整体风貌。

第三节　敦煌变文中情感的程式化

敦煌变文中有关情感的描写非常频繁，基本每一篇都会出现有关情感状态的描述，但通过研究发现，尽管都有情感描述，但总体来看呈现出一定的程式化特点。以下将从敦煌变文中高兴、悲伤和愤怒三种情感入手，探讨变文作品中情感的程式化特点。

一、悲伤情感的程式化

敦煌变文由于是说唱叙事性的文学，在涉及具体人物的行为、动作、心理时，不可避免地会有大量悲伤情感描述，即便是单独的一篇作品，悲伤情感的描写片段都非常丰富，如《伍子胥变文》：

> A. 阿姊抱得弟头，哽咽声嘶，不敢大哭，叹言"痛哉，苦哉！"自扑挃凶（胸）。"共弟前身何罪，受此孤恓！"[1]

---

[1] 黄征，张涌泉校注. 敦煌变文校注 [M]. 北京：中华书局，1997：5.

>>> 敦煌变文叙事研究

　　B. 子胥语已向前行，女子号咷发声哭。[1]
　　C. 忽忆父兄行坐哭，令儿寸寸断肝肠。[2]
　　D. 每日悬肠续断，情思飘飖，独步恒山，石膏难渡。[3]
　　E. 自从一别音书绝，忆君愁肠气欲绝。[4]
　　F. 忽忆父兄枉被诛，即得五内心肠烂。[5]
　　G. 行至船所，不见芦中之士，唯见岸上空船。顾恋之情，悲伤不已。[6]
　　H. 至岸即发，哽咽声嘶。由（犹）如四鸟分飞，状若三荆离别；遂别鱼（渔）人南行。眷恋之情，悲伤不已。回头遥望，忽见鱼（渔）人覆船而死。子胥愧荷鱼（渔）人，哽咽悲啼不已，遂作悲歌而叹曰："……"[7]
　　I. 波浪舟兮浮没沈，唱冤枉兮痛切深。一寸愁肠似刀割，途中不禁泪沾襟。[8]
　　J. 子胥奉王敕命，不敢迟违，随使便行，乃至吴王殿所。匐面在地，哽咽声嘶，良久而起。[9]

　　以上是在《伍子胥变文》中摘录出有关悲伤情感的描述，看似凌乱，如果细细分析，会发现其中蕴含着非常明显的程式化表述。例如，第

---

[1] 黄征，张涌泉校注. 敦煌变文校注 [M]. 北京：中华书局，1997：4.
[2] 黄征，张涌泉校注. 敦煌变文校注 [M]. 北京：中华书局，1997：5.
[3] 黄征，张涌泉校注. 敦煌变文校注 [M]. 北京：中华书局，1997：6.
[4] 黄征，张涌泉校注. 敦煌变文校注 [M]. 北京：中华书局，1997：6.
[5] 黄征，张涌泉校注. 敦煌变文校注 [M]. 北京：中华书局，1997：7.
[6] 黄征，张涌泉校注. 敦煌变文校注 [M]. 北京：中华书局，1997：8.
[7] 黄征，张涌泉校注. 敦煌变文校注 [M]. 北京：中华书局，1997：9.
[8] 黄征，张涌泉校注. 敦煌变文校注 [M]. 北京：中华书局，1997：9.
[9] 黄征，张涌泉校注. 敦煌变文校注 [M]. 北京：中华书局，1997：10.

第七章 敦煌变文的程式化叙事 <<<

一例描写的是伍子胥父兄被杀,伍子胥在逃亡过程中遇到阿姊,阿姊悲痛欲绝的场面。变文中,对于阿姊的悲痛是这样表述的:哽咽声嘶、自扑搥凶(胸),而在下面例句中也多有运用,显然是一种悲伤情感的程式化表达,运用的是一种程式化手法,通过对以上10个例句进行分析,可以作以下说明:

声	A. 哽咽声嘶;H. 哽咽声嘶 J. 哽咽声嘶
胸	A. 自扑搥凶(胸)
哭	B. 号咷发声哭;H. 哽咽悲啼不已 I. 泪沾襟
肝肠	C. 寸寸断肝肠;D. 悬肠断续(续断) E. 愁肠气欲绝;F. 五内心肠烂 I. 一寸愁肠似刀割
悲伤	G. 悲伤不已;H 悲伤不已

由此可见,描写悲伤之情不外乎五个方面:声、胸、哭、肝肠或者直接描述悲伤,而所运用的词语主要有:哽咽声嘶、自扑搥凶(胸)、号咷大哭、肝肠寸断、悲伤不已等词语,对同一种类的描述,也有不同形式的变体,如以"肝肠"描述悲伤情感的形式有:C寸寸断肝肠、D悬肠断续(续断)、E愁肠气欲绝、F五内心肠烂、I一寸愁肠似刀割等,是同一核心要素中的不同变体。

《伍子胥变文》中有关悲伤情感的描写,呈现出高度程式化的特点,但通过对所有变文作品进行程式化研究后发现,以上悲伤情感的程式化表述并不仅仅集中在某一单篇的作品中,在许多变文作品中也有类似表述,可见,悲伤情感的程式化现象是成体系的、高度完整的一种程式化。以下从四个方面进行分析。

（一）表现"肝肠寸断"

敦煌变文中经常以肝肠寸断描写，表现极度悲伤的情感，如：

《汉将王陵变》中有：应是楚将闻者，可不肝肠寸断，若为陈说：……[1]

还有：王陵既见使人说，肝肠寸断如刀割。举身自扑似山崩，耳鼻之中皆洒血。[2]

《韩朋赋》中有：贞夫闻之，痛切忏（肝）肠，情中烦怨，无时不思。[3]

还有：见君苦痛，割妾心肠。[4]

《太子成道变文》（一）中有：大王为子转加愁，发声大哭泪交流。哽咽填胸肠欲断，不忍交（教）儿剃头。[5]

《降魔变文》中有：面色粗赤粗黄，唇口异常干燥，腹热状似汤煎，肠痛犹如刀搅。[6]

《父母恩重经讲经文》中有：心随千里消容貌，意恨三年哭断肠。[7]

《大目乾连冥间救母变文》中有：刀剜骨肉片片破，剑割肝肠寸寸断。[8]

---

[1] 黄征，张涌泉校注．敦煌变文校注[M]．北京：中华书局，1997：70.
[2] 黄征，张涌泉校注．敦煌变文校注[M]．北京：中华书局，1997：71.
[3] 黄征，张涌泉校注．敦煌变文校注[M]．北京：中华书局，1997：213.
[4] 黄征，张涌泉校注．敦煌变文校注[M]．北京：中华书局，1997：214.
[5] 黄征，张涌泉校注．敦煌变文校注[M]．北京：中华书局，1997：484.
[6] 黄征，张涌泉校注．敦煌变文校注[M]．北京：中华书局，1997：565.
[7] 黄征，张涌泉校注．敦煌变文校注[M]．北京：中华书局，1997：977.
[8] 黄征，张涌泉校注．敦煌变文校注[M]．北京：中华书局，1997：1030.

第七章 敦煌变文的程式化叙事

又有：贫道肝肠寸寸断，痛切旁人岂得知。[1]

《欢喜国王缘》中有：六宫送处皆垂泪，三殿辞时哭断肠。[2]

又有：万人皆失色，百壁（辟）尽悲伤。父母初闻说，悲号哭断肠。[3]

变文作品在具体描写悲伤情感时，喜欢用"肝肠寸断"等词语进行描述，虽然在具体的语言环境中有不同的表述方式，但均与"肝肠寸断"含义无异，不同形式的表述只是根据不同的语言环境对"肝肠寸断"作各种变体，这样一种悲伤情感的描述，体现出一种高度程式化的特点。以"肝肠寸断"的方式描写人物极度悲伤的情绪，体现出古代说唱文学的传统，古代说唱艺人在面对大众进行表演时，因为是口头表演艺术，习惯运用耳熟能详的口头性词语，一来能够使说唱内容更富有表演性；二来能够拉近说唱者和观众的距离，便于观众理解，而敦煌变文作为唐代寺庙中的一种说唱文学，无形中受到民间说唱传统的深刻影响，以"肝肠寸断"的口头性词语表现人物悲伤时细腻的情感，抒发一种更为深沉的忧愁、悲伤、痛苦。久而久之，"肝肠寸断"逐渐成为一种程式化的悲伤情感模式。

以"肝肠寸断"表现极度悲伤的情感，也影响到后世文学，从后世词中可以经常看到文人对这种表达方式的继承，如白居易的名篇《长恨歌》中有："行宫见月伤心色，夜雨闻铃肠断声。"苏轼在《江城子》中有："料得年年肠断处，明月夜，短松冈。"温庭筠在《梦江南》中有："过尽千帆皆不是，斜晖脉脉水悠悠，肠断白蘋洲。"南唐后主李煜更有："别来春半，触目柔肠断。砌下落梅如雪乱，拂了一身还满。"与变文不

---

[1] 黄征，张涌泉校注．敦煌变文校注 [M]．北京：中华书局，1997:1036.
[2] 黄征，张涌泉校注．敦煌变文校注 [M]．北京：中华书局，1997:1090.
[3] 黄征，张涌泉校注．敦煌变文校注 [M]．北京：中华书局，1997:1090.

同的是，作为一种悲伤情感的表达方式，在后世文人笔下，"肝肠寸断"大多被"肠断""柔肠"所取代，文人在借鉴这种程式化表达方式时，剥去口头表演俚俗化的成分，表述得更为细腻而温婉。

众所周知，宋词本身是发迹于民间说唱文学的一种诗体，产生之初和口头说唱传统有着密不可分的关系。宋有柳永市井填词，便是不抛开民间说唱成分。宋词的民间说唱表演方式，自然受到程式化表述方式的影响，更何况诗以明志，词以抒情，词在形成之初便以抒情见长，词人每逢久别离家、人生失意，便要抒发离愁别绪，仕途郁郁，更离不开稳定、深受口头传统影响的悲伤情感程式化手段。

（二）表现"哽咽声嘶"

在《伍子胥变文》中，"哽咽声嘶"的字样出现过三次，分别在以上例句中的 A、H、J 中，其同样不局限在这一篇作品中，在其他变文作品中也有很多运用。可见，在表达悲伤情绪时，"哽咽声嘶"同样是一个程式化的表述方式，如：

《太子成道经》中有：车匿闻言声哽咽，浑捶自扑告夫人。[1]

《大目乾连冥间救母变文》中有：目连闻阿孃索水，气咽声嘶。[2]

《金刚丑女因缘》中有：公主才闻泪数行，声中哽咽转悲伤。[3]

如果单纯地从悲伤程度来说，"哽咽声嘶"的悲伤程度是最轻的，但也难掩其中痛苦、忧伤的情绪。同样，"哽咽声嘶"在不同的作品中并不是一成不变，即便是在同一篇作品中，也会根据情节需要作不

---

[1] 黄征，张涌泉校注. 敦煌变文校注 [M]. 北京：中华书局，1997：441.
[2] 黄征，张涌泉校注. 敦煌变文校注 [M]. 北京：中华书局，1997：1037.
[3] 黄征，张涌泉校注. 敦煌变文校注 [M]. 北京：中华书局，1997：1106.

第七章 敦煌变文的程式化叙事

同变体，如例句中的"声哽咽""气咽声嘶""声中哽咽"，等等。

（三）表现"浑搥自扑"

在变文作品中，"浑搥自扑"是一种极度悲伤的描述方式，描述人在极度悲伤情感控制之下的癫狂状态，不仅浑身搥打着自己，而且身体瘫软倒地，是悲伤的一种极致状态，如上述例句A："阿姊抱得弟头，哽咽声嘶，不敢大哭，叹言'痛哉，苦哉！'自扑搥凶（胸）。'共弟前身何罪，受此孤恓'！"[1] 在其他变文作品中也多有呈现，如：

《庐山远公话》中有：云庆闻语，举身自仆（扑），七孔之中，皆流鲜血，良久乃苏。[2]

又有：于是道安起下高座，举身自扑，七孔之中，皆流鲜血。步步向前，已（以）忏前悔。[3]

《大目乾连冥间救母变文》中有：目连既见孃孃别，恨不将身而自灭，举身自扑太山崩，七孔之中皆洒血。[4]

又有：目连见母吃饭成猛火，浑搥自扑如山崩。耳鼻之中皆流血，哭言黄天我孃孃。[5]

《目连变文》中有：目连闻此，哽咽悲哀，自扑浑搥，口称祸苦。[6]

《八相变》中有：六亲号叫，九族哀啼，散发批头，浑搥自扑。[7]

---

[1] 黄征，张涌泉校注．敦煌变文校注[M]．北京：中华书局，1997：5．
[2] 黄征，张涌泉校注．敦煌变文校注[M]．北京：中华书局，1997：256．
[3] 黄征，张涌泉校注．敦煌变文校注[M]．北京：中华书局，1997：267．
[4] 黄征，张涌泉校注．敦煌变文校注[M]．北京：中华书局，1997：1034．
[5] 黄征，张涌泉校注．敦煌变文校注[M]．北京：中华书局，1997：1036．
[6] 黄征，张涌泉校注．敦煌变文校注[M]．北京：中华书局，1997：1072．
[7] 黄征，张涌泉校注．敦煌变文校注[M]．北京：中华书局，1997：511

可见，变文作品在描写悲伤的极致状态时，喜欢用"浑捶自扑"这样一种程式化表述。在具体语言环境中，又表现出不同的程式化变体，如"举身自扑""自扑浑堆"，等等，而且唐代习惯于这种说唱文学的百姓，在听到"浑捶自扑"词语后，会立刻进入故事情境，联想到"七孔之中，并流鲜血，良久方苏，痛哭不止"的场面，"浑捶自扑"以及它所联想到的语言情境，已经成为一种悲伤情感的语言定式，是一种悲伤情感在极致状态下的夸张表述。

（四）悲伤情感程式系统性表述

以上分析了悲伤情绪的"肝肠寸断""哽咽声嘶""浑捶自扑"三种语言程式，但从敦煌变文的实际情况来看，并不是所有作品在表述悲伤情绪时对这三种程式都是单独使用，三种悲伤情感的语言程式在具体使用时，结合具体的语言环境，经常自由组合，由此构成一种悲伤程式的系统性表述，如在《悉达太子修道因缘》中有：

车匿闻言声哽咽，浑捶自扑告夫人。父王惊走出宫门，慈母号咷问出因。怨恨去时不相报，肝肠寸断更无踪。[1]

这段描写中，有"声哽咽""浑捶自扑""号咷""肝肠寸断"，基本上将上述提到的悲伤情感的表达方式全部集中到一起，是一种情感表达的系统性表述方式。因为主人公的情感是丰富的，一种表达方式往往难以淋漓尽致地表述，这时需要和其他悲伤程式同时使用，进而形成一种程式化系统。

---

[1] 黄征，张涌泉校注．敦煌变文校注 [M]．北京：中华书局，1997：468

第七章 敦煌变文的程式化叙事

二、高兴情感的程式化

变文作品的情感表述呈现出高度程式化特点,不仅体现在悲伤的情感表述中,也体现在高兴情感的表述中,同样源于说唱叙事性文学的口头性特征。变文的说唱者要在短时间内将故事的情节、具体人物的高兴心理表现得淋漓尽致,不得不使用程式化的高兴情感模式,带领听众在短时间内进入情境,不仅方便理解,也由于其通俗的程式化表述变得更加深入人心。敦煌变文高兴情感的程式化表述主要体现在三个方面:

情况	变体	情感中心词
龙颜大悦	大悦龙颜 皇帝大悦	"悦"
喜悦非常	欢喜非常 甚大欢喜 大喜	"喜"
喜不自胜	无变体	"胜"

(一) "龙颜大悦"及其变体

"龙颜大悦"的高兴情感程式,主要使用在皇帝及其类似人物身上。敦煌变文中,皇帝身份的人物一般不苟言笑,他们善于运筹帷幄,处处表现出冷峻的治国理政智慧,当他们在遇到令人极其高兴的事情时,变文作品总是给予积极表述,但总是适可而止,以维护皇帝身份的庄严性。在一种基本思想的统摄下,一句"龙颜大悦"的使用使得帝王情感的表述恰到好处,情绪既不显张扬,又不致故作矜持,不仅推进故事情节的发展,也将帝王情感不温不火的状态准确地表现出来。比如,在《汉将王陵变》中,共有三个地方描写项羽和刘邦高兴的情感,均是使用的"龙颜大悦",从而表现出高度的一致性:

> 皇帝闻奏，龙颜大悦，开库赐彫弓两张，宝箭二百支，分付与二大臣："……"[1]

> 霸王闻语，龙颜大悦，开库偿（赏）卢绾金拾斤。[2]

> 霸王闻语，龙颜大悦。[3]

以上可以看出，在同一篇变文作品中，说唱者在说到皇帝高兴时，习惯使用"龙颜大悦"的表述方式，基本上是说唱者在具体情境中不假思索脱口而出的结果，不容否认的是，这种高度程式化的特点不仅体现在同一篇变文作品中，在不同的作品中，只要出现"皇帝闻奏""皇帝闻语""皇帝览表"等情节，只要是高兴的情绪，都会紧承"龙颜大悦"的字样，只是在具体语言环境中，又会出现变体。

1. 在其他作品中出现"龙颜大悦"表述方式的

《庐山远公话》中有：亦（一）见远公，龙颜大悦，喜也无尽。[4]

《叶净能诗》中有：玄宗亦（一）见，龙颜大悦，妃后婇女，悉皆欢笑。[5]

又有：皇帝览表，展在玉案，赞之一遍，又见汗衫子，龙颜大悦。[6]

2. .使用"大悦龙颜"表述方式的

《前汉刘家太子传》中有：帝乃大悦龙颜，封张骞为定远侯。[7]

---

[1] 黄征，张涌泉校注. 敦煌变文校注 [M]. 北京：中华书局，1997：66.
[2] 黄征，张涌泉校注. 敦煌变文校注 [M]. 北京：中华书局，1997：70.
[3] 黄征，张涌泉校注. 敦煌变文校注 [M]. 北京：中华书局，1997：71.
[4] 黄征，张涌泉校注. 敦煌变文校注 [M]. 北京：中华书局，1997：268.
[5] 黄征，张涌泉校注. 敦煌变文校注 [M]. 北京：中华书局，1997：336.
[6] 黄征，张涌泉校注. 敦煌变文校注 [M]. 北京：中华书局，1997：338.
[7] 黄征，张涌泉校注. 敦煌变文校注 [M]. 北京：中华书局，1997：244.

第七章 敦煌变文的程式化叙事 <<<

《庐山远公话》中有：皇帝揽（览）表，大悦龙颜，频称善哉，惟言罕有。[1]

《韩擒虎话本》中有：天使唱喏，具表闻奏。皇帝揽（览）表，大悦龙颜。唯有杨妃满目流泪。[2]

又有：皇帝览表，大悦龙颜，便令赐对。[3]

又有：皇帝亦（一）见，大悦龙颜，应是合朝大臣，一齐拜舞，叫呼万岁。[4]

《唐太宗入冥记》中有：皇帝既闻其奏，大悦龙颜，"□（依）卿所奏"。[5]

《叶净能诗》中有：皇帝见龙肉，大悦龙颜，朝廷将相具言："自古未有似净能者也！"[6]

又有：净能奏曰："陛下自行不得，与臣同往，其何难哉！"皇帝大悦龙颜。[7]

《金刚丑女因缘》中有：领到内门，[先入见王，言奏]寻得。皇帝[闻说]，大悦龙颜，遂招宰相，速令引到。[8]

---

[1] 黄征，张涌泉校注. 敦煌变文校注 [M]. 北京：中华书局，1997:268.
[2] 黄征，张涌泉校注. 敦煌变文校注 [M]. 北京：中华书局，1997:299.
[3] 黄征，张涌泉校注. 敦煌变文校注 [M]. 北京：中华书局，1997:303.
[4] 黄征，张涌泉校注. 敦煌变文校注 [M]. 北京：中华书局，1997:303.
[5] 黄征，张涌泉校注. 敦煌变文校注 [M]. 北京：中华书局，1997:322.
[6] 黄征，张涌泉校注. 敦煌变文校注 [M]. 北京：中华书局，1997:337.
[7] 黄征，张涌泉校注. 敦煌变文校注 [M]. 北京：中华书局，1997:339.
[8] 黄征，张涌泉校注. 敦煌变文校注 [M]. 北京：中华书局，1997:1104.

3. 使用"皇帝大悦"表述方式的

《夜净能诗》中有：便过其江，取得仙药，进上皇帝。皇帝大悦。[1]

还有一种表达方式值得注意，出现在《捉季布传文》中的"情大悦"表述方式："皇帝闻言情大悦：'劳卿忠谏奏来频！'"[2] 这种表述方式仅在此处见有一例，但通过分析不难发现，实际上是"皇帝大悦"的一种变体。"皇帝大悦"的程式化表述是为了迎合七言韵文演唱需要，在中间插入个别字词以补足音节，是说唱者在表演时根据句式需要而灵活做出的调整。

以上三种方式，其情感中心词集中在"悦"字上，主人公都是帝王身份或与帝王地位相等、身份高贵之人。从变文的整体情况来看，使用"皇帝大悦"的情感表述方式非常有限，只在《夜净能诗》中有一例，而"龙颜大悦"和"大悦龙颜"的使用情况比较广泛，在很多作品中都有涉及，就其本质来看，两者的使用并没有具体差别，而是不同说唱者在具体说唱过程中，根据自己的语言习惯所做出的选择。

（二）"喜悦非常"及其变体

敦煌变文中，除了"龙颜大悦"程式化的表述之外，还有一种表述方式——"喜悦非常"也经常为说唱者使用。相较于"龙颜大悦"，"喜悦非常"的使用情况更加灵活多变。首先，从表现主体来说，"喜悦非常"不仅可以用于表现帝王的高兴情感，也可以表现一般人的高兴情感，其使用范围更加广泛。其次，从情感程度上来说，"喜悦非常"所表现的高兴情感更为浓厚，主人公已经突破了情感含蓄的局限，发自内心的"喜"在"非常"副词的修饰下得到淋漓尽致的表现，情

---

[1] 黄征，张涌泉校注．敦煌变文校注 [M]．北京：中华书局，1997:336.
[2] 黄征，张涌泉校注．敦煌变文校注 [M]．北京：中华书局，1997:98.

第七章 敦煌变文的程式化叙事

感抒发更加深厚。最后，从程式变体来说，"喜悦非常"的情感变体更加丰富，说唱者可以根据说唱语言情境，按照个人喜好随意更改表述方式，其使用更加灵活多变。

1. 表示"喜悦非常"的

《秋胡变文》中有：陈（魏）王得表，喜悦非常。[1]

《太子成道经》中有：太子闻说，非常喜悦，急便下马，顶礼三宝。[2]

2. 表示"欢喜非常"的

《太子成道经》中有：大王闻[说]，欢喜非常。[3]

3. 表示"甚大欢喜"的

《韩朋赋》中有：宋王见之，甚大欢喜。三日三夜，乐不可尽。[4]

4. 直接以"人+大喜"表示的

《韩朋赋》中有：宋王大喜。即出八轮之车，骟骝之马，[前后仕（事）从]，三千余人。[5]

这一情感表达方式和"龙颜大悦"相比，运用范围更加广泛，上至帝王贵胄，下至平民百姓，高兴时都可以用"喜悦非常"表现。这一类别的高兴情感表述方式，其情感中心词集中在"喜"字上，由于表现主体范围的广泛性、情感程度的浓厚性以及结构方式的灵活性，使得这一类似情感程式在敦煌变文中经常使用。

---

[1] 黄征，张涌泉校注. 敦煌变文校注[M]. 北京：中华书局，1997:233.
[2] 黄征，张涌泉校注. 敦煌变文校注[M]. 北京：中华书局，1997:439.
[3] 黄征，张涌泉校注. 敦煌变文校注[M]. 北京：中华书局，1997:436.
[4] 黄征，张涌泉校注. 敦煌变文校注[M]. 北京：中华书局，1997:213.
[5] 黄征，张涌泉校注. 敦煌变文校注[M]. 北京：中华书局，1997:212.

（三）"喜不自胜"的程式化表达

敦煌变文中还有一种非常典型的高兴情感程式化表述方式——"喜不自胜"。"喜不自胜"的表述方式，最能体现出高度典型的程式化特征，因为结构单一，没有变体，可以将其看作是自说唱文学兴起以来，高兴情感逐渐程式化的一种结果，其情感表现语言逐渐浓缩，形成单一结构的表述方式。

"喜不自胜"的程式化表述，同"喜悦非常"一样，主体不仅可以是帝王的高兴情感，也可以表现一般人的高兴情感，使用范围广泛。但从情感程度上来说，"喜不自胜"表现的高兴情感比"喜悦非常"更胜一筹，其情感表现在高兴情感的三种表述方式中最为浓厚，是高兴程式中的极致。单纯从字面意义理解，欢喜的心情，连自己都无法正常控制，要达到一种喜笑颜开、手舞足蹈的地步，其高兴程度可见一斑。这种方式由于其单一、简单的结构方式以及情感抒发得淋漓尽致，在敦煌变文中的使用也非常广泛。

1. "喜不自胜"的主体是帝王身份

《韩擒虎话本》中有：皇帝闻语，喜不自身（胜）："皇后上（尚）自贮颜，寡人饮了，也莫端正？"[1]

又有：皇帝亦（一）见，喜不自升（胜），遂赐衾虎锦采罗纨，金银器物，每人一对。[2]

《伍子胥变文》中有：王闻魏陵之语，喜不自升（胜），即纳秦女为妃，在内不朝三日。[3]

---

[1] 黄征，张涌泉校注．敦煌变文校注 [M]．北京：中华书局，1997:299.
[2] 黄征，张涌泉校注．敦煌变文校注 [M]．北京：中华书局，1997:304.
[3] 黄征，张涌泉校注．敦煌变文校注 [M]．北京：中华书局，1997:2.

第七章 敦煌变文的程式化叙事 <<<

2."喜不自胜"的主体是普通百姓

《秋胡变文》中有：忽闻夫至，喜不自胜。喜在心中，面含笑色。[1]

《庐山远公话》中有：惠远闻语，喜不自胜，既蒙师处分，而已丁宁，岂敢有违？[2]

《韩擒虎话本》中有：蕃人已（一）见，喜不自升（胜），拜谢皇帝，当时便射。[3]

又有：衾虎亦（一）见，喜不自胜，祗揖蕃王，当时来射。[4]

《维摩诘经讲经文》（四）中有：光严闻语，喜不自胜，举步向前，问居士曰："……"[5]

"喜不自胜"这种相对固定的程式，一方面源于说唱文学的口耳相传，是说唱者一代一代流传下来的语言习惯，是一种高兴语言在流传过程中高度浓缩的结果；另一方面，从相对固定的程式中也能够看到汉译佛经对敦煌变文的深刻影响。

如前所述，敦煌变文是佛教弟子为了感化众人而搬演说唱，其目的在于劝谏普通百姓多行善事、积善积德，尤其体现在说唱佛经故事的敦煌变文作品中，转世轮回和善恶果报的思想和汉译佛经基本一脉相承。所不同的是，佛教中宣讲教义是宣讲者直接将佛教经典宣讲给佛家弟子，但敦煌变文的俗讲变文却不能直接照搬，因为敦煌变文的受众是社会各阶层的普通百姓，而普通百姓很难接受高深的教义，他

---

[1] 黄征，张涌泉校注. 敦煌变文校注 [M]. 北京：中华书局，1997：235.
[2] 黄征，张涌泉校注. 敦煌变文校注 [M]. 北京：中华书局，1997：252.
[3] 黄征，张涌泉校注. 敦煌变文校注 [M]. 北京：中华书局，1997：303.
[4] 黄征，张涌泉校注. 敦煌变文校注 [M]. 北京：中华书局，1997：304.
[5] 黄征，张涌泉校注. 敦煌变文校注 [M]. 北京：中华书局，1997：865.

们大多数是没有佛教信仰的，更没有机会接触佛经经典。由于受听众接受水平限制，说唱者不能如同佛教中佛经宣讲一般，直接对佛经说唱并释义，他们必须对佛经经典进行通俗化改造，才能为普通民众所接受。

变文对佛经的改造是多方面的，从语言到结构再到内容，只要便于普通民众理解的改造方式，说唱者都进行了积极探索实践，比如语言更加通俗化、结构由繁入简，更注重故事的情节性，内容更加生动形象等，在这一系列改造之后，敦煌变文有说有唱还有图文可供欣赏的说唱，成为当时大家喜闻乐见的一种说唱方式。但不容否认的是，既然敦煌变文的文本载体是说唱者为了迎合普通百姓的审美趣味，由汉译佛经经典直接改造而来，因此，不可避免地保留汉译佛经中的语言习惯和语言表现方式，对此可以看成是汉译佛经对敦煌变文语言程式的一种直接影响，而"喜不自胜"语言程式属于这种情况。

欢喜之情无法抑制，以至于达到"喜不自胜"的目的，在佛经中十分常见。佛经中，很多地方都使用了"喜不自胜"的表述方式，如支谦翻译《撰集百缘经》卷第一中有："尔时如来即便观察，见彼长者，为病所困，燋悴叵济，无人赡养。即放光明，照病者身，令得清凉。心即惺语，喜不自胜，五体投地，归命于佛。"[1]"须达闻已，喜不自胜。寻将彼人，见佛世尊。"[2] 又如，求那跋陀罗翻译的《过去现在因果经》卷第一中有："于时善慧，闻斯记已，欢欣踊跃，喜不自胜。"[3] 可以看到，主人公在得到佛的照拂后不仅"喜不自胜"，而且"五体投地"，充满对佛的感激之情，高兴的情感，实际上已经夹杂了许多感激，

---

[1] 《大正藏》卷4，第205页.
[2] 《大正藏》卷4，第206页.
[3] 《大正藏》卷3，第622页.

第七章 敦煌变文的程式化叙事

是高兴情感的进一步升级。

当然,"喜不自胜"在佛经中的使用情况十分广泛,这里只是简单罗列,如果纵深阐述,将会是一个异常庞大而繁杂的体系,举例只是为了说明佛经对敦煌变文语言程式的潜在影响,这些语言程式,和佛经有着深厚的渊源关系,它们从佛经中汲取营养,从佛经中变得更加成熟,可以看出变文作品程式化语言对于佛经的继承。

敦煌变文的"喜不自胜"口头语言程式,不仅由佛经语言演化而来,而且对后世文学也产生了深远影响,尤其是在宋元话本小说中运用得十分广泛。比如《清平山堂话本》中有《董永遇仙传》,故事说到董永冒雪拿钱米回家侍奉老人时,文章中有"董永迎凤冒雪,拿着钱米回家。其父见儿子回来,喜不自胜。"[1]《戒指儿记》中也有"那阮三同携素手,喜不自胜"[2],又有"那小姐因为才郎,心中正闷,无处可纳解情怀散闷,忽闻尼姑相请,喜不自胜"[3],这种表达方式在宋元话本中运用得比较多,在这里只略举两例。

由于宋元话本小说是一种口头性的说唱文学,相较于敦煌变文,其体质更为成熟,从口头性说唱角度可以看到,敦煌变文从各个方面对后世宋元话本的直接影响,而"喜不自胜"的语言程式则集中体现出程式化语言在口头说唱文学历史传承过程中的稳定性与传统性。

---

[1] (明)洪楩,辑;程毅中,校注.清平山堂话本校注[M].北京:中华书局,2012:368.

[2] (明)洪楩,辑;程毅中,校注.清平山堂话本校注[M].北京:中华书局,2012:393.

[3] (明)洪楩,辑;程毅中,校注.清平山堂话本校注[M].北京:中华书局,2012:390

三、愤怒情感的程式化

在敦煌变文中，不仅悲伤和喜悦情感呈现出高度程式化的特征，愤怒也呈现出高度的程式化。与前两者不同的是，愤怒情感的程式化情况相对来说比较简单，是在"怒"字前加一个表示程度的副词"大"，或者在表示程度的"大"之前为凑足四字音节再添加前缀词语，这些前缀词语或者继续表示愤怒的激烈程度，如"非常"，或者表示愤怒时间之迅疾，如"忽然"，或者表示愤怒时的动作特征，如"拍案"，或者表示愤怒时的人物情态，如"懔然"，但不论是何种方式，说唱者都为人们极力渲染一种怒不可遏的情状，以达到一种引人入胜、吸引听众的目的。

敦煌变文中愤怒情感程式的基本结构要素由三部分组成，A："大"或者"极"；B："怒"；C：表修饰的前缀词语。通观所有说唱变文，所有作品中出现的愤怒情感程式均是A、B、C三个词语之间的巧妙组合，词语搭配次序井然，浑然天成，以下将对变文作品中出现的愤怒程式进行分析。

（一）A+B 式

A+B式在敦煌变文表示愤怒的情节中，是最为简单的一种表述方式。这种结构由两部分组成：A："大"或者"极"；B："怒"，这种简单的表述方式由于表现能力的有限性，在敦煌变文作品中并不多见，变文作品大多会在前边加上表修饰的词语，用以加深愤怒情感。

《汉将王陵变》中有：霸王闻语，转加大怒。[1]

《叶净能诗》中有：不当取他生人妇为妻，太一极怒。今取张令

---

[1] 黄征，张涌泉校注．敦煌变文校注[M]．北京：中华书局，1997:68.

第七章 敦煌变文的程式化叙事 <<<

妻何处？[1]

《叶净能诗》还有：这府君，因何取他生人妇为妻，太使极怒，令我取你头来！[2]

这种简单的愤怒表述方式体现出敦煌变文说唱文学的典型特征。说唱文学作为一种口头表演艺术，在说唱时力求明白晓畅、直观通俗，能够迅速将所要表达的内容诉诸听众而不添加任何负累。

（二）C+A+B 式

在敦煌变文中，愤怒情感的程式化除了表现为以上简单的结构程式之外，更多的是以一种前面添加修饰性前缀词语的方式呈现，大体看来，这些前缀词语的使用有两个目的：一是为了补足字数，形成四字短句，使句子从整体结构上更加整饬干练，便于吟诵，朗朗上口，浑然天成。二是为了在愤怒程度上加重语气，或者继续表示愤怒的激烈程度，或者表示愤怒时间之迅疾，或者表示愤怒时的动作特征，或者表示愤怒时的人物情态。

1."C"表示愤怒的激烈程度

《汉将王陵变》中有：霸王非常大怒。[3]（非常）

2."C"表示愤怒时间之迅疾

《李陵变文》中有：武帝闻之，忽然大怒，遂掩（阉）司马迁，并陵老母妻子于马市头付法。[4]（忽然）

---

[1] 黄征，张涌泉校注. 敦煌变文校注 [M]. 北京：中华书局，1997:334.
[2] 黄征，张涌泉校注. 敦煌变文校注 [M]. 北京：中华书局，1997:334.
[3] 黄征，张涌泉校注. 敦煌变文校注 [M]. 北京：中华书局，1997:70.
[4] 黄征，张涌泉校注. 敦煌变文校注 [M]. 北京：中华书局，1997:132.

《韩擒虎话本》中有：蛮奴闻言，知子无理，忽然大怒。[1]（忽然）

3. "C"表示愤怒时的动作特征

《太子成道经》中有：父王闻之，拍案大怒。[2]（拍案）

4. "C"表示愤怒时的人物情态

《庐山远公话》中有：白庄闻语，懔然大怒。[3]（懔然）

对于相对复杂的愤怒结构程式，其表达方式在相对一致的情况下还有变体，最突出的情况是将前缀后移。

《庐山远公话》中有：白庄闻语，大奴（怒）非常。[4]（A+B+C：修饰词C"非常"后置）

《韩擒虎话本》中有：陈王闻语，大怒非常，处分左右，令交（教）把入。[5]（A+B+C：修饰词C"非常"后置）

这种前缀后移的表述方式在敦煌变文中并不多见，是由于变文说唱者不同的语言习惯所导致，其使用无论是在情感程度方面还是在意义阐述方面，与前置情况并没有差别。所以，前缀后移的表述方式并不具有代表性。敦煌变文添加前缀的愤怒表达方式，极大地丰富了语言的表现能力，加重了语气。前缀部分或者提示愤怒程度，或者提示动作特征，或者表示人物情态，或者表示时间迅疾，从整体结构来看，使故事情节更加具有画面感，引人入胜，也使愤怒的情感程式体现出

---

[1] 黄征，张涌泉校注．敦煌变文校注［M］．北京：中华书局，1997：301．
[2] 黄征，张涌泉校注．敦煌变文校注［M］．北京：中华书局，1997：440．
[3] 黄征，张涌泉校注．敦煌变文校注［M］．北京：中华书局，1997：257．
[4] 黄征，张涌泉校注．敦煌变文校注［M］．北京：中华书局，1997：257．
[5] 黄征，张涌泉校注．敦煌变文校注［M］．北京：中华书局，1997：302．

第七章 敦煌变文的程式化叙事 <<<

丰富多样的可能性，无形中给听众提供了众多对于愤怒情绪的想象空间。通过以上对愤怒情感的程式分析，总结如下：

A+B 式	A："大"或者"极"；B："怒"	核心要素：B（怒） 前缀要素：C
C+A+B 式 （C 有不同种情况）	C1. 表示愤怒的激烈程度："非常大怒"	
	C2. 表示愤怒时间之迅疾："忽然大怒"	
	C3. 表示愤怒时的动作特征："拍案大怒"	
	C4. 表示愤怒时的人物情态："懔然大怒"	
A+B+C 式	前缀后移："大怒非常"	

在敦煌变文中，愤怒情感的程式化表述相较于之前悲伤、高兴情感的程式化表述，描写方式相对简单，但是三者之间也表现出丰富的一致性，体现出很多共有的特征。

首先，悲伤、高兴、愤怒情感在程式化表述时，都非常重视其激烈程度的表现，无论哪种情感，都表现得异常激烈，如悲伤是"肝肠寸断""哽咽声嘶"，更加激烈时"浑搥自扑"，不能自已，是极度痛苦时无法控制情绪、几近癫狂的状态；高兴时是"非常""大"，乃至于"甚大"，最后"喜不自胜"，是极度高兴时情绪如江河奔流时的情状；痛苦时是"大怒""忽然大怒"，以至于"拍案大怒"，更有甚者"懔然大怒"，一个怒发冲冠、目光如炬的形象被刻画出来，三种情感程式在程度上可谓异常激烈。

其次，三种情感的表达方式虽然在具体的表达方法、表达结构上各不相同，但共同体现出强烈的程式化特征，每一种情感的表达结构基本高度一致，根植于俗讲僧语言习惯的表述。

最后，三种情感的程式化表述并不是由某位俗讲僧独创的，每一种情感程式都是受到传统文化的影响。俗讲僧们在说唱变文作品的过程中，总是不自觉地选择传统文化中最合适、被自己认同的情感表述方式描写人物心理，久而久之形成一种较为固定的程式化表述。因此，三种情感的程式化表述已经不只是人物心理的表现手法，也是传统文化，尤其是口头传统艺术多年来的积淀结果，表现出丰富的文化意蕴。

敦煌变文中出现的各种情感表达方式，使用频率高，程式多而且繁杂，都不具有独特性，大多是频繁出现的某种程式或者变体，和时间程式一样，不只出现在某一篇变文作品中，而是反复出现在不同的变文作品中，充分说明这些程式化的表达方式并不是源于某一位说唱者的创造，更不是说唱者语言贫乏的表现。这些程式化的表达方式，正是口头说唱传统多年来的积淀。

第四节 敦煌变文中套语的程式化

在探讨敦煌变文口头传统的程式化问题时，力主引用"程式化"的概念而非"套语"，其一是因为"程式化"包含更多的积极意义，而"套语"在传统文艺理论中是为了分析作品中反复出现的一个词或一句话而设立的概念，往往和墨守成规相联系。其二是因为"程式化"的概念更加广泛，"套语"仅仅是从语言角度对作品文本中重复出现的内容进行概括，"程式化"研究的范围不仅包含套语的语言程式，还包含情节建构的重复现象。因此，"程式化"的概念既可以涵盖"套语"的内涵，又可以外延到情节结构的重复情况。但不容否认的是，在大框架中选用"程式化"概念，并不代表在论述过程中需要完全摒弃"套语"

第七章　敦煌变文的程式化叙事

的概念。"套语"在对语言的程式化现象探讨中，仍然是一个非常重要，也具有代表性的概念，敦煌变文在图画展示、韵文引端、韵文收束、景物描写引端、内心描写引端等方面都有大量标志性的套语运用，还有很多描述性的套语使用情况。

敦煌变文的套语使用情况可分为两类：一类是描述性套语，另一类是结构性套语。描述性套语主要和人物活动有关，当需要对人物的行为和心理做细致刻画描述时，说唱者会运用大量套语来体现。结构性套语主要和变文体制有关，当说唱者需要插入变相图、转入韵文吟唱、韵文吟唱收束、转入景物描写、插入内心描写时，都会使用套语作为引导词或收束词。敦煌变文中，描述性套语的使用情况相对比较简单，而结构性套语的使用情况相对比较复杂。

一、描述性套语的运用

变文中出现的描述性套语，主要是和人物的具体活动相关。当需要对人物的心理和行为活动进行细致刻画时，变文会运用大量描述性套语来表现，变文中描述性套语的使用情况比较简单，主要集中在描述性色彩浓厚、结构相对固定、情节比较相似的短语中。敦煌变文中，描述性套语使用非常频繁，所有相似的情节都形成特定的描述性套语，在相似的语言环境中、在相似的说唱内容中，都有固定的描述性套语。敦煌变文中出现的描述性套语非常多，其中使用频率最高的描述性套语有"拜舞"、"心口思惟"（心口思量）、"处分左右"、"汗流"、"遍野横尸"（横尸遍野）、"年登二八"、"手垂过膝"、"獐狂"、"惊狂"、"忧惶"等，其中又属前三种使用最为频繁。

1. 心口思惟（心口思量）

在敦煌变文中，当说唱者需要对人物进行内心刻画时，会使用"心口思惟"（心口思量）的引导词进行描写，从而引出下文的心理活动。如《汉将王陵变》中有：

  王陵先到标下，灌婴不来，王陵心口思惟："莫遭项羽独（毒）手？"道由（犹）未竟，灌婴到来。[1]

"心口思量"的使用在《韩擒虎话本》中有：

  杨妃拜谢，便来后宫，心口思量："阿耶来日朝近（觐），必应遭他毒手。我为皇后，荣得今（奚）为！不如服毒先死，免见使君受苦。"[2]

"心口思惟"（心口思量）在敦煌变文中的使用频率非常高，在《伍子胥变文》《汉将王陵变》《捉季布传文》《韩擒虎话本》《唐太宗入冥记》五篇变文作品中发现，其分布情况是《伍子胥变文》有3处，《汉将王陵变》有1处，《捉季布传文》有1处，《韩擒虎话本》有6处，《唐太宗入冥记》有6处。

可见，"心口思惟"（心口思量）不仅在不同的篇目中均有使用，在同一个篇目中其使用频率高达6处。虽然并没有对变文所有的篇目进行考察，但仅从以上五篇变文中对这一套语的使用情况可以窥见，其在变文中使用的广泛性。

"心口思惟"（心口思量）的使用有着双重分类标准，从其对内

---

[1] 黄征，张涌泉校注．敦煌变文校注[M]．北京：中华书局，1997:67.
[2] 黄征，张涌泉校注．敦煌变文校注[M]．北京：中华书局，1997:299.

第七章　敦煌变文的程式化叙事　<<<

心活动的描述性特点来看,"心口思惟"(心口思量)可被归为描述性套语,但从"心口思惟"(心口思量)对下文内心描写所起到的引导性作用来看,又可被归为结构性套语。在下文结构性套语阐述中,将从整体结构角度,重点对这一套语的使用情况进行讲述。

2. 拜舞

"拜舞",即跪拜与舞蹈,是古代一种朝拜君王的礼节,本意为下跪叩首之后舞蹈而退,但在实际使用中,"拜舞"更倾向于"拜"的含义,而"舞"的含义逐渐模糊。敦煌变文中,每当臣子觐见君王时,臣子必然要向君王行使君臣之大礼,这样的情节在敦煌变文中不胜枚举,而说唱者仿佛都不约而同地喜欢使用"拜舞"描述性套语展开情节的叙述。如《汉将王陵变》中开篇有:

张良闻诏,趋至殿前,拜舞礼中(终),呼叫万岁。[1]

又如《唐太宗入冥记》中有:

皇帝未喝之时由(犹)校可,亦(一)见被喝,便即□(高)声而言:"索朕拜舞者,是何人也?朕在长安之日,只是受□□□(人拜舞),不惯拜人。殿上索朕拜舞者,应莫不是人?朕是大唐天子,阎罗王是鬼团头,因何索朕拜舞?"[2]

---

[1]　黄征,张涌泉校注. 敦煌变文校注[M]. 北京:中华书局,1997:66.
[2]　黄征,张涌泉校注. 敦煌变文校注[M]. 北京:中华书局,1997:319.

>>> 敦煌变文叙事研究

敦煌变文中"拜舞"的使用也很频繁，研究者曾对《汉将王陵变》《捉季布传文》《韩擒虎话本》《唐太宗入冥记》四篇变文作品做过统计，《汉将王陵变》中有3处，《捉季布传文》中有3处，《韩擒虎话本》中使用情况更为典型，高达16处，《唐太宗入冥记》中有9处，而上述例子中也使用了4个"拜舞"，说明"拜舞"的确是敦煌变文中一种非常典型的描述性套语，虽没有对敦煌变文全部篇目进行考察，但不难发现，"拜舞"作为一种描述性套语，已然成为说唱者共有的一种语言习惯。

3. 处分左右

"处分"一词，与今天所使用的处罚、处置含义不同，在古代是吩咐左右认真听并遵照执行的意思。在敦煌变文中，当身份地位高的人向身份地位低的人安排事宜，要求遵照执行时，会运用"处分左右"的描述性套语，如帝王与臣子、大将与身边副将，等等，表达方式在敦煌变文不同的篇目中都有使用，是一种非常典型的描述性套语，如《李陵变文》中有：

> 李陵处分左右搜括，得[两]个女子，年登二八，亦在马前处分左右斩之，各为两段。其鼓不打，自鸣吼唤。[1]

又如：

> 李陵箭尽弓折，粮用俱无，亦（一）心求于寸刃，李陵处分左右，火急交人拆车，人执一根车辐棒，打着从头

---

[1] 黄征，张涌泉校注. 敦煌变文校注[M]. 北京：中华书局，1997:128.

第七章 敦煌变文的程式化叙事 <<<

面掩沙。[1]

又如《韩擒虎话本》中有：

陈王闻语，念见名将即（积）大（代）功训（勋），处分左右，放起头稍。蛮奴拜舞谢恩。[2]

"处分左右"在《张淮深变文》中还有一处变体，即：

尚书乃处分诸将，尽令卧鼓倒戈，人马衔枚；东风猎猎，微动尘埃；六龙才过，誓不空回。[3]

说唱者直接将"处分"的对象"诸将"放置其后，指称明确，一目了然，这种用法在敦煌变文中虽然并不多见，但从意义结构和在文章中所起到的作用来看，和"处分左右"本质上没有区别。

敦煌变文中，"处分左右"表述方式使用得比较频繁，在不同作品中都有使用，不是一人一时的语言习惯，而是众多说唱者共有的说唱语言模式，由此形成相似的说唱风格。我曾考察了六篇变文作品，《李陵变文》中有3处（以上所举3处），《唐太宗入冥记》《张义潮变文》中各有1处，《张淮深变文》中有2处（其中1处为变体），《韩擒虎话本》中有5处，《庐山远公话》中有2处，在此虽然没有穷尽

---

[1] 黄征，张涌泉校注．敦煌变文校注 [M]．北京：中华书局，1997:130.
[2] 黄征，张涌泉校注．敦煌变文校注 [M]．北京：中华书局，1997:302.
[3] 黄征，张涌泉校注．敦煌变文校注 [M]．北京：中华书局，1997:193.

敦煌变文所有篇目，但可以窥见其使用的广泛性。

4. 汗流

人受到惊吓时，往往会惊出一身汗，现代有"惊出一身冷汗"的说法，而这种语言表达，在敦煌变文中也可窥见一二。敦煌变文中，当主人公遇到紧急情况受到惊吓时，说唱者会以"流汗"描述，表现人物内心的极端恐惧。在《汉将王陵变》中，全文共有两处这样的用法，一处是写汉帝刘邦；另一处是写楚王项羽，均是表现两人恐惧害怕至极的一时状态：

> 二将当时夜半越对，吓得皇帝洽（浃）背汗流，汉帝谓二人曰："……"[1]

又如：

> 项羽帐中盛寝之次，不觉精神恍忽，神思不安，攉然惊觉，遍体汗流。[2]

这种用法在敦煌变文中还有另外一种使用情况，是在典型场景梦境之后使用。梦境是一种神秘而富有象征意义的现象，很多人认为梦境对现实具有必然的预言作用，而人们在大梦初醒之时，由于受到梦境刺激，往往会"忽然惊觉，遍体汗流"，如《前汉刘家太子传》中叙张老之子夜作瑞梦：

---

[1] 黄征，张涌泉校注. 敦煌变文校注 [M]. 北京：中华书局，1997:66.
[2] 黄征，张涌泉校注. 敦煌变文校注 [M]. 北京：中华书局，1997:67.

第七章 敦煌变文的程式化叙事 <<<

  其张老有一子,夜作瑞梦,见城北十里磻陀石上,有一童子,颜容端正,诸相具足(A),忽然惊觉,遍体汗流,至于明旦,具以梦状告白其父。[1]

又如《太子成道经》中所叙净饭大王夫人于彩云楼上作圣梦醒后:

  或于一日,便上彩云楼上,谋(迷)闷之次,便乃睡着,做一贵梦。忽然惊觉,遍体汗流。遂奏大王,具说上事:"……"[2]

  以上两例,主人公在梦醒之后均有"忽然惊觉,遍体汗流"的表现,这种套语的使用不是个例,在其他变文作品中也多次被使用,是一种典型的套语程式。相比简单的"汗流"表述,其程式化结构更加典型,前边再冠以"忽然惊觉"的状态描述,情感更加丰富,描写更加细致。

  "汗流"的套语在后来使用过程中,范围有所扩大,不仅可以表现人物的极端恐惧状态,也可以表现特定人群忘我工作时汗流浃背的状态,如"建筑工人们正在工地上汗流浃背地工作",是一种词义扩大化的表现。

  5. 横尸遍野、遍野横尸

  敦煌变文中存在大量讲史变文,或者演绎历史中曾经出现过重要的历史事件,或者演绎当朝远征边塞的历史事件,也存在大量对于战

---

[1] 黄征,张涌泉校注. 敦煌变文校注 [M]. 北京:中华书局,1997:243.
[2] 黄征,张涌泉校注. 敦煌变文校注 [M]. 北京:中华书局,1997:436.

争的描写。当说唱者渲染战争惨烈时，会使用"横尸遍野"或"遍野横尸"的套语，如《伍子胥变文》中有：

> 臣遣骁兵褐（遏）后，猛将冲前，一向（饷）摩灭楚军，人马重重相压。横尸遍野，血染山川。[1]
> 西军大败，遍野横尸，干戈不得施张，人马重重相压，子胥十战九胜，战士不失一兵。[2]

在《伍子胥变文》中共有4处描写战争残酷的地方使用套语，其中有3处使用"横尸遍野"，有1处使用"遍野横尸"，"横尸遍野"使用又比较集中，在短短的一页之内就集中出现3次。"横尸遍野"在其他篇目中也有使用，如《张义潮变文》中：

> 蕃贼獐狂，星分南北；汉军得势，押背便追。不过五十里之间，杀戮横尸遍野处：……[3]

这种表现战争残酷的套语在《张淮深变文》中也有两处体现，但不同的是，《张淮深变文》中均是以变体形式表现战争的惨烈，如"头随剑落，满路僵尸"[4]，又如"南风助我军威急，西海横尸几十重"[5]。这里的"满路僵尸"和"横尸几十重"是由"横尸遍野"转化而来的，

---

[1] 黄征，张涌泉校注．敦煌变文校注 [M]．北京：中华书局，1997：12．
[2] 黄征，张涌泉校注．敦煌变文校注 [M]．北京：中华书局，1997：12．
[3] 黄征，张涌泉校注．敦煌变文校注 [M]．北京：中华书局，1997：180．
[4] 黄征，张涌泉校注．敦煌变文校注 [M]．北京：中华书局，1997：193．
[5] 黄征，张涌泉校注．敦煌变文校注 [M]．北京：中华书局，1997：193．

第七章　敦煌变文的程式化叙事

是一种变体，无论在意义上还是在句中的用法上，都与"横尸遍野"没有区别。

6. 年登二八、手垂过膝

在人物外貌描写上，敦煌变文有经常使用的套语，最常用的是"年登二八"和"手垂过膝"。"年登二八"经常用于描写女子，形容女子妙龄的青春。"手垂过膝"在具体的使用过程中男女不限，用于表现主人公纤细的手臂与绰约的风姿。在有些篇目中，"年登二八"和"手垂过膝"还经常同时出现，共同展示人物外貌，描写人物情态，如《伍子胥变文》中描写秦穆公之女姣好容貌时：

> 臣闻秦穆公之女，年登二八，美丽过人：眉如尽月，颊似凝光；眼似流星，面如花色；发长七尺，鼻直颜方，耳似珰珠，手垂过膝，拾指细长。[1]

这里，说唱者将"年登二八"和"手垂过膝"并举，表现秦穆公之女妙龄的青春和姣好的容貌。在《伍子胥变文》中，"年登二八"的使用并不总是一种形式，还有两处使用"二八容光"的形式。"二八容光"是"年登二八"的一种变体，在具体使用过程中，与"年登二八"并没有差别，如浣纱女的唱词："儿家本住南阳县，二八容光如皎练。"[2] 又如伍子胥在逃亡途中的悲歌："秦穆公之女颜如玉，二八容光若桃李。"[3] 这里的"二八容光"在具体使用中和"年登

---

[1] 黄征，张涌泉校注. 敦煌变文校注 [M]. 北京：中华书局，1997：1.
[2] 黄征，张涌泉校注. 敦煌变文校注 [M]. 北京：中华书局，1997：4.
[3] 黄征，张涌泉校注. 敦煌变文校注 [M]. 北京：中华书局，1997：9.

二八"没有区别。"年登二八"在其他篇目中也多有使用,如《李陵变文》中,李陵军中击鼓不鸣,部下从军中搜查出两女:"李陵处分左右搜括,得[两]个女子,年登二八,亦在马前处分左右斩之,各为两段。其鼓不打,自鸣吼唤。"[1] 当然,上述例句不能称作是对妙龄女子的一种赞美性描写,两名女子藏身于军中扰乱军心,其被斩杀两段的结局也是万分悲惨,"年登二八"的使用仅仅是说唱者的一种语言习惯,不可算作严格意义上的外貌描写。

敦煌变文中,"手垂过膝"的使用也非常频繁,当需要对女子容貌进行精雕细琢刻画时,常常使用"手垂过膝"展现女子纤纤的手臂。但是,"手垂过膝"的使用不仅局限于女子,在对男子外貌描写中也可以看到,如在《庐山远公话》中,万众千人眼中的远公:

身长七尺,白银相光,额广眉高,面如满月,发如涂漆,唇若点朱,行步中王,手垂过膝。[2]

"手垂过膝"的套语不仅出现于敦煌变文中,在后世小说描写中也经常使用,后世小说需要表现帝王将相不凡的外貌和天赋异秉的气质时,常常使用"手垂过膝",也可以看到这一用法对后世小说的影响。其实,"手垂过膝"的使用和汉译佛经的广泛传播有很大关系,著名学者季羡林在《三国两晋南北朝正史里的印度传说》一文中曾经指出,六朝正史中关于帝王异相的描写,如手长过膝、长发、大耳等,均是受到汉译佛经中对于众佛外貌描写的影响。佛经中,众佛均生异相,

---

[1] 黄征,张涌泉校注. 敦煌变文校注[M]. 北京:中华书局,1997:128.
[2] 黄征,张涌泉校注. 敦煌变文校注[M]. 北京:中华书局,1997:257.

第七章 敦煌变文的程式化叙事

如世尊有三十二大人相和八十种好，其中长臂、齿白是众佛的两种相，齿白、大耳、发长也是众佛的三种好。佛经中对于众佛的外貌描写，使广大人民对于佛的形象产生一种神秘氛围，进一步提高佛家地位，也让佛家信徒更加虔诚。这一用法是如何转移到后世小说上的？"从三国两晋到南北朝，正是佛教势力强大的时候。中国统治者为了增加自己的身份，企图在人民群众中造成神秘莫测的印象，使他们驯服地匍匐在自己脚下，于是把西天老佛爷某一些传说的生理现象加到自己身上"[1]。由此可见"手垂过膝"本是佛教经典中的一种套语，后世统治阶级为了提高自己的身份，甚至与佛并驾齐驱，受人瞻仰，受人朝拜，更好地统治人民，于是将"手垂过膝"用在自己身上。

以上是敦煌变文中使用最为频繁的六种描述性套语，每种套语不仅在同一个篇目中经常重复使用，在不同的篇目中使用频率也非常高，可以看作是套语使用过程中不同篇目在语言习惯上不约而同产生的共性。

7. 獐狂、惊狂、忧惶

由于说唱者个人语言习惯的不同，在对人物进行心态或行为的具体描写时，不同的篇目都有自己喜用的描述性套语，同时展现出不同的语言风格，如同样表现受到惊吓时的人物心理，《伍子胥变文》中喜用"獐狂"，《捉季布传文》则习惯用"惊狂"，而《唐太宗入冥记》则喜欢用"忧惶"。

《伍子胥变文》中有6处使用"獐狂"，分别是行步獐狂、落草獐狂、披发獐狂、獐狂大哭三声、泥涂而獐狂、箭下獐狂，表现出伍子胥在逃亡途中风声鹤唳、草木皆兵的艰难处境：

---

[1] 季羡林. 中印文化关系史论丛[M]. 北京：人民出版社，1957:93-94.

>>> 敦煌变文叙事研究

女子泊沙（拍纱）于水，举头忽见一人：行步獐狂，精神恍惚；面带饥色，腰剑而行。[1]

落草獐狂似怯人，屈节攒形而乞食。[2]

船人曰："子至吴国，入于都市，泥涂其面，披发獐狂，东西驰走，大哭三声。"[3]

一依鱼（渔）人教示，披发遂入市中，泥涂面上[而行]，獐狂大哭三声，东西驰走。[4]

适别龙颜，游于缠（廛）市，见一外国君子，泥涂而獐狂，披发悲啼，东西驰走。[5]

须臾锋剑交横，抽刀剑吼，枪沾污血，箭下獐狂。尘土张天，铁马嘶灭。[6]

《捉季布传文》中有 3 处使用"惊狂"，表现出季布在逃亡途中心惊胆战、四处逃身的恐惧，以及朱解得知季布真实身份后的惊慌：

季布得知皇帝恨，惊狂莫不丧神魂。[7]

不用惊狂心草草，大夫定意但安身。[8]

---

[1] 黄征，张涌泉校注．敦煌变文校注［M］．北京：中华书局，1997:3.
[2] 黄征，张涌泉校注．敦煌变文校注［M］．北京：中华书局，1997:5.
[3] 黄征，张涌泉校注．敦煌变文校注［M］．北京：中华书局，1997:9.
[4] 黄征，张涌泉校注．敦煌变文校注［M］．北京：中华书局，1997:10.
[5] 黄征，张涌泉校注．敦煌变文校注［M］．北京：中华书局，1997:10.
[6] 黄征，张涌泉校注．敦煌变文校注［M］．北京：中华书局，1997:12.
[7] 黄征，张涌泉校注．敦煌变文校注［M］．北京：中华书局，1997:92.
[8] 黄征，张涌泉校注．敦煌变文校注［M］．北京：中华书局，1997:96.

第七章 敦煌变文的程式化叙事 <<<

朱解被其如此说，惊狂转转丧神魂。[1]

《唐太宗入冥记》中有两处使用了"忧惶"，表现出催子玉与皇帝内心的恐惧与失落：

此时催子玉忧惶不已。皇帝见使人久不出□□（来，心）口思惟："应莫被使者于催判官说朕恶事？"皇□（帝）□（此）时，未免忧惶。[2]

由于说唱者个人语言习惯的不同，篇目在表现人物心理行为时也呈现出不同的特点，这是敦煌变文同中之异、定中之变，既体现出描述性套语在同一篇目中结构的相对稳定性，又体现出其在不同篇目中具体使用的灵活性。这种稳定性大大降低了听众理解的难度，能够迅速带领听众进入故事推进的情境中，使听众融入情节，和人物同喜同悲。其灵活性又大大降低套语使用频繁带来的文本缺陷，使语言变得灵活多样、趣味盎然。

二、结构性套语的运用

变文中结构性套语的运用，主要和变文体制有关。当说唱者需要插入变相图、转入韵文吟唱、韵文吟唱收束、转入景物描写、插入内心描写时，都会使用一些结构性套语作为引导词或收束词，以此提示听众将要展开相应的内容或相关内容的结束，也是变文体制的标志性

---

[1] 黄征，张涌泉校注．敦煌变文校注 [M]．北京：中华书局，1997:96.
[2] 黄征，张涌泉校注．敦煌变文校注 [M]．北京：中华书局，1997:319.

>>> 敦煌变文叙事研究

特征。可以说，正是由于变文中结构性套语的运用，才使得变文成为有别于其他文体的独特文种，也成为后世学者判断一篇作品是否为变文的根本依据。敦煌变文中结构性套语的使用情况相对比较复杂，以下分别阐述。

（一）图画展示时的引导词、收束词

敦煌变文呈献给听众的不仅是听觉盛宴，还是一场蔚为壮观的视觉盛宴。当变文说唱者讲到一些情节紧凑、声势浩大的关键场景时，都会适时地插入变相图，这时图画很自然地成为配合变文说唱的道具，不仅使变文演唱更加通俗易懂，也填补了听众的视觉空白，其强烈的视觉冲击使听讲更加激动人心。敦煌变文在图画展示之前，往往会插入引导词，一方面提示听众接下来将铺展变相图，提示听众注意观看；另一方面提示听众接下来将转入韵文的吟唱，说唱者将以韵文形式对变相图进行具体解说。同时，敦煌变文在图画展示结束时，也会适时地运用收束词，告知听众即将收起变相图，转入下一个场景的说唱。

敦煌变文在图画展示之前，会运用诸如"从此一铺，便是变初"的引导词作为提示语，如《汉将王陵变》中，第一段首先讲述楚汉争雄的背景以及王陵、灌婴向汉帝请命欲往楚家斫营的情况，然后，变文出现"二将辞王，便往斫营处，[从此]一铺，便是变初"[1]的引导词，这里的"二将辞王，便往斫营处"提示以下韵文所要描述的场景，"从此一铺，便是变初"则提示观众马上要展示变相图，变相图所展示的内容，即韵文所吟唱的王陵和灌婴之间慷慨激昂的对话。

敦煌变文在图画展示之后用作收束作用，主要有"上卷立铺毕，此入下卷""画本既终，并无抄略"等收束语，他们向听众提示图画

---

[1] 黄征，张涌泉校注. 敦煌变文校注 [M]. 北京：中华书局，1997:66.

第七章 敦煌变文的程式化叙事

展示的结束，带领听众适时地从上一个场景中抽出身来，迅速进入下一个场景的听讲中，对于场景的转换、故事结构的连缀、情节建构的转变均起到重大作用。如在《王昭君变文》中，上下卷衔接处有言："上卷立铺毕，此入下卷"[1]，"上卷"当指刚刚展示完毕的变相图，通过韵文吟唱内容可以猜测变相图所展示的是王昭君被册立为胭脂皇后的盛大场面。"下卷"提示将要为听众展示新一幅变相图，由下文可知，新一幅变相图展示的应该是可汗为了愉悦昭君，万里攒军，千兵逐兽场景。只可惜，不论是被册封为胭脂皇后之乐，还是观赏千兵逐兽之娱，均不能化解昭君整日以泪洗面的"愁肠每意归"[2]情思。

《韩擒虎话本》在变相图展示之后也有相应的收束语，如"画（话）本既终，并无抄略"[3]，根据之前说唱内容可猜测，变相图展示的应该是阴间五道将军来召韩擒虎去往阴曹地府做阴司之主的场景，以及韩擒虎拜别皇帝群臣、辞却家人的场景。值得一提的是，后世有部分学者认为此处"画本既终"是"话本既终"的笔误，因为话本在产生之初也是配合图画说唱，但就敦煌变文的整体情况来说，"画本既终"可能不误，因为敦煌变文本身是结合一幅幅图画说唱，后世诸如"话本""历史演义""戏曲"等文学形式，虽然在表演时结合图画，但究其根源，都是从敦煌变文的说唱体式中汲取营养。

在图画展示的引导词、收束词中，出现最多的是"铺"字，章培恒、骆玉明在《中国文学史》中曾经对"铺"做过解释："说唱时配合以相应图画，那些图画几幅一组，连缀成一卷，一卷便成为一铺。"[4]可见，

---

[1] 黄征，张涌泉校注. 敦煌变文校注 [M]. 北京：中华书局，1997:157.
[2] 黄征，张涌泉校注. 敦煌变文校注 [M]. 北京：中华书局，1997:157.
[3] 黄征，张涌泉校注. 敦煌变文校注 [M]. 北京：中华书局，1997:305.
[4] 章培恒、骆玉明. 中国文学史. 上海：复旦大学出版社，，1997:230

>>> 敦煌变文叙事研究

"铺"既是对变相图画卷展开动作的形象反映,又被说唱者作为画卷展示的量词使用。敦煌变文每到表现重大场面、情节紧张之处时,会向听众铺一卷变相图,也是说唱交替、韵散结合的地方。以上变相图引导词、收束词的使用,延缓了故事叙述的节奏,对重大场景的提示、集中听众的注意力均起到很大作用。

(二)说唱交替时引导词、收束词

敦煌变文呈现出来的是一种韵散结合、说唱交替的叙事语言。其中,散文部分用于讲,韵文部分用于唱;讲的部分用于铺陈情节、敷衍故事;唱的部分用于行腔吟诵、抒发感情,充分体现出一种独特的说唱间行的艺术风貌。在敦煌变文中,每到说唱交替时,说唱者会使用一些程式化的套语,提醒听众说唱体制的转换,在由散入韵时使用的称之为韵文引端的引导词;由韵入散时使用称之为韵文尾端的收束词。

由散入韵的韵文引端引导词,得到学术界普遍认同,变文作品中最常见的是"……处,若为陈说"以及"当尔之时,道何言语"两种形式,这两种句子在敦煌变文由散入韵中经常出现,作为变文作品韵散交替的过渡性程式,甚至被学术界认为是敦煌变文体制的重要特征,以至于很多学者将其作为考量一个作品是否是变文作品的重要衡量标准。引导词的使用如同黏合剂,将说与唱两种形式紧密结合在一起,使说的内容顺利而自然地过渡到唱的内容中,使变文作品故事紧凑、结构完整。

"……处,若为陈说"在敦煌变文中的运用最为广泛,所有变文作品中都使用了韵文引导词,只是在不同篇目中,引导词又会出现不同的变体,如"……处,谨为陈说""而为转说""遂为陈说""看……处,若为……"等。在同一篇变文作品中,甚至能够见到不同变体同时使用的情况。如在《汉将王陵变》中,首先描写二将斫营的详细经过,

第七章 敦煌变文的程式化叙事

表现出二将的智慧与勇猛,又以一段韵文表现斫营场面的紧张与惨烈,由散入韵的引导词是"二将斫营处,谨为陈说"[1]。然后,叙述二将斫营成功之后回归汉朝的经过,同样表现出两人的智慧与不畏强敌的勇猛个性,又以"便往却回,而为转说"[2]的引导词引起后面的韵文。随后,以一段散文讲述楚将钟离末率兵前往王陵家捉拿王陵的情况,以一段韵文讲述钟离末与王陵妻、母之间的言语交锋,充分表现王陵妻母不畏强敌、视死如归的精神,在由散入韵处有引导词:"说其本情处,若为陈说。"[3]又以一段散文描述钟离末押解王陵之母到项羽帐前的经过,以一段韵文表现王陵之母甘赴黄泉视死如归的精神,在韵散结合处有引导词:"其母遂为陈说。"[4]通过观察不难发现,这些变体实际上都源于同一种引导词,即"……处,若为陈说",作为一种韵散结合处简洁有效的过渡方式,共同起到由"说"到"唱"的引导性、过渡性作用,对广大听众来说,也成为大家耳熟能详、富有标志性的话语,为此可以将其看作是敦煌变文作品中最典型、最具有代表性的套语程式。

有学者认为"……处,若为陈说"的引导词套语和后世章回小说中"欲知后事如何,且听下回分解"的作用相同,都是对下一个内容进行引导,但通过细致分析不难发现,后世章回小说中"欲知后事如何,且听下回分解"的套语,其作用在于标明各回之间的分界,既提示本章节的结束,又调动大家阅读下一章节的兴趣,但变文"……处,若为陈说"的引导词,却不具备这种标明章节的作用,其作用主要有

---

[1] 黄征,张涌泉校注.敦煌变文校注[M].北京:中华书局,1997:67.
[2] 黄征,张涌泉校注.敦煌变文校注[M].北京:中华书局,1997:68.
[3] 黄征,张涌泉校注.敦煌变文校注[M].北京:中华书局,1997:69.
[4] 黄征,张涌泉校注.敦煌变文校注[M].北京:中华书局,1997:69.

>>> 敦煌变文叙事研究

两个方面：一方面是提示听众看图，要为大家铺展变相图；另一个方面提示听众接下来将进入韵文吟唱阶段，吟唱内容即是对变相图的详细铺陈。这种套语是由变文的体制决定的。

除了"……处，若为陈说"的引导词，说唱交替连接处还常常使用"当尔之时，道何言语"的引导词形式，如《金刚丑女因缘》中叙：

其时大王处分：排备燕会，屈请[王]郎。既到座筵，遣宫人引其公主[见]对王郎。当尔之时，道何言语？
新妇出来见[王]郎，都缘面貌多不强。
婇女嫔妃左右拥，前头掌扇闹芬芳。
金钗玉钏满头粧，锦绣罗衣馥鼻香。
王郎才见公主面，諕来魂魄转飞飏。[1]

散文部分叙述大王宴请王郎，遣宫人引出公主与王郎见面，韵文部分承接散文叙事，描写公主出来与王郎见面时的场景：宫女簇拥、仪仗浩大、头戴金钗、身披罗衣、王郎被吓。在散文部分转承韵文部分中间，使用"当尔之时，道何言语"的引导词，这种简洁有效的过渡方式，同样起到承由"说"到"唱"的引导性、过渡性作用，将散文部分与韵文部分紧密地连接在一起，是敦煌变文作品中一种典型说唱交替时的引导词套语。

敦煌变文中，凡在说唱交替时出现引导词套语，大多都是以上所举的两种程式及其变体，这两种程式从语言功能上来看，作用是相同的，其意义本身也是相似的，共同承担韵散过渡、说唱交替的起承引导作用，

---

[1] 黄征，张涌泉校注．敦煌变文校注[M]．北京：中华书局，1997：1105．

第七章 敦煌变文的程式化叙事

成为敦煌变文最具有代表型的套语程式。

在变文作品中，与韵文引端引导词相对的是韵文尾端收束词，韵文尾端收束词是变文由韵入散的标志，是由"唱"转入"说"时的一种标志性程式。敦煌变文中，韵文收束词的使用比较简单，在说唱佛经类的变文作品中，韵文尾端主要是使用"唱将来"的套语作为收束词，这种程式在说唱经文作品中比比皆是，如《妙法莲华经讲经文》（一）中有："王即当时发是言，未审何人来与说。向下经闻（开）说教主，阿谁名字唱将来。"[1]《妙法莲华经讲经文》（一）虽然尾部残缺，但就现存的篇幅来看，韵文尾端以"唱将来"的套语程式收束，达六次之多，可见这种套语程式收束词使用的广泛性。

收束词在许多变文作品中都有应用，如《金刚般若波罗蜜经讲经文》《妙法莲花经讲经文》《维摩诘经讲经文》《父母恩重经讲经文》《故圆鉴大师二十四孝押座文》等变文篇目中，都大量地使用"唱将来"的收束词套语。"唱将来"的使用，使说唱表演由"唱"转变为"说"，体现在文本上则表现为由韵转入散，这种程式不仅是变文韵散体制转变过程中一种有效的叙事手段，对于听众也起到提醒、引导作用，使故事情节得以在"讲"与"唱"之间自然流转，使"讲"与"唱"的内容有机地融合在一起。

值得注意的是，"唱将来"还有一些变体，比如"唱将罗"，但这种变体的使用仅存在于《金刚般若波罗蜜经讲经文》一篇变文作品中，如"序分政宗今讲了，流通未后意如何。一段经文三段唱，且当第一唱将罗"[2]，又如"三十二相如何说，偈讼（颂）长行讃阿谁。

---

[1] 黄征，张涌泉校注. 敦煌变文校注[M]. 北京：中华书局，1997：710.
[2] 黄征，张涌泉校注. 敦煌变文校注[M]. 北京：中华书局，1997：645.

六段文中第四段，都公案上唱将罗"[1]，再如"湛然不动超三界，六道常行自利他。法报二身人不会，由（犹）如何等唱将罗"[2]。通过统计发现，在一篇目中以"唱将罗"作为韵文收束词共使用15次，而以"唱将来"作为韵文收束词仅使用8次，变体使用的频繁程度，甚至超过其他篇目普遍使用的"唱将来"形式，这种情况也值得注意。如果同一篇作品中，集中出现如此多的收束词变体，一种原因可能是说唱者个人的语言习惯。由于其语音的相似性，不同形式的交互使用是说唱者根据自己的临场发挥随意选择，其随意性、偶然性比较大；另一种可能性是变文作品在传抄过程中，局囿于传抄者自身水平限制，出现文字谬误。

敦煌变文说唱历史故事的韵文尾端收束词出现在《伍子胥变文》中。文中所述，伍子胥的逃亡经历可谓一波三折、充满艰辛。因此，他在逃亡途中曾经多次以七言韵文的句式放声歌唱，以泄心中的悲苦，韵文的歌唱结束后，继续以散文形式叙述子胥逃亡历程，在由韵入散的关节点，说唱者常常使用程式化套语进行过渡，通过对作品进行分析，可以看到《伍子胥变文》中的尾端收束词套语主要有以下情况：（1）"悲歌以［已］了，更复前行"[3]；（2）"子胥哭已，更复前行"[4]；（3）"作此语了，遂即南行"[5]；（4）"悲歌以［已］了，行至江边远盼"[6]；

---

[1] 黄征，张涌泉校注. 敦煌变文校注 [M]. 北京：中华书局，1997:639.
[2] 黄征，张涌泉校注. 敦煌变文校注 [M]. 北京：中华书局，1997:641.
[3] 黄征，张涌泉校注. 敦煌变文校注 [M]. 北京：中华书局，1997:3.
[4] 黄征，张涌泉校注. 敦煌变文校注 [M]. 北京：中华书局，1997:4.
[5] 黄征，张涌泉校注. 敦煌变文校注 [M]. 北京：中华书局，1997:5
[6] 黄征，张涌泉校注. 敦煌变文校注 [M]. 北京：中华书局，1997:7

第七章 敦煌变文的程式化叙事

（5）"悲歌已了，更复向前"[1]；（6）"悲歌已了，由（犹）怀慷慨"[2]；（7）"剑歌已了，更复前行"[3]。这些收束词在形式、音节上都有很大的相似性，其中第一句"悲歌已了"向听众提示韵文吟唱部分的结束；第二句"更复前行"则标志以下散文叙事的开始。

以上说唱交替时的引导词、收束词套语，同图画展示套语一样都属于结构性套语程式，因为它们在变文结构中均起到承上启下、起承转合的作用，是散体和韵文进行自由转换的过渡，使文字体制的转换不至于突兀，方便听众理解。

（三）景物描写的引导词套语

唐代敦煌变文作品中，存在大量的景物描写，和之前以及唐代文人所创作的叙事文学表现出极大不同。我国古代叙事文学由于受到"史传"笔法影响，较少插入景物描写，"实际上，自司马迁创立纪传体，进一步发展历史散文写入叙事的艺术手法，史书也的确为小说描写提供了可资直接借鉴的样板"[4]。在这样的样板下，唐前以及唐代文人的叙事作品，其作者往往重实际、轻幻想，也很少将笔墨伸向景物描写以及重点场景的渲染。因此，在敦煌变文中出现如此大篇幅的景物描写，是中国古代叙事文学在发展过程中的一种新情况，对叙事文学的发展具有里程碑的意义。

敦煌变文中大量景物的描写，一方面增添了变文叙事的文采，使文章更富有诗情画意，更富有浪漫气息，具有典型烘托渲染的作用；

---

[1] 黄征，张涌泉校注. 敦煌变文校注 [M]. 北京：中华书局，1997：9.
[2] 黄征，张涌泉校注. 敦煌变文校注 [M]. 北京：中华书局，1997：10.
[3] 黄征，张涌泉校注. 敦煌变文校注 [M]. 北京：中华书局，1997：10.
[4] 陈平原. 中国小说叙事模式的转变 [M]. 北京：北京大学出版社，2003：210.

另一方面，从景物描写的结构功能上看，叙事中插入景物，对于现场说唱起到延缓故事情节的作用，使得说唱者在现场可以更加从容、张弛有度地表演。

在叙事过程中，要暂时切断叙事链条，插入景物描写，势必要使用过渡性的引导词进行起承转合。在敦煌变文中，集中体现为"是时也"套语的使用，这种套语在敦煌变文景物描写时使用得非常广泛，是一种较为固定的程式化模式，如《张淮深变文》中的景物描写：

> 是时也，日藏之首，境媚青苍；红桃初熟，九醖如江。天使以王程有限，不可稽留。修表谢恩，当即进发。尚书远送郊外，拜表离筵，碧空秋思，去住怆然，踌躇塞草，信宿留连。[1]

这段景物描写虽然提示了叙事的时间线索，但不容否认的是，描写成分远远大于叙事成分，整段的描写基本都是"是时也"的周边景色再现，在故事叙述过程中，作为第三人称的说唱者暂时抽出身来，以自己全知全能的本领展现出故事情节发展过程中的气氛、背景、环境。这些环境背景的描写同故事叙事并不在同一个层面上，强行插入必然需要过渡，"是时也"便应用而生。

敦煌变文在插入景物描写时，以"是时也"作为引导词的情况非常常见，是引导景物描写最简洁有效的程式化形式，很好地实现了故事情节由单纯的线性叙事到广泛的空间渲染过渡，是一种较为固定的程式化形式。通过对敦煌变文中以"是时也"引导的景物描写，不难

---

[1] 黄征，张涌泉校注．敦煌变文校注[M]．北京：中华书局，1997:192．

第七章 敦煌变文的程式化叙事

发现"是时也"的使用主要有三种情况,是由下文所引景物性质决定的。

敦煌变文中穿插景物描写,根据描写侧重点的不同,可分为三种情况,有的是纯粹的景物描写,描写中不穿插其他内容,景物的刻画纯粹而贯穿始终,主要用于烘托渲染气氛;有的是宏大场景的渲染,相比纯景物描摹更注重场面声势的营造,具体景物的刻画反而退居其次;还有的是一边叙事一边穿插景物。在这里,景物的刻画不是重点,只是为推进叙事而服务,以下将分别阐述。

1. 引导景物,烘托渲染气氛

"是时也"最主要的功能是引导景物描写,作用主要是烘托背景、渲染气氛,景色往往并非实景,其创作目的大多是说唱者为了让故事更加生动。如《庐山远公话》中叙远公告别师父,去往庐山修行时的一段景物:

是日也,春光杨(阳)艳,薰色芳菲,渌(绿)柳随风而婀娜,望云山而迢递,睹寒雁之归忙。自为(谓)学道心坚,意愿早达真理。[1]

《庐山远公话》中还有:

是时也,秋风乍起,落叶飘飘;山静林疏,霜霑草木。风经林内,吹竹如丝。月照青天,丹霞似锦。长流水边,心怀惆怅。朦胧睡着。乃见梦中十方诸佛,悉现云间,无

---

[1] 黄征,张涌泉校注. 敦煌变文校注[M]. 北京:中华书局,1997:252.

>>> 敦煌变文叙事研究

量圣贤，皆来至此。[1]

再比如《百鸟鸣》中也有相同的使用情况：

是时二月向尽，才始三春。百鸟林中而弄翼，鱼玩水而跃鳞，花照匀（灼）色辉鲜，花初发而笑日，叶含芳而起津。山有大虫为长，鸟有凤凰为尊。是时诸鸟即至，雨集云奔，排备仪仗，一仿人君。[2]

从以上内容分析中不难发现，三段景物描写并非写实，而是说唱者根据说唱需要而添加的，其目的在于烘托渲染气氛，带领听众身临其境，也使说唱者的表演更加感人生动。故事的线性叙事暂时停止，叙事进程相对延缓，不仅使整个作品更加充盈丰满，富有诗情画意，而且给听众带来了无限回味的时间与余地。这些景物描写不仅提供了故事情节发展过程中的背景、氛围，而且对于下文故事情节的推进也起到了很大作用。

2. 引导场景，渲染场面声势

"是时也"的语言程式不仅用在引导景物描写中，还可以引导具有描写性质的场景渲染中。在一些重大场合或者隆重的仪式、浩大辉煌的仪仗描写中，也常常用到"是时也"的程式套语。如《维摩诘经讲经文》（五）中，有对于魔女迷惑菩萨时的场景渲染：

---

[1] 黄征，张涌泉校注. 敦煌变文校注[M]. 北京：中华书局，1997:256..
[2] 黄征，张涌泉校注. 敦煌变文校注[M]. 北京：中华书局，1997:1207.

第七章　敦煌变文的程式化叙事

　　是时也，波旬设计，多排采女嫔妃；欲恼圣人。剩烈（列）奢化（华）艳质。希奇魔女，一万二千；最异珍珠，千般结果。出尘菩萨，不恼他；持世上人，如何得退？莫不剩装美貌，无非多着婵娟；若见时交（教）巧出言词，税调着必生退败。其魔女者，一个个如花菡萏，一人人似玉无殊；身柔软兮新下巫山，貌娉婷兮才离仙洞。尽带桃花之脸，皆分柳叶之眉；徐行时若风飒芙蓉，缓步处似水摇莲亚。朱唇旖旎，能赤能红；雪齿齐平，能白能净。轻罗拭体，吐异种之馨香；薄谷挂身，曳殊常之翠彩。排于坐右，立在宫中；青天之五色云舒，碧沼之千般花发。罕有罕有，奇哉奇哉。空将魔女娆他，亦恐不能惊动。更请分为数队，各逞逶迤；擎鲜花者殷勤献上，焚异香者备切虔心。合玉指而礼拜重重，出巧语而诈言切切，或擎乐器，或即吟哦，或施窈窕，或即唱歌。休夸越女，莫说曹娥。任伊持世坚心，见了也须退败。大好大好，希哉希哉；如此丽质婵娟，争不忘生动念。自家见了，尚自魂迷；他人睹之，定当乱意。任伊修行紧切，税调着必见回头；任伊铁作心肝，见了也须粉碎。[1]

　　这里"是时也"引导的内容，可谓铺排重重，语言绚丽，不仅有大量比喻、对偶的堆叠，而且处处带来强烈的视觉色彩冲击。这段内容不仅有魔女迷惑菩萨场景的渲染，还对魔女的盛装美貌、菡萏如花进行细致刻画，使人物形象在刻画中更加丰满，故事情节在推进中更加生动。同样的情况在《维摩诘经讲经文》（七）中还有呈现，比如在叙述文殊菩萨出行时声势浩大的仪仗：

---

[1] 黄征，张涌泉校注. 敦煌变文校注 [M]. 北京：中华书局，1997:884.

是时也，人浩浩，语喧喧，杂沓云中，欢呼日下。遏翠微之瑞气，散辽绕之祥霞。肉发峨峨，珠衣灼灼，曳六铢之妙服，戴七宝之头冠。蹙金缕以叠重，动香风而逦迤，领雄雄之师子，举步可以延风；座千叶之莲花，含水烟之翠色。领天徒之众类，离佛会之菴园。天女天男，前迎后绕，空中化物，云里遥瞻。整肃威仪，指挥徒众，毗耶城里人皆见，尽道神通大煞生。[1]

再比如《太子成道经》中描写净饭大王出行仪仗时：

是时大王排比鸾驾，亲自便往天祀神边。甚生队仗：白月才沈，红日初生。仪仗才行，天下晏静。烂满锦衣花璨璨，无边神女貌莹莹（莹莹）。[2]

敦煌变文中有大量描写佛教故事的变文，其中只有菩萨出行时会有仪仗阵式的渲染，也是敦煌变文佛教故事中比较常见的一种典型程式化场景，而"是时也"成为这种场景一种固定的程式化引导方式。

3. 引导叙事，突出描写色彩

"是时也"的语言程式还用于引导叙事，突出描写色彩。在敦煌变文中同时发生的情节，如果以叙述为主但又同时包含描写成分，说唱者会使用"是时也"的套语为听众引入叙事性描写，这种用法在敦煌变文中虽不常见，但仍然可以窥得一二。如《庐山远公话》中，在远公初到庐山之后，变文以"是时也"引领一段叙事性的描写，叙事

---

[1] 黄征，张涌泉校注．敦煌变文校注 [M]．北京：中华书局，1997:917.
[2] 黄征，张涌泉校注．敦煌变文校注 [M]．北京：中华书局，1997:435.

第七章 敦煌变文的程式化叙事

中包含描写，描写中贯通叙事。

> 是[时也]，经声朗朗，远近皆闻；法韵珊珊，梵音远振。敢（感）得大石摇动，百草亚身；瑞鸟灵禽，皆来赞叹。是时也，山神于庙中忽见有此祥瑞，惊怪非常，山神曰："今日是阿谁当直？"时有坚牢树神，走至殿前唱喏，状如豹（暴）雷相似，一头三面，眼如悬镜，手中执一等身铁棒，言云："是某乙当直。"[1]

在例文中，前一个"是时也"，原文中只有一个"是"字，项楚先生认为这是"是时也"的误传，他曾经在《庐山远公话补校》中阐述："据上页'是时也，春光扬艳，薰色芳菲'及本文下页'是时也，山神于庙中忽见有此祥瑞'等句式，此处'是'下页应有'时也'二字。此等处最能传达出说话人特有的语气。"[2] 这里，项楚先生增补"时也"二字的主要依据：一是根据变文作品前后的语言套语习惯增补；二是根据说话艺术形式的本质特点增补，他准确抓住唐时特殊伎艺的口头传统特点，具有说服力。项楚先生增补"时也"二字，主要原因是"是时也"在敦煌变文中是一种比较常见且结构相对固定的引导性成分，这种表达轻易不会改变并且引导性功能一致，这种句式的使用体现出说唱文学套语运用的习惯，符合说唱文学传统。

从时间上考虑，两个"是时也"所写的内容应当处于同一个时间段中，其中没有时间的先后顺序，更没有因果联系，仅有的区别在于，

---

[1] 黄征，张涌泉校注. 敦煌变文校注[M]. 北京：中华书局，1997：252.
[2] 项楚. 敦煌文学丛考. 上海：上海古籍出版社，1991：222.

>>> 敦煌变文叙事研究

例文中两个"是时也"所起的作用稍有不同,第一个"是时也"主要是为了引导下文的描写,铺陈远公初到庐山之后,感得梵音远振、灵兽赞叹的壮观景象;第二个"是时也"紧承上文,从对壮观景象的描写转向情节叙事的推进,叙述山神与树神之间的对话,可以看到,第二个"是时也"所引导的内容虽为叙事,但在叙事中也包含描写色彩,如对于树神外貌的描写,说其"状如豹(暴)雷相似,一头三面,眼如悬镜,手中执一等身铁棒",叙事中融入描写,将树神的神奇样貌展现在大家面前。

"是时也"在不同场合也有变异现象,最简单的变体是将"也"字省略,变为"是时"二字,这种情况在所举《太子成道经》中对于净饭大王出行仪仗的描写已经看到,主要源于当时句式的表达需要以及说唱者的语言习惯,是一种相对比较简单的变体。除了该变异之外,还有一种变异程度相对比较大的变体,是将表现时间的词语由"时"变为"日",这里"是时也"即变为"是日也",从时间跨度上看,虽然由"一时"变为"一日",但从语言效果及在文中所起的作用,两者并没有明显区别,听众也并没有感到明显不同。可见,两者作用是一致的,如《太子成道经》中对于净饭大王夫人出行时的仪仗描写:

[是日也],數千重之锦绣,[张]万道之花筵。夫人据行,频(嫔)妃从后。[1]

这段描写是以"是日也"作为引导词,从字面意思来看,虽然"是日也"比"是时也"时间跨度大,但从句法结构和句子含义上并没有

---

[1] 黄征,张涌泉校注. 敦煌变文校注 [M]. 北京:中华书局,1997:436.

第七章 敦煌变文的程式化叙事

区别，两者的使用情况在本质上是一致的，共同起到承上启下的作用，共同引导后面的描写，可以说，两者的过渡、引导作用起到的意义远远大于实际时间所表达的意义，都可归为同一种程式化的表达方式。这样的表达方式还有很多，《苏武李陵执别词》中也有这样的表达：

是日也，感德（得）文超（天起）阵云，地生战雾，凶奴顷败，当即抽[军][1]

又如《庐山远公话》中的描写：

是日也，远公早先至阁门谨取教旨。於是皇帝知道远公到来，便出宫门，千回瞻礼，万遍虔恭。亦（一）见远公，龙颜大悦，喜也无尽。[2]

无论是"是日也"还是"是时也"，都是古代口头文化传统的产物，能够起到吸引听众注意的作用，是与现场说唱情境场合紧密结合在一起的。说唱者在说唱过程中，当说唱到重点场面时都会使用这样的程式进行引导。可以说，两者是说唱者进行说唱表演非常重要的一种衔接手段，在说唱过程中使用方便，虽然没有包含大量的文化信息，但起到重要的过渡、引导性作用，是变文作品中不可或缺的重要表达手段。

（四）内心描写的引导词套语

在敦煌变文中有大量的内心描写，而在描写人物内心活动时，基本上是以直接引语的方式呈现出来，内心描写采用直接引语方式，同

---

[1] 黄征，张涌泉校注. 敦煌变文校注[M]. 北京：中华书局，1997：1202.
[2] 黄征，张涌泉校注. 敦煌变文校注[M]. 北京：中华书局，1997：268.

>>> 敦煌变文叙事研究

样是口头传统的产物,说唱者在表演过程中,当需要插入内心描写时,会采用直接引语的方式直入主题,使心理描写更直接、简便、便于说唱。在现场说唱环境中,可以和内容情境紧密结合,根据情节需要在最短时间内调动听众的注意力,引导听众注意倾听作品人物的心理。

著名汉学家李福清先生曾经对敦煌变文中直接引导内心描写的情况作过阐述:"通过形式独特的直接引语表达主人公的思想活动,是由于说唱艺术特有的描写性而在变文中出现中国文学中的一种绝对崭新现象。"[1]可见,在敦煌变文中以直接引语展现主人公的内心活动,在文学史上确有里程碑的意义。敦煌变文中通过直接引语的方式引导内心描写,在作品中比比皆是,甚至在同一篇变文作品中都可细数出若干例句,如在《伍子胥变文》中有5处用法:

①子胥心口思惟:"此人向我道家中取食,不多唤人来提我以否?"遂即抛船而走,遂向芦中藏身。[2]

②子胥得食吃足,心自思维:"凡人得他一食,惭人一色;得人两食,为他着力。"怀中璧玉以赠。[3]

③子胥见人不受,情中渐觉不安。心口思惟,虑恐船人嫌我信物轻少:"虽是君王宝物,知欲如何!"[4]

④子胥闻此语已,即知是船人之子。子胥欢喜:"我有冤雠,至当相灭,因他得活,岂得孤恩?富贵忘贫,黄(皇)

---

[1] 李福清.三国演义与民间文学传统[M].尹锡康,田大畏,译.上海:上海古籍出版社,1997:10.

[2] 黄征,张涌泉校注.敦煌变文校注[M].北京:中华书局,1997:8.

[3] 黄征,张涌泉校注.敦煌变文校注[M].北京:中华书局,1997:8.

[4] 黄征,张涌泉校注.敦煌变文校注[M].北京:中华书局,1997:8.

第七章 敦煌变文的程式化叙事

天不助。有恩不报，岂成人也；有恩若报，风流如(儒)雅。"[1]

⑤子胥心口思量："我有冤雠，端心相灭，因他得活，岂得孤恩。"乃舍梁王之罪，语以(已)进发。[2]

虽然只是简单例举了《伍子胥变文》中直接引语的使用情况，但窥一隅可探全貌，通过对其进行分析可以发现，用直接引语表现人物的内心活动，是敦煌变文中惯常使用的一种表现方式。这种表现方式简单、直接，在口头说唱情境中能够立刻引导听众进入人物的心理状态，频繁地使用，本身也是一种程式化的表现方式。

从《伍子胥变文》所举的5个例句中还可以看出，敦煌变文以直接引语的方式引导内心描写，引导词相对比较简单，主要有两种情况：其一是以"心口思量""心自思维""心口思惟"等表示内心活动的动词作为引导词，引导出下文的内心活动，比如在上述例句中的①②③⑤都属于这一类。另一种是把表现内心活动的直接引语直接放置在表现主人公情绪、情感的动词之后，如上述例句④，是以"欢喜"二字作为下文心理活动的引导词，在敦煌变文中，第二种直接引语的使用情况不如第一种方式使用频繁，主要在于"心口思惟"的引导方式比"欢喜"等引导方式要更直接，使用更方便，也更符合说唱者的语言习惯。

如前所述，敦煌变文中以表示内心活动的动词作为引导词，这种表达比较系统地出现在敦煌变文许多篇目中，通过对敦煌变文众多篇目内心活动引导词的梳理可以发现，这种方式的内心活动描写，其引

---

[1] 黄征，张涌泉校注. 敦煌变文校注 [M]. 北京：中华书局，1997：13.
[2] 黄征，张涌泉校注. 敦煌变文校注 [M]. 北京：中华书局，1997：14.

导词大体相同，主要使用"心口思惟""心口思量"两种方式，在此基础上还衍生出"心自思维""心中思维"等方式，但显然都是"心口思惟"的变体。这种使用频繁、格式固定的表达方式，也说明并不是个别说唱者的语言习惯，使用是有其深厚的文化土壤，是一种根植于传统口头说唱文化中的叙事程式，也是一种典型的引导性程式。

在敦煌变文中，以"心口思惟""心口思量"作为先前引导，描写人物内心活动是非常普遍的，出现在敦煌变文众多篇目中，是敦煌变文中典型的一种表达方式，以下在不同篇目中举例说明：

1. 以"心口思惟"作为引导，引出人物内心描写

《捉季布传文》中有：

季布既蒙子细问，心口思惟要说真。[1]

《舜子变》中有：

舜子当即知是父母、小弟也。心口思惟，口亦不言。[2]

《汉将王陵变》中有：

王陵先到标下，灌婴不来，王陵心口思惟："莫遭项羽独（毒）手？"道由（犹）未竟，灌婴到来。[3]

《韩擒虎话本》中有：

蛮奴心口思微（惟）："若逢五虎拟山之阵，须排三十六万人伦枪之阵，击十日十夜，胜败由（犹）未知。

---

[1] 黄征，张涌泉校注．敦煌变文校注[M]．北京：中华书局，1997：96．
[2] 黄征，涌泉校注．敦煌变文校注[M]．北京：中华书局，1997：203．
[3] 黄征，张涌泉校注．敦煌变文校注[M]．北京：中华书局，1997：67．

第七章　敦煌变文的程式化叙事

我把些子兵士，似一片之肉入在虎牙，不蝼咬嚼，博噬之间，并乃倾尽。我闻公（功）成者去，未来者休，不如搗（倒）戈卸甲来降。"思量言讫，莫不草绳自缚，黄麻半（绊）肘，直到将军马前。[1]

《唐太宗入冥记》中有：

催子玉添□（禄）已讫，心口思惟："我缘生时官卑，不因追皇帝至□（此），凭何得见皇帝面？今此觅取一员政官。"遂□□（即执）笏奏曰："臣与陛下勾改文案了。"[2]

崔子玉又心口思惟："我不辞便道'注得□□（十年）天子，天子'即得，忽若皇帝不遂我心中所求之事，不可却□□三年五年，且须少道。"[3]

崔子玉又心口思惟："此度许五年，即赐我钱物。□□（忽若）更许五年，必合得一员政官。"[4]

崔子玉见皇帝不道与又心口思惟："皇□（帝）两度只与我钱物，尽不道与崔子玉官职，将知皇□（帝）大惜官职。"[5]

崔子玉见皇帝不道与官，又心口思□（惟），良久不语。[6]

崔子玉又心口思惟："□（若）不痛吓，然可觅得官

---

[1] 黄征，张涌泉校注．敦煌变文校注 [M]．北京：中华书局，1997：302．
[2] 黄征，张涌泉校注．敦煌变文校注 [M]．北京：中华书局，1997：321．
[3] 黄征，张涌泉校注．敦煌变文校注 [M]．北京：中华书局，1997：321．
[4] 黄征，张涌泉校注．敦煌变文校注 [M]．北京：中华书局，1997：321．
[5] 黄征，张涌泉校注．敦煌变文校注 [M]．北京：中华书局，1997：321．
[6] 黄征，张涌泉校注．敦煌变文校注 [M]．北京：中华书局，1997：321．

职！"[1]

2. 以"心口思量"作为引导，引出下文心理描写的，如《韩擒虎话本》

  杨妃拜谢，便来后宫，心口思量："阿耶来日朝近（觐），必应遭他毒手。我为皇后，荣得兮（奚）为！不如服毒先死，免见使君受苦。"[2]

  杨坚举目忽见皇后，心口思量："是我今日莫逃得此难？"思量言讫，便上殿来。[3]

  蛮奴闻语，即知便是韩熊男，心口思量："父不得与子交战。"问言禽虎："收军却回，蛮奴奏上陈王，差使和同作一礼义之国，乞（岂）不好事！"[4]

3. 以"心自思维"作为引导词，引导下文内心活动的，如《伍子胥变文》

  子胥得食吃足，心自思维："凡人得他一食，惭人一色；得人两食，为他着力。"怀中璧玉以赠。[5]

4. 以"心中思惟"作为引导词，引导下文内心活动的，如《太子成道变文》（四）

  太子心中思惟："此者一人一马，堪共修行。"才叹羡了，

---

[1] 黄征，张涌泉校注. 敦煌变文校注 [M]. 北京：中华书局，1997:321.
[2] 黄征，张涌泉校注. 敦煌变文校注 [M]. 北京：中华书局，1997:299.
[3] 黄征，张涌泉校注. 敦煌变文校注 [M]. 北京：中华书局，1997:299.
[4] 黄征，张涌泉校注. 敦煌变文校注 [M]. 北京：中华书局，1997:301.
[5] 黄征，张涌泉校注. 敦煌变文校注 [M]. 北京：中华书局，1997:8.

第七章 敦煌变文的程式化叙事 <<<

便却归前宫房内。[1]

对于"心口思惟"及其变体，虽然没有罗列出敦煌变文中的所有使用情况，但从以上例句可以看出，这种引导程式在敦煌变文中使用的规模，可以看出其在引导人物心理描写时的广度和频率。敦煌变文在表现人物心理活动时，大量使用"心口思惟"作为引导词，同时在个别篇目中，还灵活地使用"心口思量""心自思维""心中思维"等变体，程式中包含很大的灵活性。虽然引导词说的是"心"与"口"活动，但不难发现，在具体使用过程中，只有"心想"的活动而没有"口述"行为，是一种"心中思虑，口亦不言"的行为，并非是人物活动中的自言自语。

从以上例句中还发现一个比较显著的特点，在同一个篇目中，由于说唱者个人的语言习惯，喜欢使用同一种引导词，如《唐太宗入冥记》中所叙，全篇共有六处内心描写，均是以"心口思惟"作为其引导词，六处集中在崔子玉向皇帝要官的情节中。崔子玉想向皇帝觅得一个官职，在与皇帝对话中步步为营，一次一次"心口思惟"，一步一步引导皇帝，向皇帝阐明自己的意图。崔子玉与皇帝觅官对话的情节，虽然只有短短的一个自然段，却说唱得波澜起伏、无比精彩。崔子玉和皇帝，一个是不断引导阐明自己的意图，却不直接陈述，另一个是只许钱物，榆木闷闷，领会不到崔子玉的所求。说唱者为了体现一波又一波交锋，便连用六个"心口思惟"体现崔子玉内心的思量与求而不得的焦灼，整个情节建构如潮水一般，暗流涌动，波涛汹涌。在短短的一个自然段中，六个"心口思惟"引导词的使用，还形成一种排山倒海、回环往复的排比复沓结构，如同串珠子一般，在一个觅官对话

---

[1] 黄征，张涌泉校注. 敦煌变文校注 [M]. 北京：中华书局，1997：496.

情节中串入六个相对独立的内心描写，也使文章更显波澜。

在一个篇目中，同一种引导词的集中使用，还体现在《韩擒虎话本》中，文中共有四处内心描写，其中有三处集中使用了"心口思量"的变体，只有一处使用"心口思微（惟）"的方式。由此可见，在同一个篇目中，如此一致的表达方式是同说唱者的个人语言习惯有关，这种表达方式虽然深深根植于传统口头说唱文化中，有其深厚的文化土壤，是一种普遍而又高频高效的表达方式，其具体的使用情况，也与说唱者个人的语言习惯有一定关系，是根植于传统"同"中的"异"，也是体现说唱者个人风格"异"中的"同"。"同"与"异"辩证而统一，既有一致的文化土壤，也不乏灵动的个人风格。

敦煌变文中对于人物内心活动的直接描写方式，在古代叙事性文学中是首创，在叙事手法上自有其开天辟地的作用。之前的叙事性文学，对于人物内心活动的描写"都是由虚构的对话或者由分明不能写就的书信担当"[1]，基本上是看不到对心理活动进行直接描写的作品。可见，敦煌变文对于内心活动的直接描写方式，在中国叙事文学史上是一种崭新的形式，在创作手法上开创出一种新的方式。

在名人作家作品中，如史传文学、唐前小说，由于作者在写作过程中深深受到传统文学创作方法的影响，作品运用的是与日常口语相差甚远的文言文，只有这样才能更加严谨，更加合乎创作规范，文言文的使用也使作品语言无法经常性地使用直接引语；相反，其语言更多地带有一种转述性质，作者喜欢站在旁观者的角度，以第三人称全知全能的视角进行广角叙事，转述故事的前因后果，推动故事发展，

---

[1] 李福清. 三国演义与民间文学传统 [M]. 尹锡康 M 田大畏 M 译. 上海：上海古籍出版社，1997：120.

第七章 敦煌变文的程式化叙事

编织情节脉络。但在以现场说唱为特点的敦煌变文中，因为它是一种原始的转变艺术，使用活生生的日常口语，强烈的表演性和现场性决定其不同于作家作品使用的文言文，其语言是口语化的、活泼的、生动的，也决定了人物描写的方式不会以第三人称全知全能的方式，而应该是多样的，第三人称与第一人称间杂的，直接描写与间接描写交叉，使得敦煌变文中对于人物的描写感情更为浓厚。所以，敦煌变文中对于人物心理直接描写的新方式，同口头说唱的传统有着密不可分的关系，而用于引导这种新现象的引导词，则是在口头转变过程中，为了迎合其表演性和现场性而逐渐发展起来的一种更为简洁有效的引导方式，它们都是口头传统的产物。

敦煌变文中出现对于心理活动的直接描写，刷新了古代叙事性作品的多样化描写方式。敦煌变文中，这种直接描写的方式频繁使用在心理描写、景物描写中，可以看作是古代叙事性文学描写逐渐走向细腻成熟的标志。敦煌变文作为一种说唱文学，其转变艺术特点决定与文人作品有着不同的艺术追求，说唱文学力求生动、形象、细腻，要使作品更加吸引听众，就不能只依靠情节推进，还必须有细节刻画，在说唱中既达到延缓情节的作用，又增加说唱故事的现场性与真实性，其带来的创新作用可见一斑。

以上分四个内容阐述敦煌变文图画展示时的引导词收束词、说唱交替时的引导词收束词、景物描写时的引导词套语、内心描写时的引导词套语，均属于结构性套语，因为是变文文本的结构标志，在变文中起到连接文本内容的作用。

结构性套语主要和变文体制有关，当说唱者需要插入变相图、转入韵文吟唱、韵文吟唱收束、转入景物描写、插入内心描写时，都会使用结构性套语作为引导词或收束词。可以说，这种结构性套语的使用，是敦煌变文之所以成为转变艺术的一种重要体制，不仅是界定变文体制的一种标志，也是变文的说唱行为得以淋漓尽致表现的重要手段。

敦煌变文程式化套语的运用，体现出民间口头文学的叙事特征，是民间口头叙事文学影响的结果。在叙事过程中，当说唱者需要对某一事物或相似情节反复加以描述时，会不自觉地反复使用现成套语，虽然在具体的使用过程中发现了大量变体，但变体也是说唱者根据实际情况对定型后的套语所做的微变化，具体使用中并不需要自己创造新的词汇。不仅如此，敦煌变文中的故事在后世流传过程中，虽然在情节和人物上可能发生变异，但变文中固定下来的描述性或结构性套语因自身使用的广泛性而很好地保存下来，并长期保持恒定，已然成为后世叙事的一种叙述策略，正如学者郭淑云表示："这些套语是说唱艺人最初在现场表演时组织故事的叙述工具。它们是说唱方法的标记，也是民间口传故事在固定为书面文本之前表演艺术的珍贵记录。作为说唱文学的始祖，变文中所保留的口语特征，对后代说唱文学有很大影响。原因在于这些套语是当时说唱艺人最常用的叙述策略，它们把最初说唱艺人演述故事时的口语现象也保存了下来。很多套语组合经过不同的说唱艺人反复运用与再创造，在民间辗转流传，甚至继续在唐以后口语文学作品中出现。"[1]

---

[1] 郭淑云. 从敦煌变文的套语运用看中国口传文学的创作艺术[J]. 南京师范大学文学院学报, 2003(2).

第七章 敦煌变文的程式化叙事

第五节 敦煌变文中情节建构的程式化

敦煌变文中有很多重复出现的情节，正因为同一情节出现的频次高，具有典型性，所以称之为"典型情节"。如果要给这一概念下一个定义，指在不同的变文作品中反复出现的类型化情节、场景。这些情节和前面所提到的程式化表达方式有着相同性质，都是作为一种叙事策略被频繁使用，但是相较于之前的时间程式、情感程式和套语程式，变文的典型情节从结构上来说是一种更大的叙事部件，是说唱者在说唱过程中，随时可以搬用的更大砖块，是一种更加完备的叙事策略。

典型情节在变文作品中是一种反复被实践、被应用的"复诵部件"，说唱者用"复诵部件"达到推进故事、进行叙事的目的。在说唱过程中，说唱者"复诵"的效果十分明显，听众在不断被"复诵"的过程中对内容加深记忆，凭借已有的感知经验深入地理解所听到的内容，这样的"复诵部件"是一种更为完备的叙事策略。俄国民族志学家拉德洛夫在论述叙事诗时曾对"复诵部件"作过阐述，认为叙事诗的歌手每一次演唱都是一种再创作，并且"凭借在演唱中通过广泛实践而积累起来的经验和才干，他已经准备好了一整套的'复诵部件'（recitation-parts）——在其叙述过程中便以恰当的方式将它们结合起来。这样的'复诵部件'是由特定的事件和情景描绘构成"[1]。

---

[1] 《北方突厥民族民间文学考》第五卷《论卡拉—吉尔吉斯方言》，转引自尹虎彬. 古代经典与口头传统[M]. 中国社会科学出版社，2002：136.

>>> 敦煌变文叙事研究

敦煌变文作为民间一种口头转变艺术，创编也具有相类似的性质，在很多变文作品中都能够见到反复被使用的"复诵部件"，比如夸艺、灵异、做梦、感应、占卜、主人公被追捕，等等。一些情节在不同的作品中被反复使用，便构成变文作品中一个个具有典型意义的"复诵部件"，体现出情节高度程式化的特点。以下将选取三种使用频繁的"复诵部件"略作分析。

一、"夸艺"情节的程式化

夸艺，顾名思义，是一种夸奖、赞美的艺术。夸艺是古代民间口头文学中比较常见的一种艺术，对人物出场有很好的铺垫作用，可以很好地推进故事情节的发展。在情节发展中，当重要人物出场，而文章又不得不对人物进行正面性评价时，会适时地使用夸艺的方式引出人物，表现人物的与众不同，推动故事情节发展。因此，夸艺对下文有必然的衔接与推动作用。

敦煌变文作为一种口头说唱文学，大量使用夸艺的描写方式，如《汉将王陵变》中，汉王刘邦诏张良问其"拟差一人入楚，送其战书，甚人堪往送书？"[1] 变文接着描写到：

> 张良奏曰："卢绾堪往送书！"皇帝问曰："卢绾有何伎艺？"张良曰："其人问一答十，问十答百，问百答千，心如悬河，问无不答。"皇帝闻奏，便诏卢绾，送其战书。[2]

---

[1] 黄征，张涌泉校注．敦煌变文校注 [M]．北京：中华书局，1997:70.
[2] 黄征，张涌泉校注．敦煌变文校注 [M]．北京：中华书局，1997:70.

第七章　敦煌变文的程式化叙事

这里以汉王刘邦的"卢绾有何伎艺?"作为引领,接下来以张良的一番夸词将卢绾描述成一个口若悬河、心如明镜、对答如流、能言善辩的辩士,显然是夸艺的描写。实际上,从下文描写中可以知道,卢绾在送战书的过程中,前后并没有运用或者表现出能言善辩的技能。他在出使送战书的过程中,其行为并没有值得称赞的地方,但在这里借用张良之口称赞他的伎艺,实际上是一种程式化的表现方式,是一种情节的叙事策略,其目的并不是真正为了夸耀卢绾的超凡伎艺,而是为了推动情节发展。

夸艺的描写在变文许多作品中都有使用,如《庐山远公话》中,远公要以五百贯钱自卖身于当朝宰相崔相公,当被问及有何伎艺时,远公当即对自己的伎艺夸耀了一番。

> 相公曰:"身上有何伎艺?消得五百贯钱?至甚不多,略说身上伎艺看。"远公对曰:"但贱奴能知人家已前三百年富,又知人家向后二百年贫。摺絜衣服,四时汤药;传言送语,无问不答;诸家书体,粗会数般;疋马单枪,任请比试;锄禾刈麦,薄会些些;买卖交关,尽知去处。若于手下驱使,来之如风,实不顽慢。相公不信,贱奴自书卖身之契,即知诣实。"相公处分左右,取纸笔来度与,远公接得纸笔,遂请香炉,登时度过。拜谢相公已了。听前自书卖身之契,不与凡同。[1]

这里夸艺的描写和《捉季布传文》中的夸艺描写有着异曲同工之妙,

---

[1] 黄征,张涌泉校注.敦煌变文校注[M].北京:中华书局,1997:258.

>>> 敦煌变文叙事研究

其情节相似,在《捉季布传文》中,季布为了逃命,也曾自卖身为奴,并且曾自夸伎艺。

> 朱解问其周氏曰:"有何能德直千金?"
> 周氏便夸身上艺:"虽为下贱且超群。
> 小来父母心怜惜,缘是家生抚育恩。
> 偏(砭)切按磨(摩)能柔软,好衣褋褶着香勋(熏)。
> 送语传言兼识字,曾交(教)伴恋入庠门。
> 若说乘骑能结绾,曾向庄头牧马群。
> 莫惜百金但买取,酌量驱使不顽嚣。"
> 朱解见夸如此艺,遂交(教)书契验虚真。
> 典仓牒纸而吮笔,便呈字势似崩云。
> 题姓署名似凤舞,书年着月象乌蹲。[1]

在两篇变文中,夸艺的描写有着相似的情节背景,主人公有着相似的人生际遇。远公和季布都是因为某种原因不得已卖身为奴,两者能力出众,有着超群的伎艺,无论在伎艺夸耀还是夸艺时的人生处境,都存在相似之处,反映出夸艺这种描写方式的程式化特征。

夸艺的典型情节,各篇描写不仅在所夸内容上表现出高度的一致性,在表现方式上也有相同结构。夸艺的描写基本上可分为询问、夸艺、印证三个环节,首先询问主人公有何伎艺;然后极尽夸耀之能词进行夸艺描述;最后在情节发展推进中证实所夸之伎艺,这三个阶段无论从内容还是句式上,都体现出程式化特点。如以上三例,均有询问时

---

[1] 黄征,张涌泉校注. 敦煌变文校注[M]. 北京:中华书局,1997:95.

第七章 敦煌变文的程式化叙事

的问语："卢绾有何伎艺？""身上有何伎艺？""有何能德直千金？"句式极为相似，是对下文夸艺描述的引领，提示下文，引起注意。

又如在夸艺环节中，三者都是极尽能词夸耀人物身上的伎艺，但各篇又体现出不同特点，如同样是"无问不答"的夸艺描写，在《汉将王陵变》中，因为卢绾是作为使者去送战书，自然需要夸耀其巧舌如簧、能言善辩的伎艺，所以才有"问一答十，问十答百，问百答千，心如悬河，问无不答"的描述，而《庐山远公话》中，因为远公是修行之人，又得帝释提点，其身上更有一种无所不能、无所不晓的神秘感。这里，远公显然已经被仙化，所以才有"能知人家已前三百年富，又知人家向后二百年贫"的夸艺描述，不同的篇目所体现出的不同夸艺特点，只是在具体环境中，根据情节需要所做的一种变通。

这种夸艺手法在敦煌变文中还有很多，除了以上例句，在《董永变文》中也能看到夸艺的描写："女人身上解何艺？明机妙解织文章！便与将丝分付了，都来只要两间房。"[1] 与上述三例不同的是，《董永变文》中对织女伎艺的夸赞具有写实性，因为织女是天女而擅长织锦，夸艺的重点便不能自我想象，必须要聚焦在织锦伎艺上，也体现出夸艺的一种弱化形式。

夸艺的手法在变文口头传唱过程中有着相对稳定性，这种稳定性体现在内容而非形式，虽然情节内容的相似性和表达形式的相似有很大关系，但在夸艺情节中，其句式句法的稳定性相对薄弱，反而能够看到很多变化，其程式化特点主要体现在夸艺内容的相似性上。在说唱过程中，说唱者将所夸内容作为表演核心，而不像套语程式一样，一字不差地重复所有细节。说唱者只是在核心内容稳定的基础上，适

---

[1] 黄征，张涌泉校注. 敦煌变文校注 [M]. 北京：中华书局，1997：174.

时地根据情节需要,灵活地变幻各种语言样式进行夸艺描述。

二、"灵异"情节的程式化

敦煌变文除了夸艺情节外,"灵异"的情节也体现出高度的程式化特征。灵异情节是敦煌变文中出现频率较多的场景,当故事情节推进到重要人物的死亡,或者主人公做出感天动地的行为之后,变文会转入灵异情节的描写,同时,在转入灵异情节之前,变文往往会以"感得"二字作为灵异情节出场的引导词。所以,"感得"二字在变文中也成为灵异情节即将出场的一个重要标志。变文作品中,灵异情节的描写已经不单单是一种偶然性的细节描写,还是说唱者在说唱过程中推进故事情节的一种方式,同样是一种叙事策略,是一种被反复使用的固定程式,是情节建构过程中可随意搬弄的块垒;当不同的故事推进到相似情节中时,说唱者会随搬来这个块垒填充故事情节,仿佛是水到渠成、自然而然、一气呵成,其结果使故事更加精彩,不仅提升情节的曲折性,更提升人物的形象性,对人物刻画也更加入木三分。

敦煌变文中灵异情节的出现都有比较固定的模式,通过分析主要有三种情况:第一种是祭祀所导致灵异情节的描写,这是古代祭祀传统一代代传承的结果。第二种是主人公做出感天动地行为之后所出现的灵异情节,和佛教文化的传播有着很深的渊源。第三种是主人公在遭遇不测之后出现的灵异情节,同样和佛教思想一脉相承,体现出善有善报、恶有恶报的佛家观念。

(一)祭祀场景后引出的灵异情节描写

祭祀是中国古代重要的一项活动,君王春天祈雨,秋天祀谷,百姓祭祀亲人,祈求五谷丰登,可以说,上至国家,下至黎民百姓,在一年的春耕夏耘、秋获冬藏的生活中,都进行着各种祭祀活动。《左

第七章 敦煌变文的程式化叙事 <<<

传·成公十三年》即有云:"国之大事,在祀与戎。"[1]可见,古人在春秋时期,已经将祭祀活动放置于同开疆扩域的战争相等同的地位。祭祀既然在人们日常生活中扮演着重要角色,自然而然地进入文学作品中,成为古人乐此不疲的一种描写对象。有祭祀,便有诉求,古人怀着对鬼神的一种敬畏之情,怀着对美好的憧憬,在祭祀活动中常常会幻想许多灵异场景,幻想神灵的感知以及对诉求的一种补偿,灵异场景的描写便应运而生。

敦煌变文的说唱艺人作为民间口头文学的传承者,不论是故事内容还是艺术形式,都是最契合人民大众欣赏品味的,自然会把祭祀活动借鉴到自己的说唱艺术中。因此,敦煌变文中也存在大量的祭祀情节,当情节推进到关键时刻,比如复仇结束、冤屈昭雪等,故事会立刻引入祭祀情节,显然是一种叙事策略,是说唱者在情节推进时必须如是说的叙事习惯。如《伍子胥变文》中,当伍子胥为父兄杀敌昭雪之后,祭奠父兄,变文是这样描写的:

> 子胥唤昭王曰:"我父被杀,弃至深江。"遂乃偃息停流,取得平王骸骨。并魏陵、昭帝,并悉总取心肝,行至江边,以祭父兄灵曰:"小子子胥,深当不孝,父兄枉被杀戮,痛切奈何!比为势力不加,所以蹉跎年岁。今还杀伊父子,弃掷深江,奉祭父兄,惟神纳受。"(A)子胥祭了,发声大哭,(B)感得日月无光,江河混沸。忽即云昏雾暗,地动山催。兵众含啼,人伦棲(凄)怆,鱼龙饮水,江水

---

[1] 郭丹,译. 左传[M]. 北京:中华书局,2014:466.

>>> 敦煌变文叙事研究

不潮。涧竭泉枯，风尘惨列（烈）。（C）[1]

这一段描写和古代祭文有很多相似之处。古人写祭文，往往遵循一定程式，先述其事迹（A），再表达悲哀悼痛之情（B），最后引入感动鬼神的灵异场景（C），仿佛是古人写祭文的三步曲，而这一段描写，也是遵循这一固定结构（A—B—C）的程式化描述，有着相似的程式化表达方式。文中"子胥祭了，发声大哭，感得日月无光，江河混沸。忽即云昏雾暗，地动山催"等语句，读来更是一种在变文作品中反复出现的程式化表达方式，而在超凡的自然现象中，"日月无光，江河混沸"的描述更是屡见不鲜。

祭祀场景后引出的灵异情节描写，在《敦煌变文》中屡见不鲜，如《汉将王陵变》中也有类似的情节模式，王陵和灌婴深夜斫营，触怒了霸王项羽，项羽采钟离昧之计，捉来王陵母亲，后王陵之母为了不让其儿因救自己而身陷危难，最后舍生取义，在项羽面前自刎而死。这个故事是悲怆而感人的，其故事本身既充满忠孝不能两全的悲剧命运，又充满浓浓的母爱亲情。王陵母亲死后，汉王刘邦为拜谢陵母的义举，亲自祭奠，"其夫人灵在金牌之上，对三百员战将，四十万群臣，仰酺大设，列馔珍馐，祭其王陵忠臣之母，赠一国太夫人"。[2] 汉王刘邦对臣子之母的拜祭，其规模之大、场面之壮阔也是前无古人，足见刘邦对于臣子的重视以及对陵母的敬佩。但变文的精彩之处并不在于祭祀场景的描写，这里只是一种平铺直叙，其魅力在于下文对于灵异情节的描述：

---

[1] 黄征，张涌泉校注. 敦煌变文校注 [M]. 北京：中华书局，1997:12.
[2] 黄征，张涌泉校注. 敦煌变文校注 [M]. 北京：中华书局，1997:71.

第七章　敦煌变文的程式化叙事

感得王陵对天子面前，披发哭其慈母（B）。陵母从楚营内，乘一朵黑云，空中惭谢皇帝（C）。[1]

在这一祭祀所引起的灵异情节中，明显出现有悲悼之情（B）和灵异情节（C），变文虽然没有严格按照 A—B—C 的模式构建灵异情节，但总体上是一种固定结构的灵活变化，也是一种相似性的程式化表达方式。至于追忆事迹（A）部分之所以做出省略处理，是因为王陵之母自刎而死的情节与下文祭祀情节在结构以及篇幅上衔接过于紧密，中间只有 12 联 24 句七言韵律诗穿插。因此，说唱者认为重复追忆事迹没有必要进行省略。

祭祀是人们生活中一个重要的民俗活动，直到今天，仍具有十分重要的意义。每逢清明，人们都要焚烧纸钱，以期贯通神灵，祭奠逝者。这样的一种民俗活动，由于其悠久历史的传承性，唐时大量地保存在变文作品中，如《王昭君变文》中汉朝使者祭奠王昭君，又如《孟姜女变文》中孟姜女祭奠死去的丈夫，再如《韩擒虎话本》中隋文帝祭奠去世的韩擒虎，等等，屡见不鲜，显然是一种典型的"复诵部件"。当说唱者说唱到相似情节时，会不假思索地提取使用的"复诵部件"，这种叙事策略有着相似的情节、程式化结构、语境。值得注意的是，并不是所有的祭祀下文都会有"感得"一系列灵异事件，《王昭君变文》与《孟姜女变文》中只有祭祀而没有灵异情节，这种描写方式抹去了变文的神话色彩，虽然没有天花乱坠的想象，但增强了作品所叙内容的真实性，两种表达可谓不分伯仲，各有千秋。

（二）感天动地行为后引出的灵异情节描写

敦煌变文中常常会塑造出一些能力超群的奇异之人，对他们进行

---

[1] 黄征，张涌泉校注. 敦煌变文校注 [M]. 北京：中华书局，1997:71.

描写时也会体现出高度程式化的特点,这些人往往出身贫贱,身处逆境,却奋发有为,逆境中砥砺前行,磨炼出坚毅而高贵的品格,在人生出现转机时,生命会迸发出灿烂的火花,做出感天动地的行为。比如在《伍子胥变文》中,伍子胥投奔吴国后,兢兢业业,治国有方,衷心侍奉吴王,八方归顺,灾害不兴,伍子胥在吴国做出和顺安民的政绩也感动了天地,此时有对感天动地后灵异场景的描述:

> 治国四年,感得景龙应瑞,赤雀咸(衔)书,芝草并生,嘉和(禾)合秀。耕者让畔,路不拾遗。三教并兴,城门不闭。更无呼唤,无摇(徭)自活。[1]

上述内容中,伍子胥的勤于政事是因,"感得"后的灵异是果,虽然在现实世界中两者没有必然的因果关系,但在变文程式化叙事中,因为某些"因","感得"出现某些灵异的"果",成为一种必然的因果,虽不一定合于现实,但却合乎逻辑,从心理上为广大听众所接受。感天行为后引出的灵异情节描写已经成为说唱者在说唱时的一种叙事策略,当说唱者遇到主人公做出感天行为的相似情节时,便自然地叙述灵异场景,进而构建出程式化描写的模式。

主人公感天行为后引出的灵异场景描写非常多,在变文其他篇目中也屡见不鲜。如在《董永变文》中有"当时卖身葬父母,感得天女共田常(填偿)"[2]的灵异描写;又如《庐山远公话》中,远公来到庐山念诵经文,"敢(感)得大石摇动,百草亚身,瑞鸟灵兽,皆来

---

[1] 黄征,张涌泉校注. 敦煌变文校注 [M]. 北京:中华书局,1997:11.
[2] 黄征,张涌泉校注. 敦煌变文校注 [M]. 北京:中华书局,1997:175.

第七章　敦煌变文的程式化叙事

赞叹"[1]。《庐山云公话》中还有一处灵异情节的集中描述，道安开讲时：

> 不知道安时何似生，敢（感）得[听]众如云，施利若雨。时愚（遇）晋文皇帝王化东都，道安开讲，敢（感）得天花乱坠，乐（药）味花香。敢（感）得五色云现，人更转多，无数听众，踏破讲筵，开启不得。[2]

道安开讲是圣神而庄严的，这一感天行为自然会得到神灵的赞许。变文中当主人公的情感沸腾到一定高度，或者做出感天动地的行为或超乎寻常的功绩，或者具体事物有着非凡而奇特的遭遇时，变文会以"感得"引领，描写奇异非凡的自然现象。在上述段落描述中，说唱者连用三个"感得"，引出一系列灵异情节的描写，用以凸显道安开讲佛法的精彩以及听众的众多，以至于天花乱坠、五彩云现，这种程式化的表达方式很好地烘托出听法现场气氛的热烈，凸显出道安宣讲佛法的精妙，听众听来如临其境、感同身受。就语言角度分析，"敢（感）得天花乱坠"，"敢（感）得五色云现"等描述方式，在所有超自然的灵异现象中，更是一种反复出现、反复被使用的程式化表达。

（三）遭遇不测后引出的灵异情节描写

敦煌变文是唐时僧人说唱历史故事、民间传说以及佛教故事的一种口头说唱艺术，说唱过程中配合变相图展示，听众既听得酣畅淋漓，间隙又可详细品评变相图，这种特殊的艺术形式声情并茂地给听众提

---

[1] 黄征，张涌泉校注. 敦煌变文校注 [M]. 北京：中华书局，1997：252.
[2] 黄征，张涌泉校注. 敦煌变文校注 [M]. 北京：中华书局，1997：256.

供了一场视听盛宴。变文的说唱者大多是佛教僧人，由于身份的特殊性，变文作品在很大程度上融合佛教因果业报轮回的思想和孝亲善恶的思想，体现出超现实性的特征，人物的生活际遇不会同史传文学一样显得过于实际，其夸张离奇的情节设置与飘忽玄怪的人物形象塑造，使变文作品处处显得舒展空灵。

敦煌变文舒展空灵的特点，除了体现在主人公上天入地、天马行空的想象之外，还体现在大量的灵异情节描述方面。敦煌变文中有很多主人公遭遇不测后所引出的灵异情节，遭遇不测的对象既可以是主人公自己，也可以是因主人公的行为而影响到最亲近的人。在这些故事中，主人公往往是变文作品歌颂的对象，他们或者骁勇善战，或者孝亲至善，均体现出高贵的人格魅力和不凡的魄力勇气，只可惜天道难酬、际遇叵测，现实的骨感会将其推入水深火热的处境中无法自拔，如同佛教历劫。然而，佛教众佛历劫之后总会有佛阶提升的补偿，变文主人公在遭遇不测之后也会引出灵异情节，或者是天地日月共泣，或者是有神灵前来相助，和佛教的业报轮回思想一脉相承，这种灵异情节也可以看作是神灵对于主人公不测命运的合理补偿，变文中大量地使用这种灵异情节，不仅丰富故事内容，也迎合广大听众的审美心理与审美情趣，是一种说唱者和听众引起共情的有效方式。

《李陵变文》中有一段对于灵异情节的描写，是在李陵之母被杀之后所出现的灵异事件。李陵得不到及时的救援，兵败遁逃，不得已诈降单于，汉帝不了解真实情况，在盛怒之下斩杀了李陵的母亲与妻子，李陵的母亲被杀之后，其冤屈不得昭雪，此时出现一系列的灵异现象，"血流满市，枉法陵母。日月无光，树枝摧折"[1]。虽然灵异场景描

---

[1] 黄征，张涌泉校注. 敦煌变文校注[M]. 北京：中华书局，1997:132.

第七章 敦煌变文的程式化叙事

写得较少,但却形象地表现出李陵母亲和妻子的冤屈之大、怨苦之深。通过对语言的分析不难发现,灵异情节的描述同之前所列伍子胥祭祀父兄时出现的灵异场景十分相似,都有对"日月无光"的描述,是使用了自然界摧枯拉朽般的破败变化,体现神灵对于人物所受不公遭遇的巨大悲悯,从语言角度分析,也具有程式化的特点。

主人公遭遇不测后引出的灵异情节描写,在《舜子变》中有着淋漓尽致的体现。《舜子变》本身的故事情节已经体现出高度程式化的特点,整个故事通过后园摘桃、后院修仓、填埋枯井三个故事呈现,在每一个小故事中,后母百般刁难,设计要致舜子于死地,当舜子没有后路、没有生还的希望时,便会有神灵前来相助,以一系列灵异事件的描述使舜子绝境逢生。第一个故事"后园摘桃",后母命舜子后园摘桃,后母以金钗刺破自己的脚,谎称是舜子不孝所为,其父亲瞽叟暴打舜子:

> 把舜子头发,悬在中庭树地。从项决到脚腋,鲜血遍流洒地。
>
> 瞽叟打舜子,感得百鸟自鸣,慈乌洒血不止。舜子是孝顺之男,上界帝释知委。化一老人,便往下界来至。方便与舜,犹如不打相似。舜即归来书堂里,先念论语孝经,后读毛诗礼记。[1]

这是舜子第一次被陷害。由于舜子是至孝之人,便感动了神灵,得到帝释的帮助。帝释帮其疗伤,伤口很快便愈合。这里灵异情节的描述以"感得"二字引领,利用自然界百鸟鸣叫、慈乌洒血、帝释下

---

[1] 黄征,涌泉校注. 敦煌变文校注[M]. 北京:中华书局,1997:201.

界等异常景象，表现出故事说唱者对舜子遭遇的深切悲悯，其灵异情节形象生动，富有想象力。

第二个故事"后院修仓"。父亲听取后母的计谋，命舜子后院修缮仓舍的屋顶，然后燃起大火烧仓，欲置舜子于死地：

> 舜子恐大命不存，权把二个笠子为凭，腾空飞下仓舍。舜子是有道君王，感得地神拥起。遂烧毫毛不损，归来书堂院里。先念论语孝经，后读毛诗礼记。[1]

这是舜子第二次被陷害。由于舜子未来是有道君王，这一次的遇险得到地神帮助。在地神帮助下，舜子于高处落下时竟然毫发无伤，此处灵异情节的描述，依然以"感得"二字引领，地神的帮助也使灵异化的情节更加玄妙生动。值得注意的是，在灵异情节结束之后，写舜子"归来书堂院里。先念论语孝经，后读毛诗礼记"，显然同舜子第一次被陷害后描述"舜即归来书堂里，先念论语孝经，后读毛诗礼记"基本一致，不论从情节角度分析，还是从语言角度考察，都体现出高度程式化的特点。

第三个故事"填埋枯井"，父亲在后母的挑唆下，让舜子于后院淘井，欲将其填埋至井中。

> 上界帝释密降银钱伍百文入于井中。舜子便于泥罐中置银钱，令后母挽出。数度讫……帝释变作一黄龙，引舜

---

[1] 黄征，涌泉校注. 敦煌变文校注 [M]. 北京：中华书局，1997:202.

第七章　敦煌变文的程式化叙事

通穴往东家井出。[1]

　　这里灵异情节的描述虽然没有以"感得"二字引领，但丝毫没有损害情节的生动性与完整性，如若冠以"感得"二字，亦无损于结构，是一种程式化基础上的变通，从结构上来说，是一种"定中之变"。帝释密降银钱，希望以此扭转父母对舜子的迫害之心，后舜子被填埋井中，帝释又变作黄龙，救舜子于危难。三个故事所引出的灵异情节全部和盘托出，但故事并没有就此结束，灵异情节也还在继续，舜子在阿娘坟前受到点化，前往历山耕种，此时"天知至孝，自有郡（群）猪与（以）觜耕地开垄，百鸟衔子抛田，天雨浇灌。其岁天下不熟，舜自独丰，得数百石谷米"[2]。舜子耕种，得到自然界猪、百鸟的帮助，其超现实性的特征使得此灵异情节更加形象生动。

　　对于灵异情节的描写，在佛经中十分普遍，敦煌变文如此高频次地穿插灵异情节的描述，是受到佛经影响的结果。在这些灵异情节中，"感应"的原因多种多样，不论是由祭祀引出的感应，或者是主人公做出感天行为后引出的感应，或者是主人公遭遇不测后引出的感应，基本上有着相似的结构程式，大多遵循"事迹＋'感得'＋灵异场景"的结构，偶有省略"感得"二字，也是在此结构基础上的变化。另外，对于感应到的灵异现象描写，在语言上也是一种程式化的表达，他们或者使用自然界的反常进行表现，如"日月无光，江河混沸"，或者以神龙及各种动物体现出的灵性进行体现，如"景龙应瑞，赤雀咸（衔）书"，或者以神灵的现身帮助加以体现，如帝释对舜子的数次帮助，其在感应语言描写上均体现出一种程式化。由此可见，不论是感应灵

---

[1] 黄征，张涌泉校注．敦煌变文校注［M］．北京：中华书局，1997:202.
[2] 黄征，张涌泉校注．敦煌变文校注［M］．北京：中华书局，1997:203.

异情节的结构,还是感应灵异现象的语言描写,均体现出高度程式化的特点。

三、梦境情节的程式化

敦煌变文还有一种典型情节使用得比较频繁,即梦境,"中国古人对于梦具有浓郁的好奇感和神秘感,常常关心梦与灵魂的关系,梦和现实生活中吉凶的关系"[1]。在敦煌变文中,梦境是一种反复被实践、被应用的"复诵部件",当故事情节推进到关键时刻,需要对未来进行预示,说唱者会借助"梦境"进行叙事,可见,梦境是说唱者推进故事情节预示未来的一种重要叙事策略。

梦境,从古至今都是神秘的,每个人都会经历,也曾有意无意地试图阐释梦境与现实的关系,所以,梦境对大多数人来说始终充满着神秘的吸引力。人们认为,梦境与现实有着一种对应关系,可以预示未来,这样一种预言性质在文学中具有很大吸引力,在敦煌变文中,说唱者通过使用梦境创编文本,吸引听众。因此,梦境在敦煌变文中是一种非常重要的创编技巧。

(一)梦境情节的结构

敦煌变文中的梦境情节在结构上体现出高度程式化的特征,"固定的情节模式和固定的程式,当然是彼此互相依存"[2]。完整的梦境情节在结构上由四部分构成:一是梦境的内容(A);二是梦醒之后的表现(B);三是高人的解梦(C);四是梦境在现实中的印证(D)。

---

[1] 杨义.中国叙事学[M].北京:人民出版社,2009:166.

[2] [美]约翰·迈尔斯·弗里.口头诗学:帕里—洛德理论[M].朝戈金译.北京:社会科学文献出版社,2000:77.

第七章　敦煌变文的程式化叙事　<<<

敦煌变文中,并非每一个梦境在结构上都严格遵循以上内容,有些梦境的描写内容有所省略,但不论何种情况,都是这一结构的灵活运用,充满无穷魅力,并对现实具有预言作用。

> 其张老有一子,夜作瑞梦,见城北十里磻陀石上,有一童子,颜容端正,诸相具足(A),忽然惊觉,遍体汗流(B),至于明旦,具以梦状告白其父。父曰:"刘家太子,逃逝多时,不知所在。汝乃莫令人知,往彼看探。(C)"其子于(依)父言教,至于彼处磻陀石上,有一太子,端严而坐(D)。[1]

上述内容是《前汉刘家太子传》中一段对梦境的描写,故事围绕历史事件"王莽篡位"来写。王莽心怀不轨,汉帝驾崩后,王莽篡夺帝位并意图杀害太子,太子出逃前往南阳郡投奔张老,人未至,张老这里已经猜测到太子的到来,太子与张老之间最初的联系,来源于张老之子的梦境。张老之子前夜所做"瑞梦",通过上下文可以发现,和现实一模一样,这里梦境情节的描写对听众有很大吸引力,可以很好地推动情节的发展,对未来起到预示作用。这一段梦境情节的描写,在结构上严格按照"梦境的内容(A)—梦醒之后的表现(B)—高人的解梦(C)—梦境在未来现实中的印证(D)"四个部分来写,而梦境情节的程式化不仅体现在结构的完整性上,还体现在梦醒之后人物表现的语言运用上。"忽然惊觉,遍体汗流"是一种典型的语言程式,在很多梦境描写中均有相同或相似的表述方式,这种语言程式不仅在梦境情节中被频繁地使用,在其他紧张或受到惊吓的情节中也经常使

---

[1] 黄征,张涌泉校注. 敦煌变文校注[M]. 北京:中华书局,1997:243.

用,这一点在描述性套语分析中已做过简单分析。

再如《太子成道经》中有两段对于梦境的描写:

是时净饭大王为宫中无太子,优(忧)闷寻常不乐。或于一日作一梦,[梦见]双陆频输者。(A)[即]问大臣:"是何意旨?"大臣答曰:"陛下梦见双陆频输者,为宫中无太子,所以频输。"(C)[1]

或于一日,便上彩云楼上,谋(迷)闷之次,便乃睡着,做一贵梦。忽然惊觉,遍体汗流。(B)遂奏大王,具说上事:"贱妾彩云楼上作一圣梦,梦见从天降下日轮,日轮之内,乃见一孩儿,十相具足,甚是端严。兼乘六牙白象,从妾顶门而入,在右肋下安之。其梦如何?不敢[不]奏。"(A)大王遂问旨臣,[旨臣]答曰:"助大王喜,合生贵子。"(C)大王闻[说],欢喜非常……不经旬日之间,便即夫人有孕。(D)[2]

上述两段有关梦境的描写,均出自《太子成道经》,第一段是净饭大王所做之梦,大臣对于梦境的解释在这里不具有预言作用,梦境并不具有对未来的预示性,这里的释梦可看作是梦境对于现实的一种印证,是真正意义上的"日有所思,夜有所梦"。第二段是净饭大王和夫人发愿返回宫中之后,夫人于彩云楼上所做之梦,通过下文描述可以发现,梦境与上例净饭大王印证现实的梦不同,对于未来有着真

---

[1] 黄征,张涌泉校注.敦煌变文校注[M].北京:中华书局,1997:435.
[2] 黄征,张涌泉校注.敦煌变文校注[M].北京:中华书局,1997:436.

第七章 敦煌变文的程式化叙事

实的预言作用,预示着未来即将发生的事情,夫人做"圣梦"之后几天便怀孕,十月之后,太子诞生。

这两个梦境的描写,开始完全相同,都使用"或于一日"的引导方式,在下文对于梦境的描写上,也颇多相似性。可见,梦境作为变文中被反复使用的"复诵部件",其程式化不仅体现在大的结构层面,也体现在句法的应用以及句式形态上。但是,梦境作为变文中反复出现的较大情节单位,相较于较小单位的程式,其外在形态不论是结构层面还是语言层面,稳定性相对较小,不同于之前所述的时间程式、情感程式、套语程式等结构有着相对稳定性,梦境情节的程式性更多地体现出一种稳定中的变化,梦境情节在叙事中有着更大的自由度和更强的张力。如《太子成道经》中净饭大王的梦境,其结构并没有严格按照A—B—C—D四个部分串联情节,仅保留了梦境内容(A)和高人解梦(C)两个部分,其中B的省略纯属程式化中的变通,而D的省略则和梦境性质密切相关。如前所述,净饭大王的梦境对未来没有预示性,仅仅是当下现实的一种反映,此梦境必然在未来的现实中无法得到印证,D自然会被省略。夫人的梦,A、B、C、D四部分内容俱备,但结构上却反常道而用之,先写梦醒之后的表现,再通过和净饭大王的对话,倒叙梦境内容,整体结构是B—A—C—D模式,显然是梦境结构形态的一种自由变化,说唱者对于梦境情节的处理,在说唱过程中避免了听众的审美疲劳,体现出较高的灵活性。

(二)梦境情节的作用

梦境情节在变文中被反复使用,和梦境作用密切相关。作为一种说唱艺术,变文中梦境是一种串联故事内容、推动情节发展的有效叙事策略,缺少会使故事情节陷于平铺直叙的泥淖中,作品的感染力也会大打折扣。通过对变文作品中的梦境进行分析,作用主要体现在三个方面：一是作为一种串联事件的叙事策略；二是对当下发生事件的隐喻；三是对未来进行预言，不论梦境情节在变文中体现出何种作用，都是串联故事必不可少的"复诵部件"。

1. 串联事件的叙事策略

首先来分析第一种作用——作为串联事件的叙事策略。在《伍子胥变文》中有这样一段梦境描写：

> 吴王闻相此语，心生欢喜，遂集群臣拨珠帘而说梦："朕昨夜三更，梦见贤人入境，遂乃身轻体健，踊跃不胜，卿等详仪（议），为朕解其善恶。"百官闻王此语，一时舞道（蹈）呵呵，齐唱太平，俱称万岁："市中有八尺君子，雅合陛下之心，见在群臣，不胜喜贺！"[1]

伍子胥听了船人的建议投奔吴国，涂泥獐狂，披发东西驰走，吴国大臣发现之后禀报给吴王，吴王于是召集群臣解梦。吴王在召集群臣解梦时说"梦见贤人入境"，对下文吴王对伍子胥的收留提供了铺垫，也为后来对伍子胥的重用提供了必要依据。因为有梦境的铺垫，伍子胥的重用在大家看来变得合情合理，如果缺少了这一叙事策略，下文伍子胥被重用会变得突兀而不合常理，可见，梦境在很大程度上是一种推进故事情节、串联事件、铺垫因果的叙事手段，将不容易联系起来的情节串联起来，增强作品前后的逻辑性，给故事发展创设多种可能性。

---

[1] 黄征，张涌泉校注. 敦煌变文校注[M]. 北京：中华书局，1997:10.

第七章 敦煌变文的程式化叙事

2. 对当下发生事件的隐喻

梦境的第二个作用是对当下发生的事件进行隐喻，上文在阐述梦境结构时，所举《太子成道经》中净饭大王所做之梦则属于这种情况。净饭大王苦于无太子，夜做噩梦，"双陆频输"则是对当下无太子的隐喻，这样的梦境努力向人们揭示与当前人物处境的对应关系，通过梦境描写阐释人物当下困境。敦煌变文中，通过梦境隐喻主人公当下处境的用法并不多见，仅见此一例，但对当下事件进行隐喻方式，并不局限于使用梦境，还有其他隐喻方法，如《韩朋赋》中有两例：

贞[夫]书曰："天雨霖[霖]，鱼游池中。大鼓无声，小鼓无音。"[宋]王曰："谁能辨之？"梁伯对曰："臣能辨之。'天雨霖[霖]'是其泪；'鱼游池中'是其意；'大鼓无声'是其气；'小鼓无音'是其思。天下是其言，其义大矣哉。"[1]

宋王即遣[人]掘之。不见贞夫，唯得两石，一青一白。宋王睹之，青石埋于道东，白石埋于道西。道东生于桂树，道西生于梧桐。枝枝相当，叶叶相笼。根下相连，下有流泉，绝道不通。宋王出游见之，[问曰]："此是何树？"梁伯对曰："此是韩朋之树。""谁能解之？"梁伯对曰："臣能解之。枝枝相当是其意，叶叶相笼是其思。根下相连是其气，下有流泉是其泪。"[2]

---

[1] 黄征，张涌泉校注. 敦煌变文校注[M]. 北京：中华书局，1997:214.
[2] 黄征，张涌泉校注. 敦煌变文校注[M]. 北京：中华书局，1997:214.

宋王觊觎韩朋妻贞夫的美貌与文采,意欲强占为后,贞夫誓死不从,后韩朋遭宋王迫害,打落双板齿,贞夫扯帛裙写血书寄予韩朋,韩朋自杀,宋王看到贞夫的帛书,遣梁伯辨其中之意,这里梁伯对帛书的解释显然是一种对韩朋贞夫现实处境的隐喻。后贞夫殉夫,跳入墓穴之中,宋王前来挖掘,不见贞夫,只有一青一白两块石头,石上生木,枝枝叶叶盘根错节,宋王再一次遣梁伯辨解其意,这里梁伯对双石周围景象的解释也是一种对当下现实的隐喻。两处梁伯解的虽然不是梦,但其作用和梦对现实的隐喻异曲同工,在说唱故事中所起的隐喻现实作用完全相同。

3. 对未来进行预言

梦境都具有隐喻性质是梦境的第二个作用,其内容是隐喻已经发生过的事情,只是在梦境中进一步得到验证,并借此顺理成章地推进下一个情节,而敦煌变文中的大量梦境,则是对未来进行预言,也是对现实的一种隐喻,不同的是,是对未来现实的一种预兆,是一种纯粹的预叙,其梦境内容完全是一种对将来情景的表现,这是梦境的第三个作用,即对未来进行预言。这里,作用二体现为一种写实,是现实在梦境中的再现,即人们常说的"日有所思,夜有所梦",而作用三则更多地表现为一种对未来的隐喻,是对未来可能发生事件的征兆。

梦境对未来进行预言的例句,如《韩朋赋》中使者来家接贞夫时,贞夫所做之梦:

新妇昨夜梦恶,文文莫莫。见一黄蛇,绞妾床脚。三乌并飞,两乌相博(搏)。一乌头破齿落,毛下纷纷,血流落落。马蹄踏踏,诸臣赫赫。上下不见邻里之人,何况

第七章 敦煌变文的程式化叙事 <<<

千里之客？客从远来，终不可信。巧言利语，诈作朋书。[1]

如前所述，宋王觊觎贞夫才情，欲强占为妻，使者前来迎接贞夫，贞夫即向婆婆阐述昨夜的噩梦，通过下文描述可知，贞夫的梦境和未来将要发生的事情一模一样，甚至能够找到梦境与现实一一对应的关系。这里，梦境不仅印证了韩朋、贞夫的结局，还预言了故事发生的很多细节。梦境中，"黄蛇"象征宋王；"绞妾床脚"象征宋王对贞夫的觊觎；"三鸟"象征韩朋、贞夫、宋王三人；"两鸟相博（搏）"象征韩朋和宋王之间的矛盾；"一鸟头破齿落"象征韩朋被打落双板齿的命运；"毛下纷纷"象征韩朋、贞夫最后变作鸳鸯鸟，举翅高飞落下羽毛，以羽毛割宋王头颅的复仇结局。这里，贞夫前夜所做之梦，即是对未来的一种征兆。

《韩朋赋》中贞夫所做之梦，是一种比较简单、对现实易于推理的梦境。变文中在使用梦境叙事策略时，还有一种抽象的梦境，虽然也是说唱者根据梦境特点描绘和虚构的，但难以找到梦境与现实之间的联系，如果没有高人解梦，则很难揣测其对未来的预示意义，这里的梦境象征性更强，虽然不易被理解，但其神秘感更加充盈，释梦环节也更具有神秘性和吸引力。如《伍子胥变文》中对于吴王梦境的描述：

尔时吴王夜梦见殿上有神光，二梦见城头郁郁枪枪（苍苍），[三梦见南壁下有匪，北壁下有匡（筐）]，四梦见城门交兵斗战，五梦见血流东南。吴王即遣宰彼（嚭）解梦，宰彼曰："梦见殿上神光者富（福）禄盛；城头郁

---

[1] 黄征，张涌泉校注. 敦煌变文校注[M]. 北京：中华书局，1997：212.

>>> 敦煌变文叙事研究

郁枪枪(苍苍)者露如霜;南壁下匣、北壁匡(筐)[者]王寿长;城门交兵者王手(守)备缠绵;血流东南行者越军亡。"吴王即遣子胥解梦。其子胥上知天文,下知地理,中知人情,文经武纬,一切鬼神,悉皆通变。吴王即遣解梦,子胥曰:"臣解此梦,是大不详。王若用宰彼此言,吴国定知除丧。"王曰:"何为?"子胥直词解梦:"王梦见殿上神光者有大人至;城头郁郁苍苍者荆棘备(被);南壁下有闸,北壁下有匡(筐)[者]王失位;城门交兵战者越军至;血流东南者尸遍地。王军国灭,都缘宰彼之言。"吴王闻子胥此语,振睛努目,拍陛(髀)大嗔:"老臣监监,凶呪我国!"子胥解梦了,见吴王嗔之,遂从殿上褰衣而下。吴王问子胥曰:"卿何褰衣而下?"子胥曰:"王殿上荆棘生,刺臣脚,是以褰衣而下殿。"王赐子胥烛玉之剑,令遣自死。子胥得王之剑,报诸百官等:"我死之后,割取我头,悬安城东门上。我当看越军来伐吴国者哉!"[1]

无论是梦境本身的描述还是宰彼和伍子胥解梦的过程,都是变文中最为复杂的一次。对于梦境的描述,遵循梦境情节的基本结构,但与其他梦境描述不同的是,这里梦境的描写铺陈更多,情节推进得更为缓慢。吴王夜梦异象,让宰彼和伍子胥分别释梦,两人释梦的内容完全不同,伍子胥还因此获罪而被赐死。值得注意的是,伍子胥在释梦之前,变文还加入了一段对于伍子胥才能的描述,"其子胥上知天文,下知地理,中知人情,文经武纬,一切鬼神,悉皆通变"。这样的处理独树一帜,其他梦境中均没有对释梦者才能的描述,是一种叙事的

---

[1] 黄征,张涌泉校注.敦煌变文校注[M].北京:中华书局,1997:16.

第七章 敦煌变文的程式化叙事

需要、情节的补充，因为宰彼和伍子胥同时解梦，而两人的解释又截然不同，如何分出伯仲，对于听众是一个现实问题，其中插入对伍子胥才能的插叙，可体现伍子胥解梦的正确性与权威性。

通过分析不难发现，对于伍子胥才能的描述，使用的也是一种程式化语言，"上知天文，下知地理，中知人情，文经武纬"，类似的描述在很多地方都有使用，范蠡劝谏越王不要贸然攻打吴国时，也曾说道："吴国贤臣伍子胥，上知天文，下知地里（理），文经武纬，以立其身。"[1]《孔子项讬相问书》中也有"昔闻圣人有言：上知天文，下知地理，中知人情，从昔至今，只闻车避城，岂闻城避车？"[2]的描述，时至今日，在说一个人博学而有突出才能时，也经常使用"上知天文，下知地理"的描述。可见，这样的表述不仅在唐时已然成为一种程式化的表达方式，经过千百年传承，今天依然是现代汉语中重复使用的一种程式。

变文中梦境的描写，基本都有隐喻、象征作用，也是民间文学，尤其是说唱文学一脉相承的传统，而梦境描写之后高人的解梦，又带有民间文学中惯有的猜谜性质。从古至今，人们非常乐忠于对梦境进行解释，敦煌遗书中还曾发现一些梦书，今天，人们常常在"周公解梦"中寻求心灵慰藉。可见，对于梦境的解释不仅兴盛于古代，在今天依然长盛不衰。梦境不仅包含民间文化基因，不仅作为一种叙事策略而存在，还包含丰富的文化内蕴与潜藏于心灵的秘密。

从接受学的角度来看，梦境的神秘性使得解梦成为人们最关注的一种活动。说唱过程中，梦境的描述会激活听众的各种感官，人们在

---

[1] 黄征，张涌泉校注. 敦煌变文校注 [M]. 北京：中华书局，1997：15.
[2] 黄征，张涌泉校注. 敦煌变文校注 [M]. 北京：中华书局，1997：357.

听梦与释梦过程中得到前所未有的精神慰藉与满足，听众一旦听到梦境的场景，会自觉调动以前一切和梦境有关的文化基因。

杨义在《中国叙事学》中曾对古代叙事文学中有关梦境的描写进行阐释："梦是一个超自由的境界，速度若快，可以超过闪电，范围若广，可以达到人能想象的任何地方。"[1]该阐释形象地表现出真形态风驰电掣一般的想象力，以梦喻真，以梦隐真，梦境打通现实与未来的联系，不仅成为中国叙事作品最喜欢使用的幻化手段，也成为敦煌变文说唱者使用的一种叙事策略。

第六节　敦煌变文中程式的意义

程式在敦煌变文中被说唱者广泛运用，下面将结合口头说唱程式理论，对程式在口头说唱中的建设性作用以及在变文中使用的意义作更进一步分析。

程式"是在漫长的口头表演和流布的历史发展过程中形成的，用于表述某种反复出现的基本观念的相对固定的句法和词语模式"[2]。程式并不是某一个口传艺人的独创，而是一种世代累积的结果，是一种根植于传统的产物，是民间集体智慧的结晶，正因为其来自传统、根植于传统，才能被人们广泛接受。因此，程式化实质上蕴含一定阶层一定地域中人们普遍的审美追求和文化心理，在特定的文化背景下，

---

[1]　杨义．中国叙事学．北京：人民出版社，2009：168

[2]　朝戈金．口传史诗诗学：冉皮勒《江格尔》程式句法研究[M]．广西：广西人民出版社，2000：173

第七章 敦煌变文的程式化叙事

是人们内心中共同的文化密码、共同的文化归宿,反过来在促进特定集体团结和稳定上也起到重要作用。

在程式化理论出现以前,对于口头说唱文学的研究并不明晰,钟敬文先生曾经指出:"我们以往对'口头性'的论述,偏重于它的外部联系,相对忽视它的内部联系;偏重于与书面文学的宏观比较,相对忽视'口头性'本身的微观分析。也就是说,外在研究冲淡了内部研究。尽管我们对'口头性'有了相当理解,而对什么是'口头性'或'口头性'究竟是怎样构成的,又是怎样体现为'口头性'的问题上,面不够广,发掘不够深,仍然是明显的弱点。这是应该有勇气承认的。"[1] 对"口头性"的研究,我们不应局限于口头演唱形式本身,这样会以偏概全,难以深入。实际上,口头文学固然是口头演唱的,但很多文人案头诗歌、散文也可以口头吟诵,所以区分是否为口头文学最重要的不是演唱形式本身,而应该是"口头性"是否贯穿于作品本身,其中包括口头创作,只有将"口头性"真正地贯穿于创作、表演、接受的各个环节,才有可能对其进行深入了解。

我们也许会有这样的疑问,说唱者大多身份卑微,没有接受过贵胄教育,他们具备说唱过程中进行即兴口头创作的能力吗?答案是肯定的,通过对变文研究发现,俗讲僧大多"辩""博"非常,具有很强的口头创编能力,而这种能力源于他们对众多程式化技巧的娴熟运用,他们正是掌握了许多程式化的语言格式以及程式化的场景、表达,才能在说唱中现场创编,纵情驾驭,绘声绘色。朝戈金在研究史诗的口头性时曾说:"对于歌手而言,程式是他构筑诗句或者故事的'建

---

[1] 朝戈金.口传史诗诗学:冉皮勒《江格尔》程式句法研究[M].广西:广西人民出版社,2000:9.

筑用砖块'。他的史诗大厦就是这样一块一块垒搭而成的。他不能斟酌每一个字眼，他需要的是整块砖头，拿来就用，不能在表演现场加工材料。"[1]虽然说的是史诗创编，但对于变文等其他口头文学来说一样适用，所不同的是也许史诗的程式完全来自口头传统，而变文等其他口头文学程式在使用中相对复杂。

史诗艺人单纯地通过口耳相传获得演唱伎艺，而变文说唱者大多为寺庙高僧，他们说唱时用于构建故事的"建筑用砖块"，并不一定全部来自口耳相传的文学传统，虽然归根结底还是口头传统的产物，但相比史诗来说，其产生的具体方式更复杂，除了口头传统的影响外，来自佛经长期的耳濡目染也是不可忽视的一个重要原因。

变文说唱者长期接触佛经，加之民间口耳相传的影响，掌握大量程式化固定表达，说时间流逝总是"不经旬日"，说悲伤至极总是"肝肠寸断""浑捶自扑"，高兴是"喜不自胜""龙颜大悦"，愤怒是"大怒非常"，图画展示前是"从此一铺，便是变初"，说唱交替时是"若为陈说""谨为陈说"，引导景物是"是时也"，引导心理是"心口思维"，在变文说唱者心中，他们仿佛有一个硕大的口头程式储备仓库，遇到相似的情节，便从仓库中信手搬来一块程式"砖块"，然后灵活自如地构建自己的故事大厦。这个程式储备仓库，即为变文说唱者进行现场创编提供了现实的可能性。

通过对变文文本的研究发现有大量程式化手法的运用，程式化的表达对于说唱者而言意义重大，反映说唱者运用程式进行现场创编的特点。在口头文学中，无论是对说唱者还是听众，程式化表达都具有

---

[1] 朝戈金. 口传史诗诗学：冉皮勒《江格尔》程式句法研究 [M]. 广西：广西人民出版社，2000:233.

第七章　敦煌变文的程式化叙事

举足轻重的作用。程式本身就是口头传统的产物，可能是陈旧的，但并不妨碍使用时对创编文本的有效性；相反，只要设计巧妙，则能够起到脱胎换骨、点铁成金的作用。对于说唱者而言，程式化表达既是组装故事情节随时搬运的"砖块"，也是一种说唱者内化于心、外化于形的说唱技巧，正是源于这些内容与技巧的程式化表达，才使得说唱者在现场创编的巨大压力下，可以从容流畅地推进故事，引燃四座。

从作家作品的角度来看，以程式化的表达方式创编故事，会陷于平庸陈旧的泥淖中，在一个追求新颖的文学传统中，会为世人所诟病，但也不能忽视口头文学的特殊性，"口头诗人并不追求我们通常认为是文艺作品的必要属性的所谓'独创性'或是'新颖性'，而观众也不作这样要求。一个经历若干代民间艺人千锤百炼的口头表演艺术传统，一定是在多个层面上都高度程式化的，而且这种传统既塑造表演者，也塑造观众，属于艺人个人的临场创新和更动是有的，但是在该传统所能够包容和允许的范围之内，是'在限度之内的变化'"[1]。所以，对于口头文学中程式化的问题，应该以更加包容、更加理性的态度进行分析。如果我们对这类作品嗤之以鼻，简单地认为这些作品落入平庸陈旧的俗套，将看不到隐藏于背后的艺术特色，更看不到口头文学区别于作家作品独特的精髓。

对于作家作品，在同一篇作品中，作者会有意识地避免重复，力求新颖，即便描写相同或相似的场景，也会力避重复，尽可能地换用不同的表达方式，但对于口头文学来说，说唱者说唱的重点并不在于文本的新颖性，而表达的有效性才是现场创编所着重追求的，而程式

---

[1] ［美］约翰·迈尔斯·弗里. 口头诗学: 帕里—洛德理论[M]. 朝戈金译. 北京: 社会科学文献出版社，2000:19.

化表达正是达到这一目的的有效手段。程式化表达是一种简洁有效的创编技巧，在同一篇口头作品中被重复使用，稳固而持久。说唱者在创编同一篇作品中，为了达到流畅通俗的目的，不会轻易地进行创新，遇到类似情境，更喜欢使用程式化方式重复，不会轻易改变，这种特点在变文作品中比比皆是，已做过很多分析。对于说唱者而言，运用程式最大的意义在于现场创编的便捷性，是保证整个说唱过程流畅、自然而最有效的创编手段。

　　站在说唱者的角度，程式化表达作为一种简洁有效的创编技巧，可以减轻说唱者现场创编压力，使作品更加流畅；站在观众角度，程式化表达也可以缓解听众短时间内接受大量信息所引起的紧张情绪。因此，程式化表达不仅是为了说唱者的方便，对于听众的接受过程也同样具有积极意义。

　　首先，程式化的表达会降低听众理解难度，使认知对象更加简单化，对于听众至关重要。在现场说唱的整个环节中，由于受到时空限制，听众没有过多的时间体会说唱内容，语言过于新颖、过于复杂，都会造成听众理解的困难，而这种程式化的表达，成为解决问题最有效的方法。

　　与作家作品不同，口头文学需要寻找快捷易懂的表达方式，以达到通俗易懂的审美效果，因此，受众不会对作品的新颖性进行过多的品评，他们不喜欢新的体验、新的尝试，因为会对理解造成一定困难。他们更喜欢俗套的人物、重复的情节、程式化的表达，这会让他们感觉到既熟悉又安全，从而满足他们的审美体验、审美期待，和接受者的要求相一致。"口头表演，词语在时间轴上线性排列，并随时立即消失在空气中。在语速比较快的情况下，听众是难以紧跟诗句的，这时候反复出现一些固定，会在欣赏者一方形成放慢节奏的感觉。这些

第七章 敦煌变文的程式化叙事

重复也在客观上形成某种间隔,起到'休止符'的作用。另一方面,程式高度固定的格式和含义,为方便听众接受信息起到很大作用。某个程式片段一提头,听众就知道要说的是什么,接受的过程就变得轻松起来,传通渠道就会变得顺畅起来。前面讲过的转瞬即逝的事件,就是在这样反反复复的絮叨中得到温习,也为理解下面的事件做了很好的铺垫。"

其次,程式化的表达是口头传统世代累积的结果。程式所蕴含的深意要远远大于其本身的意义,经过长久积淀,更具有丰富的内涵。通过口头传统中大家耳熟能详的程式,在说唱者和听众之间建立起一种和谐情景,当听众听到自己熟悉的程式,会从中感觉到一种安心的亲切感,听到固定的程式,听众会调动脑海中的相似情景,体味出一种超出于程式本身更加富有深意的丰富内蕴。

再次,程式化表达对于听众来说,是一种非常重要的修辞手段。作为一种现场说唱的口头文学,重复性的表达对于听众来说不仅不会繁冗陈旧,相反,还能造成一种一唱三叹的感觉,为听众带来听觉上的美感。口头说唱文学的语言接近日常口语,而不同于日常习惯的程式化表达,又使其和日常口语拉开距离,使得作品向文学语言倾斜,这种倾斜是必要的,如果全部是日常口语讲述,则无法提起听众的兴趣,听众正是在这种距离的陌生化效应中体验到最大的审美愉悦。当然,对距离的陌生化问题,说唱者需要掌握一个"度",月满则亏,水满则溢,程式化的使用频率也要恰到好处。

由此可见,站在接受者的角度,类似的情景利用相同或相似的表达,可以缓解听众的紧张情绪,减轻听众的压力,听众不需要因为害怕忽略重要信息而时刻保持紧张状态,相反,听众会因为程式化的重复而获得一种类似于诗歌重章复沓的审美享受。

程式化的表达在变文中具有以上意义，大量程式化的重复不仅为说唱者吟唱提供方便，还为受众听讲时带来方便，为了获得一种更直接而迅速的听的反应，程式化的表达无论对于说唱者还是听众，意义都很重大，其本身就是一种口头传统的产物，在实践过程中，其意蕴得到不断丰富，反过来又促进变文说唱的表达，使变文说唱更加通俗，更加吸引听众。

对口头文学的程式进行分析，不仅是确定文本性质的重要依据（确定作品是否为口头性文学），也是使研究走向深入的重要途径。敦煌变文中的程式化运用十分广泛，以上内容并不能将变文中出现的所有程式化现象一一展现，只能在纷繁复杂中选取具有代表性的程式进行分析，以求窥一隅而览全貌，借以展现敦煌变文程式运用的频率之高、系统之复杂、方法之巧妙。

对于叙事性文学，从文学研究角度探讨程式化问题，是批判多于肯定。大多数人认为，叙事性文学的程式化现象，从创作者的角度来说，不适宜创作者在作品中凸显个人风格，创作的内容容易出现雷同现象；从读者角度来说，高度的程式化容易形成思维定式，在一定程度上削弱了读者的好奇心理，消减了读者的参与热情；从作品自身的角度来看，高度的程式化削减了叙事作品的审美张力。所以，在文学评论领域，对于叙事性文学的程式化问题往往批判多于肯定。文人叙事文学的程式化也有其弊病，隐匿了作者的创作风格，削弱了读者的阅读激情，形成某种思维定式，遏制读者思维的联想性。但任何理论鉴于它所研究对象的不同，对其的评判也应该是相对的而不是绝对的。

作为一种口头性叙事文学，敦煌变文既有叙事文学的一般特征，也有其他叙事文学所不具备的特点——表演的口头性，这种口头性的特征决定人们在探讨敦煌变文的程式化问题时，应该采取有别于文人

第七章 敦煌变文的程式化叙事

案头叙事文学客观而公正的态度。通过研究发现，敦煌变文中的程式化并非如同文人叙事文学存在很大弊病，相反，作品的程式化在很大程度上呈现出自身优势，从说唱者角度来说，敦煌变文中的程式化推进了故事情节的发展、拓展了故事内容的时空；从听众的角度来说，这种程式化方便了广大听众的理解，使叙事作品在人民群众中变得耳熟能详。

第八章 敦煌变文叙事对后世中国文学的影响

在文学发展的历史长河里，各种艺术形式的文体在观念题材、形式体制、表现手法、结构特征、创作母题，甚至风格特点等方面，都会对后世文学产生不同程度的渗透、影响，这是文学发展的一般规律，各个国家、各个民族都是如此。但是，敦煌变文在诸多方面对后世小说、戏剧等文学产生的影响，却是异常突出而又极为深远的，这种血脉相承、化入骨髓的关系在文学史上并不多见。这种现象的产生与中国传统文化的历史传承性有着密不可分的关系，有两个原因值得重视：其一是敦煌变文作为唐时的一种俗文学，普及面之广和对社会生活的深刻影响；其二是由于敦煌变文的说唱文学渊源，正是这些原因导致敦煌变文对后世文学在众多方面的深刻影响。

20世纪初，敦煌遗书的发现为中国古代文学的研究提供了丰富的原始资料，许多被淹没于历史潮流中的文学作品由此重新进入人们的研究视野。在众多敦煌遗书中，变文的发现令整个学术界为之一振，它以独特的文体特征和说唱模式，给研究者提供了丰富的文学史资料，使得原本晦涩不明的文学史问题，在变文里找到了答案，文学史发展的脉络也由此更加清晰。因此，敦煌变文在文学史上的意义，首先在于为中国文学史的发展提供了大量的物证资料，解决在中国文学史上

第八章　敦煌变文叙事对后世中国文学的影响

长期悬而未决的问题，尤其是为宋元以后的文学研究提供了更为丰富翔实的证据。郑振铎先生在《中国俗文学史》中就变文对后世文学的影响有过精辟的阐述：

> 在敦煌发现许多的中国文书里，最重要的是"变文"。在"变文"没有发现以前，我们简直不知道："平话"怎么会突然在宋代产生？"诸宫调"的来历是怎样的？盛行于明清二代的宝卷、弹词及鼓词到底是近代的产物，还是"古已有之"的？许多文学史上的重要问题都成为疑案而难于有确定的回答。但自从三十年前史坦英把敦煌宝库打开发现了变文之后，一切疑问，我们才渐渐地得到解决；我们才在古代文学与近代文学之间得到一个连锁；我们才知道宋、元话本和六朝小说及唐代传奇之间并没有因果关系；我们才明白许多千余年来支配着民间思想的宝卷、鼓词、弹词一类的读物，其来历原来是这样的。这个发现使我们对于中国文学史的探讨面目为之一新。这关系异常重大，假如在敦煌文库里只发现了韦庄的《秦妇吟》，王梵志的诗集，许多古书的抄本，许多佛道经，许多民间小曲和叙事歌曲，许多游戏文章，如《燕子赋》和《茶酒论》之类，那不过是为我们的文学史添加些新的资料而已。但"变文"的发现，不仅是发现许多伟大的名著，也替近代文学史解决了许多难以解决的问题。这便是近十余年来，我们为什么重视"变文"的发现。[1]

程毅中在《关于变文的几点探索》中对于变文对后世的影响也做

---

[1]　郑振铎. 中国俗文学史 [M]. 北京：中国文联出版社，2009：114

>>> 敦煌变文叙事研究

过深入阐述：

> 敦煌说唱文学是后世各种说唱文学和小说、戏曲的先驱，从题材上看又是比较直接的源头。变文是这一系统的说唱文学在文学史上代表文学发展的一个新方向，开辟了一个新的领域。这种形式比诗歌、散文更便于真实地表现社会生活，可以演述完整的故事，描写人物形象。从它本身来说，代表中国说唱文学发展中的一个重要阶段，对于后世各种说唱文学来说，更有开源劈路的意义。[1]

由此可见，变文在继承前代乐府、杂赋的同时，在唐代也有了新的发展，并为后来的话本、说唱文学、戏曲、小说发展产生深刻影响。变文和后世出现的话本、鼓子词、诸宫调、杂剧、南戏、宝卷等文学样式都有血脉相连的关系，其本身的文学价值并不大，但通过研究可以窥见唐时民间说唱形式文艺内蕴的丰富性，在一定程度上既影响同时代盛极一时的唐传奇，也对后世民间说唱文学产生直接影响。变文成为我国民间文学从乐府民歌的衰落到宋元话本、说唱文学、戏曲兴盛的一个重要转折。有了变文这其中的脉络才得以延续，后世的一切说唱形式，在变文里才追溯到其原本灿烂的源头。

王庆菽在《试谈"变文"的产生和影响》一文中曾说道："在文学史上，更可以了解到唐代传奇小说、戏剧，和以后的平话、词话、小说、宝卷、

---

[1] 见周绍良，白化文. 煌变文论文录[M]. 上海：上海古籍出版社，1982：393.

第八章　敦煌变文叙事对后世中国文学的影响

弹词、鼓词等源流、产生和发展过程,以及相互联系相互影响的关系。"[1]可见,变文不仅影响后世文学,对当时的唐传奇也具有一定的借鉴意义。在唐时,唐代传奇小说和变文在文本形式上虽然有相似之处,但其创作和功用却不尽相同。当时,唐传奇的社会地位明显高于变文,源于其不同的创作个体和受众群体,唐传奇是雅文学的代表,作者大多都是社会知识分子,大部分由进士举人充当,而变文是俗文学的代表,作者是寺院僧人,也决定两者的文学品位各不同,因此,在语言、艺术性、思想性等方面都体现出雅俗的差异。

从功能上看,唐传奇的受众人群大多是高雅的知识分子,其创作更加追求艺术性,也更加符合文学的发展规律,而变文的受众群体大多是普通百姓,其内容是佛教僧人为宣讲教义而产生的,决定了变文"俗"的特点。虽然两者地位不同,但由于是同时代的产物,在发展过程中必然相互借鉴和补充,虽然后来变文在发展过程中,在一纸禁令下最终走进历史尘埃,对其大有借鉴的唐传奇,经过历史的淘洗焕发出勃勃生机,唐传奇以其丰富的内容、广泛的题材、成熟的艺术性,开创出后世"始有意为小说"的先河,唐传奇在中国文学史上的贡献,是无论如何也不能抹杀变文的间接影响功绩。变文除了对唐时传奇的影响之外,最重要的是对于后世文学产生的影响,其很多叙事方式都直接为后世文学继承和借鉴,从这一点来看,变文在文学史上可谓具有开山辟路之意义。以下就敦煌变文叙事对后世中国文学的影响略作阐述。

---

[1] 见周绍良,白化文.敦煌变文论文录[M].上海:上海古籍出版社,1982:171

第一节 观念、主旨的传承

一部好的作品，观念主旨是灵魂，代表作品的态度倾向，代表作者的观点目的。如前所述，敦煌变文绝大多数作品都是在复仇观和因果报应观影响下完成故事的逻辑序列，其中说唱历史故事或民间传说的变文基本上都是在复仇观的影响下结构故事，说唱关于佛经故事的变文则是在因果报应观的影响下进行叙事，由此可见，复仇观和因果报应观对中国文学的深刻影响。

复仇和果报长久以来一直是民间津津乐道、乐此不疲的话题，从敦煌变文到后世的话本、小说、戏剧，无不倾尽全力对这些主题进行渲染描绘，一方面来自大量受众群体对复仇观和因果报应观的心理认同，故事在复仇和因果报应观念的影响下更能够吸引听众；另一方面，创作者融入复仇和因果报应，可使作品成为一种惩恶扬善、劝诫后世的手段，作者将复仇和因果报应的过程描绘得越曲折复杂、骇人听闻，越能起到警醒世人的目的。

敦煌变文观念主旨对后世的影响，首先体现在复仇观的传承上。敦煌变文很多作品都是在复仇观的统领之下构建故事逻辑，如《伍子胥变文》《韩朋赋》，后世很多文学作品在观念、主旨方面，不可避免地从变文中获得继承和发展。元刊在《武王伐纣平话》中曾讲到，妲己蛊惑纣王，因不满伯邑考将其醢为肉酱，还召见姬昌令其食子之肉，妲己残忍的手段令人发指，杀子之仇如何能忍？文王即便是在弥

第八章 敦煌变文叙事对后世中国文学的影响

留之际也不忘嘱托武王,"只不得忘了无道之君,与百邑考报仇"[1],文王嘱咐武王伐纣的动机,不能说没有诛灭妲纣、救民万世的目的,但更直接的动因还是复仇观占上风。

对复仇行为的极力渲染,后世最骇人的当属《水浒传》,如武松杀嫂情节,西门庆与潘金莲通奸,下毒药谋害武大性命。在第二十六回里,武松展开疯狂的复仇行动,写到武松杀嫂,小说是这样描写的:

说时迟,那时快,把尖刀去胸前只一剜,口里衔着刀,双手去挖开胸脯,抠出心肝五脏,供养在灵前;肐查一刀,便割下那妇人头来,血流满地。四家邻舍,吃了一惊,都掩了脸。见他凶了,又不敢动,只得随顺他。[2]

武松杀嫂的情节在这里被渲染得恐怖至极,在《第五才子书水浒传》中,金圣叹曾连续批八次"骇极",也体现出复仇观影响下武松复仇行为的恐怖。值得一提的是,当武松来到狮子桥下酒楼要取西门庆头颅时,小说有一段描述非常耐人寻味,武松与西门庆扭打时,武松逐渐占据上风,"那西门庆一者冤魂缠定,二乃天理难容,三来怎当武松用力,只见头在下,脚在上,倒撞落在街心里去了,跌得个发昏章第十一('昏头昏脑'的风趣话)。街上两边人都吃了一惊"[3]。这里,作者对武松逐渐占据上风的扭打格局给出三条理由,但细细品味,只有第三条是客观存在的原因,其一、二条明显带有复仇观和因果报应观的倾向,西门庆被打显然是"冤有头,债有主"的结果。

---

[1] 武王伐纣平话 [M]. 上海:中国古典文学出版社,1955:65.
[2] 施耐庵. 水浒传 [M]. 北京:商务印书馆,2016:242.
[3] 施耐庵. 水浒传 [M]. 北京:商务印书馆,2016:243.

《水浒传》中，作者还通过主人公的语言，表现复仇与因果报应观念的倾向。如在第二十六回中，武松与何九叔："小子粗疏，还晓得'冤各有头，债各有主'。你休惊怕，只要实说，对我一一说知武大死的缘故，便不干涉你！"[1] 武松与诸位邻居："诸位高邻在此，小人冤各有头，债各有主，只要众位做个证见。"[2]"高邻休怪，不必吃惊。武松虽是粗鲁汉子，便死也不怕，还省得有怨报怨，有仇报仇，并不伤犯众位。"[3] 三处武松的语言描写，表现出丰富的复仇观与因果报应观念的影响。

血腥的仇杀在《水浒传》中比比皆是，这里分析只是冰山一角，对快意恩仇的极力渲染，来自普通民众的一种心理需求，现实中饱含不公的一切心酸、一切委屈，在小说的复仇过程中得到宣泄，人心得到暂时性的补偿，而作者也迎合了普通民众的需求，以复仇大快人心的结局，起到劝诫世人的目的。

果报作为俗文学中常见的一个主题，在敦煌变文中比比皆是。敦煌变文不论是佛教题材的内容，还是讲述历史与民间故事题材的内容，大多融合了因果报应观念，对于后世小说的影响是直接且显而易见的。在元刊《三国志平话》中，有一则司马仲相断狱的故事，直截了当地使用因果报应观叙事。故事先是叙述汉高祖、吕后屈杀了忠臣韩信、彭越、英布，三人死不瞑目，在后世分别托生为曹操、刘备、孙权，三分天下一偿宿愿，而刘邦、吕后则因前世孽因，托生为汉献帝和伏皇后，失天下于三人，丢汉朝百年基业，借以偿还前世恶业，而司马仲相由于在阴间断案有功，此后托生为司马懿，最终统一三国，称霸

---

[1] 施耐庵.水浒传[M].北京：商务印书馆，2016：238.
[2] 施耐庵.水浒传[M].北京：商务印书馆，2016：241.
[3] 施耐庵.水浒传[M].北京：商务印书馆，2016：241.

第八章　敦煌变文叙事对后世中国文学的影响　<<<

天下。这里，作者将汉魏易主、三分天下、一统三国的历史，利用合理的想象归结为因果报应、业报轮回，自然是民间果报观的反映，故事逻辑、脉络发展处处遵循果报观思想，主人公均由前世不同的"因"，得到后世不同的"果"，也告诫人们死后必当转世轮回，生前不可作恶，从而对世人起到劝诫作用。值得一提的是，流行于宋元之际有趣的民间传说，在明初被收入官修史书《通鉴博论》中：

> 高祖初取天下，皆功臣谋士之力。天下既定，吕后杀韩信、彭越、英布等，夷其族而绝其祀，传至献帝，而曹操执柄，遂弑伏后而灭其族。或者谓，献帝即高祖也，伏后即吕后也，曹操即韩信也，刘备即彭越也，孙权即英布也，故三分天下而绝汉，虽穿凿疑似之说，亦近乎报施之理乎！[1]

由此可见，融入因果报应观有关三国形成的民间传说，至此已由勾栏瓦舍走入庙堂之高，其身份地位也得到提升。此外，明成祖还为《通鉴博论》作过序跋：

> 有德者天必报之，以福子孙，皆得悠久，三代之君是也；无德者天必假之，以殃子孙，殄无遗类，六朝五代之君是也。观其革命之际，报复屠戮之惨，或乱生于内，或患生于外，

---

[1] 通鉴博论（卷下），四库全书存目丛书（史部281册）[M]．济南：齐鲁书社，1996．

自相鱼肉。[1]

明成祖朱棣尚未即位之前发动靖难之役，篡夺帝位，虽在位时励精图治，勤于政事，经济繁荣，国力强盛，开创"永乐盛世"，但靖难之役中，朱棣大肆杀戮曾为建文帝朱允炆出谋划策的文臣、武将，其残忍手段一直为后世所诟病。在序跋中，明成祖大肆宣扬因果报应观，不仅是对自己僭越帝位制造一种合法性的舆论，也是故作一种悲天悯人的姿态，祭奠靖难之役中被自己杀戮的人，序跋中的果报观言论，自然有一种政治目的，对于稳定政局、收拢人心起到巨大作用。

古代小说、戏剧中的因果报应故事俯拾即是，敦煌变文中以因果报应观构建故事逻辑序列的叙事模式，在后世话本、平话、小说等文学中都得到了继承和发展，也表明其实际应用的范围在后世不断扩大。

后世俗文学在观念主旨上，从各个方面对敦煌变文进行了有益继承，但在继承的同时也在悄然发生变异。变异首先发生在人物形象塑造的完美化和极端性上。变文中，伍子胥逃亡途中遇到其妻，以药名诗互为问答，而在后世的伍子胥故事中，这一情节有所拓展，在《列国志传》中，故事极力刻画其妻的刚烈，为了不拖累伍子胥，其妻触墙而亡，而在《东周列国志》中，这一情节有所保留，只把触墙而亡替换为入户自缢。

王昭君的故事在变文中叙述其来到匈奴，思念汉朝，抑郁而亡，但在元代马致远的《汉宫秋》中，却给人们设置了一个昭君出塞，行至江边投水而亡的惨烈结局。李陵的故事在变文中叙述其诈降匈奴，

---

[1] 通鉴博论（卷下），四库全书存目丛书（史部281册）[M]. 济南：齐鲁书社，1996.

第八章　敦煌变文叙事对后世中国文学的影响 <<<

其妻母被汉帝赐死，而后世李陵故事发生很大变异，加入李陵碑的传说，在元杂剧《汉李陵撞石全忠孝》和清代小说《双凤奇缘》中，李陵被塑造成一位忠肝义胆、宁死不屈的人物形象。李陵兵败未降匈奴，为保全忠节撞石而亡，李陵撞石的故事在历史上找不到证据，后世情节的变异当是附会李陵碑而来。由此可见，不论是后世子胥妻子的触墙而亡或者入户自缢，还是王昭君的投河自沉，或是李陵的撞石保节，都是敦煌变文中没有的情节，都是故事在发展演变中所发生的变异。俗文学在发展过程中，往往并不重视内容的历史真实性，为了创造出近乎完美的人格典范供人们顶礼膜拜，创作者往往会剔除人物道德层面的瑕疵，塑造一种几近完美的人物形象，这些变异正体现出后世普通民众对于崇高人物的道德期许。对于忠臣烈女形象的塑造，鲁迅先生则持否定态度，他认为这是国民巧滑、懦弱的结果，"亡国一次，即添加几个殉难的忠臣，后来每不想光复旧物，而只去赞美那几个忠臣；遭劫一次，即造一群不辱的烈女，事过之后，也每每不思惩凶，自卫，却只顾歌咏那一群烈女"[1]。

后世俗文学在观念主旨上发生的变异，还体现在对大团圆结局的追求方面。在敦煌变文中，很多故事情节，其结局悲伤而惨烈，但在后世发展演变中，情节慢慢地走向大团圆，如王昭君的故事，变文中王昭君抑郁而亡，元代马致远的《汉宫秋》中王昭君自沉于江，但在明代《紫台怨》中，王昭君死后得道升仙，在紫台与汉元帝终得团圆。这种团圆看似牵强附会，但却迎合了普通民众的心理需求，是民众在现实生活遭遇中的不公与不满在心理层面的合理补偿。但这种补救其实质是鲁迅先生所说的"闭上眼睛"补救，对现实并不能起到任何实际作用，只是一种用虚幻的想象抚平现实创伤的精神寄托，缺乏正视

---

[1] 鲁迅全集·坟·论睁了眼看. 北京：人民文学出版社，1961：331.

现实的勇气，更不能对现实有所改进，也是后世才子佳人小说屡遭诟病的原因。

后世俗文学观念主旨上发生的第三个变异是作品反抗性逐渐减弱，而文人化倾向不断增强，如《伍子胥变文》中骇人听闻的复仇手段，在后世俗文学中逐渐被摒弃，取而代之的是一种更温和，更具有文人视野、文化底蕴的情节。又如《武王伐纣平话》中叙，妲己将伯邑考醢为肉酱，召姬昌令其食子之肉，杀子之仇如何能忍，文王在弥留之际，也不忘嘱托武王，嘱咐武王为兄长报仇。故事发展到明代，《封神演义》将这一情节变为文王再三叮嘱不可伐纣，文王弥留之际，临终嘱托姜子牙："今日请卿入内，孤有一言，切不可负。倘吾死之后，纵君恶贯盈，切不可听诸侯之唆，以臣伐君。丞相若违背孤言，冥中不好相见。"[1] 并托孤于姜子牙："吾死之后，吾儿年幼，恐妄听他人之言，肆行征伐，纵天子不德，亦不得造次妄为，以成臣弑君之名。你过来，拜子牙为亚父，早晚听训指教。今听丞相，即听孤也。可请丞相坐而拜之。"[2]，姬发随即拜子牙为亚父，文王继而嘱咐姬发："商虽无道，吾乃臣子，必当恪守其职，毋得僭越，遗讥后世。睦爱弟兄，悯恤万民，吾死亦不为恨。"[3] 在人生弥留之际，文王不忘数次告诫臣子不可伐纣，表现出作品的创作倾向逐渐向传统伦理道德规范回归。

文学在发展过程中，文人逐渐加入戏曲、小说的创作阵营中，文人所秉持的传统伦理纲常自然不能完全摒弃，于是，有益风教取代单纯的民间取乐，变文中的快意恩仇逐渐隐没，而文人身上的道义感、责任感渐渐凸显。

---

[1] （明）许仲琳. 封神演义 [M]. 北京：中华书局，2009.1:192.
[2] （明）许仲琳. 封神演义 [M]. 北京：中华书局，2009.1:192.
[3] （明）许仲琳. 封神演义 [M]. 北京：中华书局，2009.1:193.

第八章 敦煌变文叙事对后世中国文学的影响

第二节 押座文之于话本入话、得胜头回、杂剧楔子、传奇家门

"变文实际上销声匿迹的时候,是在宋真宗时代。在那个时候,一切异教,除了道、释之外,竟完全被禁止,而僧侣们的说唱变文,也连带地被明令申禁。"[1]郑振铎认为,变文的消亡是在宋真宗时代,但并没有给出明确证据,后世亦有学者认为变文的实际消亡应在南宋理宗之时,但最终,变文退出历史舞台,而变文的很多体裁特征却在后世俗文学身上留下了深深烙印,典型的如后世入话、楔子、韵散相间的结构模式,以及套语、程式化的描写方式。

后世戏曲、小说在故事之前常有入话、楔子、家门,当今学者大多数人认为其源于变文中的押座文和缘起,向达在《唐代俗讲考》中对此曾有精辟论述:"今按押座之押或与压字义同,所以镇压听众,使能静聆也。又押字本有隐括之意,所有押座文,大都隐括全经,引起下文。缘起与押座文作用略同,唯视押座文篇幅较长而已,此当即后世入话、引字、楔子之类耳。"[2]张培恒、骆玉明主编的《中国文学史》也曾明确说明:"所为'押座',意即压座,就是安定四座听众的意思。它是俗讲时在正式的讲经开始之前所唱诵的叙述经文大意的七言诗篇,

---

[1] 郑振铎. 中国俗文学史[M]. 北京:中国文联出版社,2009:169.
[2] 周绍良,白化文. 敦煌变文论文录. 上海:上海古籍出版社,1982:51-52.

篇幅较为短小。其性质与后来话本的'入话'、杂剧的'楔子'、传奇的'家门'以及弹词的'开篇'相似。"[1] 敦煌变文是俗讲的范本，而俗讲又是佛教讲经活动进一步通俗化的结果，尽管变文说唱在历史发展中为了迎合听众兴趣，不可避免地走向世俗，但作为一种佛家说唱范本，其叙事模式必定会受到佛经影响，因此，变文作品大多沿袭佛教讲经的模式，典型的当属开讲前有《押座文》，结束前有《解坐文》。随着文学发展，"押座文"的形式渐渐影响到说唱文学，为俗文学的发展起到促进作用。

《押座文》是在讲经之前吟唱的诗篇，篇幅一般短小精悍，"押座"可理解为"压坐"，有镇定四座、安定听众情绪之意，其作用相当于后世话本小说中的"入话"和弹词中的"开篇"，其目的是提示听众、引起注意，是正文说唱之前的前奏。胡士莹在《话本小说概论》中曾说："'小说'一家，也汲取讲经文里押座文的经验，在正文之前吟诵几首诗词加以解释或讲一些小故事，叫作'入话'或'头回'。"[2] 可见，押座文对后世话本小说的影响。

《敦煌变文校注》中收录的押座文，大多是歌咏世尊，根据内容可分为有故事情节和无故事情节两大类。有故事情节如《八相押座文》，简述释迦牟尼降生以及成道经历，内容短小精悍；无故事情节如《三身押座文》，感叹人世多难，轮回无常，告诫人们要常行善事，不积恶业。两者均是在变文说唱之前作为前奏出现，并且所有押座文均是以韵文的形式呈现，其作用在于镇定四座、吸引注意、引起兴趣，是后世话本小说中"入话"和"得胜头回"的最早形式。值得注意的是，

---

[1] 张培恒，骆玉明. 中国文学史 [M]. 上海：复旦大学出版社，1997：230.
[2] 胡士莹. 话本小说概论 [M]. 北京：中华书局，1980：35.

第八章　敦煌变文叙事对后世中国文学的影响　<<<

后世话本小说中的"入话"和"得胜头回",在继承押座文形式和功能的同时,也悄然发生变化。后世的"入话"大多由一首诗词引起,是对押座文格式的继承,但后世的"入话"虽不乏劝善惩恶的目的,但却逐渐消除了对佛教三宝的咏叹,变得更加世俗化,更加切合大众实际,表现出"入话"由宗教向世俗的转化。如《蒋兴哥重会珍珠衫》中的开篇:"仕至千钟非贵,年过七十常稀。浮名身后有谁知?万事空花游戏。休逞少年狂荡,莫贪花酒便宜。脱离烦恼是和非,随分安闲得意。"[1]这首词名为《西江月》,是劝人安分守己之意,抹去了宗教的色彩,劝谏人们莫贪花酒,随分安闲。

　　《清平山堂话本》中收录的宋元话本,开篇基本都标有"入话"二字。"入话"基本都是诗词,仅有少量篇目杂有其他故事,不足为论。到了明朝拟话本"三言二拍","入话"的内容才丰富起来。"入话"中先以一段诗词作引,之后引入一段小故事,然后开始"正话",如果细细体会,不难发现,真正属于"入话"的还是开篇的韵文诗词,诗词后的小故事小巧精练、蕴意丰富,放在"入话"之后、正话之前,被后人称之为"得胜头回"或"笑耍头回",是"入话"到"正话"间的一个桥梁,紧承"入话",并对"正话"起到映衬和启发作用。对此,胡士莹曾做过深入分析:

> "头回"和"入话"在明人的概念中,可能是一种东西,但从现存的话本材料来看,它们却可以区分开来。"入话"是解释性的,和篇首的诗词有关系,或涉议论,或叙背景,以引入正话;"头回"则基本上是故事性的,正面

---

[1]　冯梦龙.古今小说[M].北京:人民文学出版社,1984:1.

或反面映衬正话,以甲事引出乙事,作为对照,它虽然在情节上和正话没有必然的逻辑联系,但它对正话却有启发和映带作用。在正话之前,"入话"和"头回"可以交替为用,但也有两者并用的,在明人编的话本集中,两者有时却混而不分。[1]

由此可见,"得胜头回"从某种意义上来说像《诗经》中的比兴手法,欲言此物,先言他物,由他物而延及此物,《诗经》中多以比兴引起所咏之事,而话本则以"入话""头回"引出"正话"内容,其功用是一致的。

押座文对后世戏曲也多有影响,元杂剧最突出的结构特点是"四折一楔子"合为一本,每个剧本一般由四折戏组成,再在前边加一个楔子,演述一个完整的故事;明代传奇则不限出数,开端通常有"家门"。"楔子"和"家门"都是正剧之前额外添加的独立段落,对正剧起到引导作用,但两者略有不同,"楔子"参与叙事,是元杂剧不可分割的内容,不同于话本中的"入话"和"得胜头回",可以单独剥离而不影响故事的完整性。"楔子"本身带有故事情节,是后边四折戏的起因,如果剥离掉,会影响戏剧的完整性,如元杂剧《汉宫秋》,"楔子"中主要人物纷纷亮相,毛延寿进言汉元帝,为下文埋下伏笔。传奇之"家门",则不带有任何故事情节,只是由一位全知全能的第三者于正剧之前交代故事梗概,即便从整体结构中剥离,也不会影响故事的完整性,如传奇《浣纱记》第一出"家门",仅是以第三人称叙事告诉大家要上演吴越争霸之事,删掉并不会影响整部戏剧的完整性。

---

[1] 胡士莹. 话本小说概论 [M]. 北京:中华书局,1980:140.

第八章　敦煌变文叙事对后世中国文学的影响

　　后世的戏曲和说话艺术分属于不同的表演系统，押座文对于两者的影响不可一概而论。话本中的"入话"和"得胜头回"如同押座文，起到镇定四座、进行铺垫的作用，其表演目的是使听众集中注意力，在等待过程中不至于冷场；"楔子"和"家门"的功能并不具有镇定四座、吸引听众的目的，杂剧篇幅较短，短时间内可以表演完。因此，"楔子"一般开门见山、直入主题，和剧本融为一体；明传奇一般较长，非短时间内可以演完，常常需要多天演绎，因此先以"家门"总括故事情节。

　　从功能上的一致性来说，押座文对于话本之"入话""得胜头回"的影响更为直接，而对于戏剧之"楔子""家门"，由于功能差异，影响并非直接。还需要注意的是，变文中的押座文仅存在于说唱佛经故事的变文作品中，或者押座文独立成篇，在讲史类变文中并没有发现有押座文的存在。因此，后世小说、戏剧中的"入话""得胜头回""楔子""家门"等，均受到佛经故事变文的影响，而非讲史变文。

第三节　韵散相间、说唱间行之于小说、戏曲

　　敦煌变文韵散相间的行文模式，在当时曾经影响传奇小说。唐代武则天时期，张鷟的《游仙窟》，其体裁是由诗、文排列而成，这种文学现象在唐代以前并不存在，但却和当时的变文体制不谋而合，由此可以推断，唐传奇当是变文最早的借鉴者与受益者。但敦煌变文韵散相间对文学的影响，绝不仅仅局限于同时代的唐传奇，刘进宝在《敦煌学通论》中曾说："至于宋元以后的鼓子词、诸宫调、词话、弹词、宝卷等各类说唱文学以及戏剧文学，尽管其名称和体制各有差异，发

>>> 敦煌变文叙事研究

展道路和时代先后也各不相同,然而若追溯其渊源,却都与变文有很深的血缘关系,即使是藏族的民间曲艺拉麻玛尼,据说也是受变文影响而形成的。"[1]

敦煌变文韵散相间的行文模式,在后世小说、戏曲中得到继承,而说唱结合的表演方式,则在后世宝卷、弹词、鼓词等说唱艺术中得到借鉴。但这种继承和借鉴并不是简单的模仿,后世的小说、戏剧相较于变文,其散文的叙事功能没有发生变化,而韵文所承担的功能却悄然改变。敦煌变文韵散结合的行文模式中,韵文需要参与叙事,或者叙述情节事件,或者揭示角色人物的心理状态,或者承担角色人物之间的对话,以一种吟唱的艺术方式参与叙事,造成一种形式多样、错落有致、张弛有序的艺术效果,使听众感受到一种强烈的音乐感与节奏感。在后世小说中,韵文的叙事功能逐渐被摒弃,不参与叙事进程,仅用于描写渲染、总结概括之用,叙事任务由散体负责,如《伍子胥变文》中浣纱女投河:

子胥语已向前行,女子号咷发哭声:"旅客惇惇实可念,以死匍匐乃贪生?

食我一餐由(犹)未足,妇人不惬丈夫情。君虽贵重相辞谢,儿意惭君亦不轻。"

语已含啼而拭泪:"君子容仪顿憔悴。倘若在后被追收,必道女子相带累。

三十不与丈夫言,与母同居住邻里。娇爱容光在目前,列(烈)女忠贞浪虚弃。"

---

[1] 刘进宝. 敦煌学通论[M]. 兰州:甘肃教育出版社,2002:358.

第八章　敦煌变文叙事对后世中国文学的影响　<<<

> 唤言"伍相物（勿）怀拟（疑）"，遂即抱石投河死。
> 子胥回头耿长望，怜念女子怀惆怅。
> 　遥见抱石透河亡，不觉失声称"冤枉"。无端颍水灭人踪。落泪悲嗟倍凄怆：
> "倘若在后得高迁，唯赠百金相殡葬！"[1]

这一情节是浣纱女救助伍子胥后，为了不暴露行踪抱石投河的场景，运用韵文表现。这里，韵文参与叙事，所叙内容前后均没有交代，是情节推进不可分割的一个整体，如果盲目割裂韵文内容，会造成故事中断，影响叙事的完整性，也会错过一个精彩的情节。这一情节在后世小说中也有表现，如《东周列国志》中有对浣纱女投河的描写，同样是在散文叙事进程中插入韵文，但不同的是，对投河情节的叙事都集中在散文中，而韵文不参与叙事，功用仅在于对女子美好德行的赞颂：

> 溧水之阳，击绵之女。惟治母餐，不通男语。
> 矜此旅人，发其筐筥。君腹虽充，吾节已窳。
> 捐此孱躯，以存壶矩。濑流不竭，兹人千古。[2]

韵文逐渐退出叙事，同音乐性和图画性的剥离有关。敦煌变文中韵文需要演唱，具有音乐性，后世随着说话伎艺的兴起，说唱结合的叙事模式逐渐被打破，说唱分离，说书人不必再用唱的方式叙事，音乐性的剥离使得韵文失去存在的必要性，于是后世散文部分不断扩大，

---

[1]　黄征，张涌泉校注. 敦煌变文校注 [M]. 北京：中华书局，1997:4.
[2]　东周列国志 [M]. 北京：作家出版社，1957:671.

>>> 敦煌变文叙事研究

而韵文部分渐渐缩小，即便是残留的韵文，也失去了叙事和演唱功能。另外，变文中韵文的演唱需要配合变相图，针对性强，每一处韵文都是对一幅变相图的内容陈述。因此，有变相图的辅助提示，韵文演唱的内容也能够被听懂，而后代在勾栏瓦舍兴起的说话伎艺已不再配图表演，而是用说话推进故事情节，以韵文演唱叙事，无疑会增加听众理解的困难，原本大段用于解释图画的韵文，势必被通俗易懂的散体取代，以达到易于理解、引起兴趣的目的。

后世小说中韵文虽不再参与叙事，但其仍然是作品不可忽略的一个重要内容，在刻画人物、环境渲染、心理描写等方面具有散体语言不可替代的作用。后世小说在刻画人物形象时，常用"诗曰""诗云""有诗为证""正是"等引出一段韵文，利用庄重的诗体语言对人物形象进行刻画，可提升人物的崇高性，如《吕洞宾飞剑斩黄龙》中有"诗曰"："二十四神清，三千功行成。云烟笼地轴，星月遍空明。玉子何须种，金丹岂用耕？个中玄妙决，谁道不长生！"[1]在进行环境渲染时，后世小说也多以韵文的形式呈现，韵文具有铺陈渲染、极尽妍态的文体优势，如果用散体语言描述，很难将环境场景的特征描写得淋漓尽致。又如《卢太学诗酒傲王侯》中："有菊花诗为证：不共春风斗百芳，自甘篱落傲秋霜。园林一片萧疏景，几朵依稀散晚香。"[2]只有用韵文才能将景色描摹出尽态极妍的效果，而散文很难达到这一目的。此外，说书人第三人称全知全能的叙事视角，也是造成这种韵散结合叙事格局的原因，说书人常常穿插于故事进程中，游离于叙事内外，当说书人需要以一种旁观者的姿态对人物、事件进行评论时，会以韵文的形式呈现，是说话伎艺在传承过程中的一种文学自觉，是说书人有意割

---

[1] 冯梦龙. 醒世恒言[M]. 北京：人民文学出版社，1994:455.
[2] 冯梦龙. 醒世恒言[M]. 北京：人民文学出版社，1994:604.

第八章　敦煌变文叙事对后世中国文学的影响

裂叙事进行品评的一种叙事策略。

　　古代戏剧的体式也同样是说唱结合、韵散相间，宾白和曲词并重。与小说不同的是，戏剧主"唱"，曲词在戏剧表演中占据绝对的主导地位。因此，韵文演唱为主，散体叙事为辅，是由戏剧的文体特征与表演方式决定的；小说主"说"，散体叙事是主导，韵文吟诵是补充，也是由宋元说话伎艺的特点决定的，而戏剧虽然以曲词演唱为主，但宾白并不是可有可无，而是推动故事情节的重要手段，其重要性甚至超过唱词，如果将曲词从剧本中整体抽离，可以从余下的宾白中得到一篇有头有尾、情节完整的故事，如果将宾白从剧本中抽离，余下的曲词纵然篇幅庞大，却难以将故事表述完整，所以宾白在维持故事完整性上具有不可替代的作用。当然，韵文在叙事功能上虽不如宾白，但是戏剧的基本构成要素，是"唱"之戏剧有别于"说"之小说的根本特征，对于故事推进并无多大意义，但对于塑造人物形象、揭示人物内心等起到不可替代的作用，加之抑扬顿挫的演唱，是戏剧内容感人至深、吸引观众的关键所在。如《汉宫秋》中有大段对汉元帝心理描写的唱词，描写出汉元帝被迫遣王昭君远嫁匈奴时矛盾、复杂的心理：

　　　　[牧羊关]兴废从来有，干戈不肯休。可不食君禄，命悬君口。太平时卖你宰相功劳，有事处把俺佳人递流。你们干请了皇家俸，着甚的分破帝王忧？那壁厢锁树的怕弯着手，这壁厢攀栏的怕擷破了头。[1]

　　　　[乌夜啼]今日嫁单于，宰相休生受。早则俺汉明妃有国难投。它那里黄云不出青山岫。投至两处凝眸，盼得一

---

[1]　（明）臧晋叔．元曲选冯梦龙．北京：中华书局，1958:6.

雁横秋。单注着寡人今岁揽闲愁。王嫱这运添憔瘦，翠羽冠，香罗绶，都做了锦蒙头暖帽，珠络缝貂裘。[1]

[二煞] 虽然似昭君般成败都皆有，谁似这做天子的官差不自由！情知他怎收那朦满的紫骅骝？常时翠轿香兜，兀自倦朱帘揭绣，上下处要成就。谁承望月自空明水自流，恨思悠悠。[2]

汉元帝万般无奈之下，派遣昭君前往匈奴合番，韵文的心理刻画既表现出对无能群臣的愤怒，又表现出作为帝王的无可奈何、身不由己，唱词将汉元帝当时复杂、悲愤、无奈的心情淋漓尽致地表现了出来。前代经史子集往往不注重人物心理的描写，后世戏剧与小说的诞生，却十分关注人物内心的表现，韵文唱词对汉元帝心理的刻画，虽然对构建故事情节无益，却使汉元帝的形象丰满生动。在这里，戏剧韵文承担起人物刻画的重任，开创一种全新的叙事方式，对人物细腻而真实的塑造具有里程碑的意义。

在元代，小说刻画人物心理的叙事技巧尚未成熟，成熟时期当属明清，但文学的发展总是要经历一个由简到繁、由轮廓勾勒到细致刻画的过程，这是文学发展的一般规律，戏剧韵文对人物的心理刻画，为后世明清小说叙事技巧的成熟铺平了道路，也是叙事艺术逐渐走向成熟的标志。很多学者认为，中国古代小说脱胎于经史子集，其精神实质是"史"，而戏剧脱胎于说唱文学，其精神实质是"诗"，戏剧唱词如果剥离了其音乐性，就是广义上的韵文诗歌。大量韵文在戏剧中演唱，对文本造成一种诗化的叙事倾向，客观叙事和主观抒情得到融合，叙事的宾白和典雅的唱词交相辉映，共同赋予了戏剧长久不衰

---

[1]　（明）臧晋叔. 元曲选 [M]. 北京：中华书局，1958：7.
[2]　（明）臧晋叔. 元曲选 [M]. 北京：中华书局，1958：8.

第八章 敦煌变文叙事对后世中国文学的影响

的艺术生命力。

如前所述,敦煌变文韵散结合、说唱间行的叙事方式,对后世小说和戏剧均产生了深远影响,"以一段散文、一段诗歌、边说边唱、交互进行的文学样式,是到唐代变文流行以后才大量出现。宋元时期的词话、鼓子词、诸宫调等说唱文学以及杂剧、南戏等戏曲,基本上是继承样式继续发展。虽然变文里的散文和诗歌部分内容不免重复,不知道根据它们的不同性能有所分工,语言也不够生动;只有到说唱文学和戏曲作家的手里才得到圆满解决"[1]。前面以散文叙事,后面以韵文吟诵的叙事方式在我国古代文学史上早已有之,《楚辞·渔父》和东晋陶渊明的《桃花源记》都采用这种方式叙事,但以韵散结合、交替出现、说唱间行的方式进行叙事,则是在唐时变文出现后才蓬勃发展。宋时虽然由于政治等多重原因,变文走向衰败甚至最终淹没在文学潮流中,但这种韵散结合的说唱方式却在后世出现的不同说唱文学中被很好地保存下来,并散发出蓬勃的生命力。

第四节 套语之于后世小说

如前所述,变文作为一种说唱艺术,运用大量描述性套语和结构性套语,这些套语在后世小说,尤其是话本小说中也大量存在,只是经过岁月沉淀,以另一种语言形式传承下来,但其功能与变文无异。以下重点以《全相平话五种》和拟话本"三言二拍"为例,分析敦煌变文套语对后世小说的影响。

---

[1] 游国恩,等.中国文学史(二)[M].北京:人民文学出版社,2002:246.

在敦煌变文中,每当说唱交替、由散入韵时,说唱者会使用程式化的结构性套语提示听众说唱体制的转换,其中使用最频繁的当属"……处,若为陈说"以及"当尔之时,道何言语"两种语言表达方式,它们作为变文中韵文出现的引导词,如同黏合剂将说与唱紧紧地联系在一起,过渡自然,毫不违和,也成为当今学术界评定变文体制的一个重要特征。由散入韵的引导词套语,对后世小说的创作影响深远,后世小说对这种结构性套语多有继承。后世的章回小说每当有关键人物、关键情节出现时,总要使用"怎见得""但见"的引导词,引出一段韵文重点叙述,这种用法和变文由散入韵时使用的引导词虽形式不同,但其功能并无差异,显然是受到变文影响,其用法一脉相承。

在元刊《全相平话五种》中,每当由散入韵的关键时刻,也会出现过渡性套语,最常见的是"怎见得?有诗为证"形式,或者直接简化为"有诗为证",这种结构性套语在所有平话中共出现46次之多,其分散情况如下:

全相平话五种	武王伐纣平话	11次
	七国春秋平话	7次
	秦并六国平话	14次
	前汉书平话续集	8次
	三国志平话	6从

平话中的"怎见得?有诗为证"与变文中的"……处,若为陈说",其功能基本一致,区别在于变文中"……处,若为陈说"除了提示即将进入韵文演唱之外,还有提示听众看图的目的,但其两者无一例外都是作为由散入韵的提示语。由此可见,变文由散入韵结构性套语对平话的影响。

敦煌变文中的结构性套语还有很多,根据现存的资料来看,《王昭君变文》分为上下两卷,在上卷之末,用一句话提醒大家前文结束

第八章　敦煌变文叙事对后世中国文学的影响　<<<

后入下文的过渡："上卷立铺毕，此入下卷。"[1] 对于听众来说是一个很重要的信息，也让我们明白后世小说中大量"欲知后事如何，且听下回分解"，其在中国文学史上最早的根源。

敦煌变文中的讲史类变文，很多都有大型战争场面的描写，且会出现诸如"横尸遍野""遍野横尸"之类的描述性套语，渲染战争的残酷。后世描写战争的小说中，虽然摒弃了"横尸遍野"的套语，但却出现了很多变体，和变文中"横尸遍野"虽不同代，但作用相同，它们隔空呼应，共同渲染战争的惨烈。以《全相平话五种》为例，从被箭射死、斩杀落马、关注性命三个关键性情节，对描述性套语在后世的传承和使用情况进行分析。

在表现战场上被箭射死的情节时，多用"都来一点无情物，透甲穿袍一命休"，或者使用"金风未动蝉先觉，暗送无常总不知"两句套语：

　　霍雄诈败，洪定赶将上来。霍雄取弓在手，搭起箭，翻身背射，口呼："箭中！"只见洪定人空落马，二脚登空。诗曰：都来一点无情物，透甲穿袍一命休。[2]

　　未战上五十合，李信诈走，张吉赶将来，李信不用长枪，拈弓取箭，射三支连珠箭，张吉落马。诗曰：金风未动蝉先觉，暗送无常总不知。[3]

---

[1] 黄征，张涌泉校注. 敦煌变文校注 [M]. 北京：中华书局，1997:157.
[2] 古本小说集成 [M]. 上海：上海古籍出版社，1992:23.
[3] 古本小说集成 [M]. 上海：上海古籍出版社，1992:38.

在表现战场上被杀落马的情况时，多用"金盔倒卓，两脚登空""如龙骏骑已空回，似虎将军还落马"两句套语：

  冯亭出阵，与蔡仇接战。才三十合，冯亭诈败，蔡仇赶杀。被冯亭翻身举起月斧，砍落。只见蔡仇金盔倒卓，两脚登空。诗曰：如龙骏骑已空回，似虎将军还落马。[1]
  二将才斗三十合，王翦举刀斩落，只见卓成金冠倒卓，两脚登空，如同春梦。[2]

  平话中"金盔倒卓"使用6次，"两脚登空"使用9次，两者既可连用，也可分开使用，形式灵活。"金盔倒卓"还有"金冠倒卓"的变体，"两脚登空"亦有"两脚腾空"的变体，"如龙骏骑已空回，似虎将军还落马"一句，还见有前后两句颠倒顺序的情况，可见套语在使用时，形式灵活，变化多端，极力渲染战争中砍杀落马的危急情况。

  上述对战争场景的描述性套语，是变文"横尸遍野"套语运用更高级的形态，"横尸遍野"是从大处落笔、高处挥墨，从宏观角度对战争的惨烈进行刻画，而"都来一点无情物，透甲穿袍一命休""金盔倒卓，两脚登空"等套语，是在小处刻画、细处着墨，细致入微地刻画两军厮杀的惨烈，画面感更强劲，听众也更容易产生代入感。

  讲史小说多叙战争兴废更替之事，故事中的人物常常处于一种命运无常、朝不保夕的状态，对于关键人物命运的关注成为小说推进的一个焦点。《全相五种平话》中，每当人物处于性命攸关的关键时刻，

---

[1] 古本小说集成[M].上海：上海古籍出版社，1992：23.
[2] 古本小说集成[M].上海：上海古籍出版社，1992：54.

第八章　敦煌变文叙事对后世中国文学的影响　<<<

常常会运用"性命如何"的套语，以"性命如何"为基础，分别衍生出"未知性命如何""看××性命如何""××性命如何"三种结构，如：

> 二骑安排刀斧前来，喝手下众人，得手便拿。太子走不迭，未知性命如何？[1]
>
> 看张左君、王傲性命如何？当有仙童喝猛兽，不得伤人。[2]
>
> 袁达性命如何？诗曰：才离白虎黄幡难，又值丧门吊客灾！[3]

由此可见，在平话中每当到了人物命运的关键时刻，讲述者总要向观众卖关子，挑逗观众的情绪，一句"未知性命如何？"的套语便吊足观众胃口。

后世文学对变文套语表达方式的继承，其范围非常广泛。套语的运用不仅大量使用于讲史类的平话中，在后世其他题材的文学作品中的使用情况也蔚为大观，只是随着历史变迁与文学发展，套语的形式也在不断更新，如后世拟话本"三言""二拍"，作为世情小说的代表，丝毫不吝对于套语的使用。"三言""二拍"中，每当作者要描述主人公进入危险地步时，会出现"猪羊送屠户之家，一脚脚来寻死路"的套语，如《古今小说》（《喻世明言》）中第四卷《闲云庵阮三偿冤债》：

---

[1] 七国春秋平话[M]. 上海：中国古典文学出版社，1955：68.
[2] 七国春秋平话[M]. 上海：中国古典文学出版社，1955：62.
[3] 七国春秋平话[M]. 上海：中国古典文学出版社，1955：55.

到黄昏人静，悄悄地用一乘女轿抬到庵里。尼姑接入，寻个窝窝凹凹的房儿，将阮三安顿了。分明正是：猪羊送屠户之家，一脚脚来寻死路。[1]

《醒世恒言》卷三十三《十五贯戏言成巧祸》：

一路出城，正值秋天，一阵乌风猛雨，只得落路，往一所林子去躲，不想走错了路。正是：猪羊走屠宰之家，一脚脚来寻死路。[2]

《二刻拍案惊奇》卷四《青楼市探人踪红花场假鬼闹》：

只因此一去，有分交：半老书生，狼藉作红花之鬼；穷凶乡宦，拘挛为黑狱之囚。正是：猪羊入屠户之家，一步步来寻死路。[3]

这里三种表达方式稍有不同，但只在"送—走—入""屠户—屠宰""一脚脚—一步步"三处稍有出入。整体来看，句型结构相似，情感内容相同，差别不构成标志性属性，三者仍属于同一种套语表达方式。"三言""二拍"中，诸如此类的套语表达比比皆是，如形容主人公屡遭厄运的"屋漏更遭连夜雨，船迟又遇打头风"（今天演化为"屋漏偏逢连夜雨"这一俗语）；劝诫世人要懂得感恩图报的"得

---

[1] 冯梦龙. 古今小说上海：北京：人民文学出版社，1984：95.
[2] 冯梦龙. 醒世恒言上海：北京：人民文学出版社，1994：703.
[3] 凌濛初. 二刻拍案惊奇上海：西宁：青海人民出版社，1981：84.

第八章　敦煌变文叙事对后世中国文学的影响　<<<

人济利休忘却，雀也知恩报玉环"；讽刺老朽冥顽不灵、腐朽老化的"老龟蒸不烂，移祸于空桑"；劝世人不要贪婪美色的"二八佳人体似酥，腰间仗剑斩愚夫。虽然不见人头落，暗里教君骨髓枯"，套语的表达不一而足。世情小说受众群体范围广泛，为了达到博人眼球、引人入胜的目的，往往加入劝诫成分，劝诫世人在情欲中及早抽身，劝诫世人行善积德、知恩图报，不仅符合历朝历代国家层面的主流价值倾向，也迎合底层读者向善的心理。

　　古代小说中，套语的运用其形式大于内容，重复性的表达不仅满足叙事的需要，也为说话者减轻了叙事负担。套语最初的使用是为了便于叙事，每当出现相同或者相似的情节时，作者便从叙事经验中运用现成的套语直接叙事。作者在进行创作时，要厘清行文脉络，把控庞大的叙事结构。因为套语是人们耳熟能详的表达，在遇到相似的情节时，套语的使用会大大减轻叙事负担，降低读者理解的难度，是一种乱中取巧的叙事方法。随着后世叙事技巧的不断发展，套语渐渐凝结了普通民众的集体智慧，而发展成为一种约定俗成、为大家所喜闻乐见的日常表达（屋漏偏逢连夜雨），而充满道德劝诫意味的一些套语，则渐渐演化为一种形式短小的格言警句。

　　变文套语对后世小说的影响表现在方方面面，这里的探究只是冰山一角、抛砖引玉。后世小说在合理继承的过程中，也根据自身文体特征需要，进行有益革新，如章回小说每当一章结束时便出现"欲知后事如何，且听下回分解"，这是源于后世章回小说的长篇巨制，无法一次性讲完，便选择在一些关键情节处戛然而止，让听众意犹未尽，为下一场的说话表演提前招揽听众。

第五节　情节、结构之于后世小说

敦煌变文说唱佛经故事的作品中，有一篇浩荡经典《降魔变文》，郑振铎先生称之为"和《维摩诘经变文》是唐代变文里的双璧，唯篇幅较短，但乳虎虽小，气足吞牛"[1]。此篇如此震撼后人，不仅在于其文辞的闪耀，更在于天马行空的想象以及奔放豪迈的气势，宏伟奇丽、蔚为壮观。这篇作品主要叙述须达买地修建伽蓝所引起的一系列故事，其中惊心动魄的情节是舍利弗和六师外道斗法的故事，"师凡六次输败，遂服佛家法力，不再与佛为敌"，这段文字描写高超而活泼，后世很多古典神魔小说中对斗法的描写，均受到《降魔变文》的影响，诸如《西游记》中孙悟空和二郎神的斗法，以及《封神演义》中描写的多次斗法，很显然是受到《降魔变文》斗法情节的影响。在《降魔变文》中，舍利弗和六师斗法共经历了六个回合：

	六师	舍利弗	结果
第一回合	宝山	金刚	舍利弗赢
第二回合	水牛	狮子	舍利弗赢
第三回合	七宝池	大象	舍利弗赢
第四回合	毒龙	金翅鸟王	舍利弗赢
第五回合	二鬼	毗沙天王	舍利弗赢
第六回合	大树	风神	舍利弗赢

在每一个回合中，都是六师先行幻化，舍利弗变换法术，轻松应对，法力无边。六师纵然有很大威力，但每一次的幻化不论是毒龙还是水牛，

---

[1]　郑振铎. 中国俗文学史 [M]. 北京：中国文联出版社，2009：140.

第八章 敦煌变文叙事对后世中国文学的影响 <<<

尽被舍利弗一一化解，六师最终败下阵来，而佩服佛家的威力，从此再不和佛家对立。这样的故事情节，显然和后世《西游记》中孙悟空大闹天宫，和如来佛祖斗法但终未逃出佛祖手掌心的故事有很多相似之处，从这一情节来看，《西游记》是借鉴变文中的斗法情节。

《降魔变文》中舍利弗和六师的每一次斗法，都写得形象而生动，今天读来宏伟绮丽、蔚为壮观，即便是以《西游记》中相似斗法情节对比读之，《降魔变文》也毫不逊色。以下摘取舍利弗和六师的第一次斗法情节，体会斗法场景描写的生动和场面的激烈。

  六师闻语，忽然化出宝山，高数由旬。钦岑碧玉，崔嵬白银，顶侵天汉，丛竹芳薪。东西日月，南北参晨（辰）。亦有松树参天，藤萝万段，顶上隐士安居。更有诸仙游观，驾鹤乘龙，仙歌缭乱。四众谁不惊嗟，见者咸皆称叹。
  舍利弗虽见此山，心里都无畏难，须臾之倾（顷），忽然化出金刚。其金刚乃作何形状？其金刚乃头圆像天，天圆只堪为盖；足方万里，大地才足为钻。眉郁翠如青山之两崇（重），口哜哜犹江海之广阔。手执宝杵，杵上火焰冲天。一拟邪山，登时粉碎。山花萎悴飘零，竹木莫知所在。百僚齐叹希奇，四众一时唱快。故云金刚智杵破邪山处，若为：
  六师忿怒情难止，化出宝山难可比。
  崭岩可有数由旬，紫葛金藤而覆地。
  山花郁翠锦文成，金石崔嵬碧云起。
  上有王乔丁令威，香水浮流宝山里。
  飞仙往往散名华，大王遥见生欢喜。
  舍利弗见山来入会，安详不动居三昧。

应时化出大金刚，眉高额阔身躯礧。
手执金杵火冲天，一拟邪山便粉碎。
外道哽噎语声嘶，四众一时齐唱快。[1]

　　这一段虽为全文冰山一角，但可以窥探到变文描写手法的高超，文中使用比喻手法："眉郁翠如青山之两崇（重），口煆煆犹江海之广阔"，将金刚的威严与壮美尽收眼底，又通过山花飘零、竹木莫往的侧面衬托，更将金刚手执宝杵、火焰冲天的气势渲染无遗。

　　后世《西游记》中有一处情节，与舍利弗和六师斗法的情节颇为相似，这里对比读之，更能一目了然地看出其对《降魔变文》情节、结构方面的借鉴。在《西游记》第四十六回《外道弄强欺正法，心猿显圣灭诸邪》中，虎力大仙、鹿力大仙、羊力大仙来到车迟国为皇上求雨，皇上将三者奉为国师，并且受其蛊惑，在国家内实行敬道灭僧的政策，举国上下大肆宣扬道教，驱逐佛教僧徒做苦役，佛教僧徒被虐致死无数。唐僧师徒来到车迟国，悟空幻化为道徒，打探情况查明原因，救五百佛家子弟，也因此而获罪于号称"三仙"的国师。为了倒换关文，师徒一行人来到大殿之上，国师因昨夜孙悟空打死徒弟、释放众僧之事，心怀憎恨，恰逢百姓前来祈求国师兴云布雨，报仇之绝佳的机会，怎可轻易放过？一场斗法不可避免。接下来，孙悟空与三位国师进行了六个回合的斗法：

---

[1] 黄征，张涌泉校注. 敦煌变文校注 [M]. 北京：中华书局，1997:564.

第八章　敦煌变文叙事对后世中国文学的影响

	内容	情节	结果
第一回合	与虎力大仙比求雨	悟空与风、雨、雷、电各仙约好信号，唐僧求雨成功	唐僧胜
第二回合	与虎力大仙比"云梯显圣"坐禅	鹿力大仙变臭虫扰乱唐僧注意力，悟空变蜈蚣叮咬虎力大仙	唐僧胜
第三回合	与鹿力、羊力、虎力比"隔板猜枚"	唐僧与国师猜柜中之物，又分为三个情节： 与鹿力：宫衣—破烂流丢一口钟 与羊力：仙桃—桃核 与虎力：道童—和尚	唐僧胜
第四回合	与虎力大仙比砍头	悟空砍下头颅还能长出，虎力差土地害悟空未成；虎力砍头，悟空变一黄狗衔头丢于御水河边，虎力死，现出原形	悟空胜
第五回合	与鹿力大仙比剖腹剜心	悟空剖腹安然无恙，鹿力剖腹悟空变一饿鹰叼走鹿力的内脏，鹿力亡	悟空胜
第六回合	与羊力大仙比滚油锅洗澡	悟空滚油锅安然无恙，并找来北海龙王破了羊力的"冷龙"之法，羊力滚油锅死亡	悟空胜

　　车迟国斗法是《西游记》里一个十分有趣而又富含深意的故事。在这个故事里，唐僧师徒四人与虎力大仙、鹿力大仙、羊力大仙经过六个回合的斗法，最后将虐待僧侣、祸害一国的三个妖邪成功除掉，也辛辣地讽刺了车迟国国王的昏庸无能、毫无主见的个性。这一情节和《降魔变文》相比，能够看到很多共性，相同的斗法情节描写，相似的回合结构建构，妖邪一方先行幻化，正义一方轻松化解，如此反复。在两者斗法情节中，所有情节均由一根主线（邪不压正）贯穿其中，每一回合相对独立，构成更小的情节单位，仿佛缀于葡萄藤蔓之上的颗颗葡萄，紧凑而有序，紧张而生动，这种独特的葡萄藤结构显然有着《降魔变文》叙事结构方法传承的痕迹。

　　《敦煌变文》历经千年，虽曾经惨遭打击，蒙尘而销声匿迹，但

— 273 —

其生动的情节以及优秀的叙事结构方法以众多的途径传承于后世,在后世历朝历代文人中传承、借鉴,更以其独特的结构,散发着亘古魅力。

第六节 程式化描写之于后世小说

敦煌变文中有许多程式化描写,如表示时间的"不经旬日""逡巡之间";表达情感的"喜不自胜""自扑搥凶(胸)";表现战争惨烈的"横尸遍野""满路僵尸";描写人物外貌的"年登二八""手垂过膝",这些程式化描写常常出现在相似的情节中,不时给人似曾相识的感觉,表现出程式化、类型化的特点,也为后世文学所借鉴。

程式化描写不仅体现在简单的遣词造句中,也体现于描写手法上。以战争描写为例,在敦煌变文中,有关于战争场面的描写,都是遵循同一种范式,即一方出击,一方沉着化解;一方意欲反杀,一方冷静应对,如此反复。如《韩擒虎话本》中,韩擒虎与任蛮奴两军对峙,任蛮奴排一"左掩右夷(移)阵",韩擒虎遂命令"簸旗大喊,旗亚齐入,若一人退后,斩刹(杀)诸将"[1]。一时间,任蛮奴排兵布阵土崩瓦解;之后任蛮奴又排一"引龙出水阵",韩擒虎以"五虎拟山阵"轻松化解,任蛮奴心服口服,倒戈卸甲投降。这段战争场景的描写紧张而激烈,两将相斗,一将排兵布阵,一将沉着应对,一将兵败意欲反杀,一将冷静轻松化解,这种程式化的回环往复在战争场景中处处可见。

---

[1] 黄征,张涌泉校注. 敦煌变文校注 [M]. 北京:中华书局,1997:302.

第八章　敦煌变文叙事对后世中国文学的影响 <<<

后世关于战争场景的描写，蹈袭了变文的这种模式，以元刊《秦并六国平话》为例，但凡出现战争场景，基本都是两将相斗，一将施计诈败，一将乘胜追击，诈败之人回头反杀，逆袭成功，这种模式层出不穷，比比皆是。在《七国春秋平话》中，有很多排兵布阵的描述，乐毅、孙膑斗阵，乐毅布下"九天玄女阵"围困袁达，孙膑布"青龙出水阵"擒获乐毅，黄伯杨布"迷魂阵"围困孙膑，鬼谷子临危破阵救出孙膑，整个战场排兵布阵的描写，和《韩擒虎话本》中韩擒虎与任蛮奴之间的较量雷同，均是一方布阵，一方破阵，即便攻守易位，战争仍没有停顿，布阵、破阵还会循环往复。值得一提的是，每一次斗阵场面，不论被描述得何等光怪陆离、五花八门，其实质只是变换不同阵势名称，每一次斗阵的描写，基本遵循同一种套路或模式，细细体味，并没有新奇之处。

不论是变文中的《韩擒虎话本》，还是后世《七国春秋平话》，两者均为口头表演艺术，观众关注的焦点并不是内容与结构的雷同重复，其战斗时激烈的交锋、热闹的场面、魔幻的色彩、胶着的对峙，在绘声绘色的重复讲述中非常引人入胜，这些程式化描写也成为扣人心弦、喜闻乐道的内容，是一种形式超越于内容的有趣现象，而观众更是乐此不疲、百听不厌。

需要指出的是，传统文学理论中均认为内容高于形式，"我们应从内容出发选择和创造形式"[1]，但不可否认的是，形式对艺术表现也具有巨大的能动作用。童庆炳在《文学理论教程》中曾说："在文学作品中，内容居于主导地位，形式从属于内容，但这不等于形式是

---

[1]　童庆炳. 文学理论教程 [M]. 北京：高等教育出版社，1998:152.

消极的、被动的。恰恰相反，形式具有巨大的能动作用。"[1]战争场景描写的程式化，显然是形式高于内容的一种体现，源于作品说唱的特征。当作品超越纯文本，而与说唱伎艺相结合时，会出现"形式高于内容"的反转，此时作品内容已不再是主体，形式是否吸引听众成为演绎的关键。《韩擒虎话本》以及后世说唱艺术中有关战争的程式化描写，听众虽然早已知道结局，但仍然久久不愿离去，对此百听不厌，程式化的情节并没有被听众所厌弃，反而成为让人着迷的载体，说书人在反复的程式化情节渲染中，不断挑逗着听众的情绪，渲染着紧张激烈的气氛，加之抑扬顿挫的演绎、婉转悦耳的唱腔、装点美妙的身段等形式高于内容的手段，形式美已经成为众人审美关照的核心对象，而内容退居其次。

敦煌变文有许多人物外貌与服饰的描写，多见于人物出场时，描写方式通常是叠加大量比喻，用美轮美奂的喻体赞美人物的独特与美好，也形成一种典型的程式化描写方式。如《伍子胥变文》中赞美秦女：

> 臣闻秦穆公之女，年登二八，美丽过人：眉如尽月，颊似凝光；眼似流星，面如花色；发长七尺，鼻直额方，耳似珰珠，手垂过膝，拾指细长。"[2]

又如《庐山远公话》中赞美远公的：

> 身长七尺，白银相光，额广眉高，面如满月，发如涂漆，

---

[1] 童庆炳.文学理论教程[M].北京：高等教育出版社，1998:153.
[2] 黄征，张涌泉校注.敦煌变文校注[M].北京：中华书局，1997:1.

第八章　敦煌变文叙事对后世中国文学的影响

唇若点朱，行步中王，手垂过膝。[1]

以上内容皆以比喻描述人物容貌与服饰，但敦煌变文不是首创，在《诗经》中可看到比喻描写方法的运用，《诗经·卫风·硕人》中的第二小节，即用大量比喻描写美人的姣好姿态："手如柔荑，肤如凝脂，领如蝤蛴，齿如瓠犀。螓首蛾眉，巧笑倩兮，美目盼兮。"[2] 描写中的比喻如美术中的工笔、素描，细腻而传神，精致而富有韵味。

描写美人，对身体各个部位逐一寻找喻体进行替代，是古人早已贯通的一种创作技巧。古人多用柳、月、山形容美人之眉，用星、水、波形容美人之目，以花形容美人之面，以凝脂形容美人之肤，但喻体毕竟有限，无外乎山、水、花、月等一系列蕴含美的自然之物，而美人在作品中却比比皆是，使作者在运用比喻时出现千人一面的脸谱化效果。因此，对容貌的程式化描写方式和比喻手法的运用分不开。

后代文人很好地借鉴了以喻摹人的技法，喻体的选择有限，也出现了很多模糊的人物塑造，面如桃花、眼似秋水、唇若胭脂、齿如皓月、眉似柳叶、肤如凝脂、指如春笋、足如金莲、杨柳细嫩小蛮腰、身姿轻盈如飞燕，这种描写看似细处着墨、工笔勾勒、具体形象，但因千人一面，宏观上陷于模糊雷同而让人无法明晰，反而使人物失去独有的个性，如《喻世明言》卷六《葛令公生遣弄珠儿》中，对弄珠儿美貌的刻画：

那弄珠儿生得如何？目如秋水，眉似远山。小口樱桃，细腰杨柳。妖艳不数太真，轻盈胜如飞燕。恍疑仙女临凡世，

---

[1] 黄征, 张涌泉校注. 敦煌变文校注 [M]. 北京：中华书局, 1997:257.
[2] 程俊英. 诗经译注 [M]. 上海：上海古籍出版社, 1985:104.

西子南威总不如。[1]

又如《警世通言》卷三十《金明池吴清逢爱爱》对褚爱爱美貌的描写：

眼横秋水，眉拂春山，发似云堆，足如莲蕊，两颗樱桃分素口，一枝杨柳斗纤腰。未领略遍体温香，早已睹十分丰韵。[2]

再如《喻世明言》卷四《闲云庵阮三偿冤债》对玉兰的描写：

那女孩生于贵室，长在深闺，青春二八，真有如花之容，似月之貌。[3]

再如《清平山堂话本》中《戒指儿记》对玉兰的描写：

那女孩儿生于贵室，长在深闺，青春二八，有沉鱼落雁之容，闭月羞花之貌。况描绣针线精通，琴棋书画，无所不晓。[4]

细细品味以上对人物外貌的描写，看似具体，实则模糊，很难从比喻中看出三人独有的特征，这种描写脸谱化的现象，不能归咎于古

---

[1] 冯梦龙. 古今小说. 北京：人民文学出版社，1984：113.
[2] 冯梦龙. 警世通言. 北京：人民文学出版社，1956：462.
[3] 冯梦龙. 古今小说. 北京：人民文学出版社，1984：85—86.
[4] （明）洪楩，辑；程毅中，校注. 清平山堂话本校注 [M]. 北京：中华书局，2012：382.

第八章 敦煌变文叙事对后世中国文学的影响

人想象力的贫乏，而是古代文人叙事传统和叙事心理历经千年不断传承的必然结果。与敦煌变文相比，后世小说对人物进行程式化描写有了更大进步，喻体的选择更加多样化，描写篇幅也不断增加，更加难能可贵的是，这种程式化的描写渐渐变成一种文人故意为之的创作手段，在"同中之异"中更加彰显人物特色。

这种"同中之异"涉及文学理论中的"避"与"犯"问题。古代文人在小说创作中不免于程式化描写，但也应注意到，作者会在看似相同的情节中追求一种丰富多彩的"同中之异"，是一种"避"与"犯"的关系。所谓"犯"，指故事类型的重复，是相同或相似的情节在小说中重复出现；所谓"避"，是故事类型的变化，指同中求异，寻找不同点，使情节富于变化。文人在进行文学创作时，为了追求丰富多彩的"同中之异"，常常采用"犯中求避法"，是在不断重复中寻找新意，于重复中求变化，在相同的场面、情节、人物中抓住各自的特殊性，从而作出不同的艺术处理。如《三国演义》中的"三顾茅庐""七擒孟获"；《水浒传》中的武松打虎、李逵打虎等情节，均是运用"犯中见避"法的范例。以下是《水浒传》中看似重复的情节描写：

打虎	武松打虎	李逵打虎
偷汉	潘金莲偷汉	潘巧云偷汉
劫法场	江州城劫法场	大名府劫法场

这些情节的程式化重复看似雷同，但没有考虑到"避"的问题，重复中见新奇，"犯"的巧妙，"避"的及时，欲"避"故"犯"，同中求异，正是施耐庵创作《水浒传》的高明之处。当然，能够在程式化描写中表现出不同的内在特点，并不是所有文人能够做到的，只有少数作者对此能够翻手为云、覆手为雨。因此，对于具体的作品在描写程式化问题上，需要站在理论的高度具体分析，不能一概而论、仅凭想象。

第七节　故事母题的传承

敦煌变文是唐代僧人为了宣扬佛教而创造出的一种以说唱故事演述佛理的文体，其形式本身是为了迎合广大听众的需求。因此，变文的说唱间行、图文结合方式更接地气，也更为广大听众喜闻乐见，而喜闻乐见的形式必然要支撑起喜闻乐见的故事内容，才能使变文在一定程度上获得社会认可，获得听众支持。佛教将目连救母的故事母题编入变文题材中，以丰富的故事情节、恢弘的场景渲染，成为变文作品中的精华之作。

唐朝之前，佛教经文中早有目连救母的故事，随着佛教在中国的传播，目连救母的故事更是在社会上产生了广泛影响。到了唐朝，僧人将这一母题作为俗讲素材编入变文，所不同的是，初始的目连经文内容简单、形式单一，而变文形式下的目连救母故事漫长而曲折，还增加了许多人物对话，内容更加丰富，形式日臻完善，字数也增加了数十倍之多。这样丰富曲折的故事情节，对后世戏曲文学也产生了直接而深刻的影响，变文中目连救母的母题也为后世戏曲文学加以继承，至今在地方戏中仍有许多剧种保留了目连救母的剧目。

《目连变文》在后世很容易成为戏曲脚本，因为戏剧追求一定长度，而变文中人物对话也可以根据需要适时地转变为角色说唱的曲白，一切变化在后世传承中都变得顺理成章。从音乐性来讲，变文演唱在展示变相图时会结合韵文唱词，因此变文有许多定型而成熟的乐曲，这些曲调也可以适时转化为戏曲音乐，为后世戏剧音乐的发展提供借鉴。

第八章　敦煌变文叙事对后世中国文学的影响　<<<

因此,"目连救母"这一创作母题成为后来戏剧、宝卷的张本,至今在民间尚有很大魅力。

变文离戏曲的距离非常近,"目连救母"的创作母题,由于转变为戏曲较为容易,在后世戏曲中多有传承。在中国早期戏曲宋杂剧中出现了《目连救母》剧目,孟元老《东京梦华录》卷八中有云:"七月十五日中元节。先数日,市井卖冥器、靴鞋、幞头、帽子、金犀假带、五彩衣服,以纸糊架子盘游出卖。潘楼并州东西瓦子亦如七夕。耍闹处亦卖果食、种生、花果之类,及印卖《尊胜目连经》。又以竹竿斫成三脚,高三五尺,上织灯窝之状,谓之'盂兰盆',挂搭衣服冥钱在上焚之。构肆乐人,自过七夕,便般《目连救母》杂剧,直至十五日止,观者增倍。"[1] 可见在宋代,"目连救母"这一母题在戏剧中得到传承。经过几十年的探讨、求证,当今学术界已基本取得共识,即宋朝《目连救母》是我国戏曲形成初期比较完整而恢弘的一个剧目。

关于《目连救母》戏剧的演出时间,学术界看法不一,有的说是连演七八天,有的说是七八天,每天重复演出相同内容,从遗存于今日的文献资料来看,即便只能演一天,其剧目内容也十分成熟。因此,《目连救母》剧目是早期宋杂剧的翘楚,对戏剧发展产生了积极影响,而这一大型而成熟的剧目,是在佛教温床上孕育出来的,"目连救母"这一母题在经历了佛经教义、唐朝《目连变文》之后,在宋朝又以戏曲的新形式得到传承,并在后世不断继承和发展,金院本有《打青提》,元杂剧有《行孝道目连救母》《目连入冥》,明万历年间,郑之珍有《新编目连救母劝善戏文》等,均是对这一母题的继承和发展,时至今日仍长盛不衰。

---

[1]　(南宋)孟元老. 东京梦华录[M]. 北京:北京联合出版公司,2017:112.

以上从微观角度考察了"目连救母"故事母题在后世戏剧文学中的传承,再从宏观着墨,进一步考察以目连故事为代表的"入冥"母题对后世文学的影响,对接后世"宝卷"这种特殊的文体。以"宝卷"为例,考察敦煌变文"入冥"母题在宝卷中的继承与蜕变。

　　宝卷是明清两代以及民国时期在民间流传的一种宗教性质的说唱底本,和唐代变文一样,最初都是在佛教影响下产生的,均是一种以通俗方式宣扬教义的手段。宝卷在历史变迁中,虽然渐渐脱离佛教教义而不断世俗化,但不可避免故事均带有宗教因素,比如"游地狱"情节,在宝卷中比比皆是。这一"入冥"母题是中国本土冥界观与佛教地狱观相结合的产物。

　　两汉时期,佛教传入中国,"地狱"概念以及带有刑罚、审判的佛教地狱观才传播开来,与中国传统的本土冥界观相结合,渐渐为人们所接受,并渐渐走入文学,"入冥"成为文学的一个重要母题,在后世不断传承。

　　"入冥"的母题,最早见于汉魏六朝,但尚没有提及"地狱"这一概念,真正对"地狱"进行描写是在南北朝时期。南北朝时期,刘义庆的《幽明录》中所叙赵泰故事,首次使用"地狱"的概念,成为现存最早、最为完整描写冥界的作品,但其创作目的显而易见,不外乎宣扬教义。到了唐朝,以"入冥"母题为蓝本的作品大量涌现,《玄怪录》《续玄怪录》中的《杜子春》《董慎》《崔环》等篇目,均是"入冥"故事。在唐时敦煌变文中,甚至出现专门演绎"入冥"母题的作品,如《唐太宗入冥记》《大目乾连冥间救母变文》,其中大量笔墨描写阿鼻地狱、刀山剑树地狱、铜柱铁床地狱的刑罚与审判,令人不寒而栗。

　　"入冥"母题后世不断继承和发展,宋元话本、《西游记》、《聊斋志异》、《阅微草堂笔记》等,都有"入冥"母题的精彩演绎。从

第八章 敦煌变文叙事对后世中国文学的影响

文学发展来看，后世有关"入冥"母题的作品文学性大大增强，作者借地狱以警醒世人，使得"入冥"故事广泛流传，并在后世成为文学长期流行的母题之一。

明清宝卷存在大量"游地狱"的情节，一方面是"入冥"母题发展到明清时期，在民间说唱文学中的传承；另一方面，这一母题也在悄然发生蜕变。首先，前代演绎的"入冥"故事，大都简单，而宝卷塑造的"入冥"故事，尤其对地狱样貌和结构的描述相比以往任何一部作品都更加详细。宝卷中对于地狱的描写，在很大程度上继承了佛教经文中对其样貌的描述，也增加了大量普通民众对地狱的想象，如《三世修行黄氏宝卷一卷》（清刻本）中对阎罗宝殿之上阎王问奏黄氏女的描写："重重地狱多游到，阴司真个苦伤心。过了十八重地狱，前面就是十王庭。阎罗天子堂殿坐，二童交票禀知因。赏善判官忙启奏，相请黄氏见阎君。"[1] 显然是佛经中有关地狱描写糅合了民众的想象而来，也可推断出宝卷的作者应该具有佛教信徒和民间说唱艺人的双重身份。

其次，宝卷中的"入冥"母题相较于前代作品，更加突出地狱的恐怖以及地狱审判与大小刑法的残酷，如《王大娘游十殿宝卷一卷》（旧抄本）中对血湖地狱和锯解地狱的描述："大娘看见血湖池，池内在是女人身。还有毒蛇盘颈根，乱撩咬人苦伤心。也有人身吃完了，也有吃了剩半身。大娘丢入池中去，满身咬得碎纷纷。受了七日并七夜，又到六殿问罪名。"[2] "锯解地狱罪难过，两人扯锯不留停。头上锯

---

[1] 中国宗教历史文献集成编纂委员会．民间宝卷（第十六册）[M]．合肥：黄山书社，2005，民 16:367.

[2] 中国宗教历史文献集成编纂委员会．民间宝卷（第十六册）[M]．合肥：黄山书社，2005，民 16:292.

到脚上去,一人锯开两边分。五脏六腑多流出,鲜血放下恶狗吞。受了七日锯解罪,押到九殿再施刑。"[1] 地狱刑罚被如此形象地进行渲染,残酷而令人毛骨悚然。

再次,宝卷中的"入冥"母题在突出地狱恐怖以及大小刑罚的残酷时,作者还根据世俗的世界,加入民间对冥界的想象,这里的冥界不再是一个超脱于现实的幻想境界,而是在一定程度上被世俗化了的空间。如《王氏女三世卷上下两卷》(清刻本)中写到一个极富有民间世俗色彩的枉死鬼城市:"城中尽是买卖做,鬼做客人鬼开张。鬼屋鬼店鬼市镇,鬼来做酒鬼来沽;鬼舂米来鬼扛斛,鬼挑鬼担鬼来量;鬼买柴来鬼烧火,鬼打油车鬼磨房;鬼买盐时鬼买菜,鬼蒸鬼吃鬼茶汤;鬼造桥来鬼起屋,鬼裁鬼剪鬼衣裳;一座城中都是鬼,鬼城鬼市鬼街坊。"[2] 这里对地狱的描写已经脱去佛教中阴森恐怖的特点,取而代之的是世俗的丰富与市井的热闹,这种想象充分证明了明清宝卷中的地狱已经融入民众的日常生活中,体现出佛教地狱观念在中国本土化的发展趋势,体现"入冥"母题在后世的蜕变。

敦煌变文不论是微观意义上的"目连救母"母题,还是宏观领域中的"入冥"母题,均对后世产生了深远影响,后世宝卷、小说、戏剧等众多文体均从中汲取了营养。故事母题的传承,源于后世民众对母题的偏爱与接受,后世众多文学体裁纷纷受到故事母题的吸引,展现出世代传承性与延续性。如今,这些母题已经远远超出原有的意义范畴,成为中华民族富有教育意义的一种传统文化符号,并且在漫长

---

[1] 中国宗教历史文献集成编纂委员会. 民间宝卷(第十六册)[M]. 合肥:黄山书社,2005,民 16:294.

[2] 中国宗教历史文献集成编纂委员会. 民间宝卷(第十六册)[M]. 合肥:黄山书社,2005,民 16:403.

第八章 敦煌变文叙事对后世中国文学的影响

的传承中不断演变,表现出各个时代不同的母题特征。

敦煌变文无论是观念主旨的传承、押座缘起的运用,还是韵散相间的行文、套语程式的描写,或是葡萄藤结构的串联、故事母题的定型,都对后世文学产生重大而深远的影响。敦煌变文的发现填补了学术界认为宋代以前没有长篇叙事的空白,缝合由唐前短篇小说到宋后长篇小说漫长岁月里演变发展的裂痕,其意义可见一斑。刘进宝在《敦煌学通论》中曾说:"敦煌变文的发现,大大填补了这个空白,使文学史家们在六朝小说、唐人传奇与宋元明说唱文学、戏剧等文体之间找到了中间环节,理出承上启下,继承创新的衔接关系。中国文学史上的一段空白由此得到填补,正是从这个意义上来说,敦煌变文在中国文学发展史上有着特殊的地位和价值。"[1] 由此可见,敦煌变文是文学史上的一座桥梁,贯通唐宋,有了变文,才为宋元话本的产生找到依据,而有了话本,后世才有可能产生"三言""二拍"和弹词、宝卷等,都是唐代变文的直接延续和发展。

敦煌变文的发展,虽遭受了几次打击,但最终的销声匿迹却是在宋真宗时期,宋真宗曾下一纸禁令,将除了道、释之外的一切异教全部废除,变文由僧侣们说唱劝诫的独特形式,也一并被明令禁止。"变文的名称虽不存,躯体虽已死去,虽不能再在寺院里被说唱,但却幻身为宝卷,为诸宫调,为鼓词,为弹词,为说经,为说参请,为讲史,为小说,在瓦子里说唱着,在后来通俗文学的发展上遗留下重要痕迹。"[2]

对变文的研究,是探求中国文学,尤其是说唱文学发展规律的一

---

[1] 刘进宝. 敦煌学通论 [M]. 兰州:甘肃教育出版社,2002:358.
[2] 郑振铎. 中国俗文学史 [M]. 北京:中国文联出版社,2009:169.

个极为重要环节。唐代变文是中国古代文学不可分割的重要组成部分，是古代说唱文学的早期形式，也是中国古代小说的一种特殊形式，对后世说唱文学以及小说产生了深远影响，后世话本小说、戏曲、弹词、鼓子词、章回小说等，均或多或少地从变文中吸取营养，虽然变文在宋代消失，但其独特的叙事方式以及表演模式在后世文学的不同分支中均得到继承和发展。

结　语

　　敦煌变文是敦煌文学中的瑰宝，当今学术界甚至有学者认为，敦煌说唱文学就是真正意义上的"敦煌文学"。敦煌变文的形成，源于古代经史子集与诗歌的影响，又经过唐时民间僧侣的加工，经历漫长发展，从而呈现出一种异彩纷呈、虚实相生的面貌。虽然不同的篇目各有特点，叙事情况各不相同，但总体上看，均属于"世代累积型集体创作"范畴，通过一代代文人的附会填充，逐渐形成箭垛式的人物形象和不断丰富的故事情节，而这些变文作品又在内容、情节、结构、思想、体裁、主旨、程式等方面，深深影响后世的小说、戏曲。因此，敦煌变文在中国小说史和民间文学史上具有承上启下的枢纽作用，为古代经史子集与诗歌和后世小说戏曲建立了一座桥梁，从中可以清晰探求到古代叙事文学的发展脉络，看到文学传统的继承与发展。

　　本书运用叙事学的相关理论对敦煌变文进行文本分析，论述敦煌变文在叙事逻辑、叙事时空、叙事视角、叙事语言艺术、叙事形态、叙事结构、程式化叙事等方面展现出来的独特魅力。在变文作品中，作者通过制造丰富多彩的叙事模式，使文本呈现出与唐前小说迥然不同的审美品格，实现叙事方式的转变。

　　通过对敦煌变文进行叙事学的梳理，我们不难看出敦煌变文的叙事成就是斐然可观的，作者通过制造丰富多彩的叙事模式，使敦煌变

>>> 敦煌变文叙事研究

文在叙事逻辑、时空、视角、结构等方面均呈现出独具魅力的审美色彩。通过研究发现，敦煌变文在叙事内容上注意到逻辑，在叙事方式上注意到时空与视角，在人物上注意到心理描写对形象塑造的作用，在形式上注意到结构，其叙事范围也从单纯的人间世界扩展到超现实的空间，在中国文学史上的地位因此得到提高。其他如叙述上的时序、视角的切换与流动、韵散结合、程式化叙事等手段的运用，使变文文本更加富有魅力，成为文本完整构建的基础。

中国古代大多数小说受到古代史传传统和诗骚传统的深刻影响，陈平原在《中国小说叙事模式的转变》一书中曾经论述："影响中国小说发展的不是'史传'或'诗骚'，而是'史传'与'诗骚'。"[1]由此可见，丰富多彩的敦煌变文叙事艺术也在我国古代史传和诗骚中获得丰富的营养。中国古代史传文学开创的叙事传统在敦煌变文作品中多有继承，而除史传传统之外，诗骚所开创的强大抒情传统，在敦煌变文中也得到了很好的继承。第一，从叙事时序上来说，敦煌变文继承了史传文学中以顺序为主的叙事时序，在叙事过程中侧重对故事发生大的时空背景的叙述，在顺序基础上又适时地插入倒叙和预叙，而预叙的方式多由人物以做梦的方式呈现，增强作品的感染力，同时使叙事富有变化。第二，从叙事视角上来看，敦煌变文很好地继承了史传文学第三人称全知的叙事视角，并在此基础上又有所发展，将其演变为一种以第三人称全知叙事视角为主，兼而进行叙事视角的切换与流动，时而进行全局俯瞰，时而通过视角的切换与流动，以角色人物限知视角的方式叙事，尤其是第一人称角色人物限知视角的运用，拉近了叙述者与听众之间的距离，使得叙事更富有变化。第三，从叙事语言艺术方面来看，敦煌变文继承了古代诗歌以诗抒情的传统，形

---

[1] 陈平原.中国小说叙事模式的转变[M].北京：北京出版社，2003:210.

结　语

成敦煌变文独具特色的韵散结合的叙事语言艺术，变文作品中除了用大量散文进行叙事外，还穿插了大量韵文，韵文又以七言句式和五言句式为主，体现出古代七言诗和五言诗对变文的影响。

敦煌变文对后世文学的叙事也产生了深刻影响。刘进宝在《敦煌学通论》中有言："变文的发现，使我们认识到宋代话本、明代'三言''二拍'，以及明清以来弹词宝卷、鼓词的由来，填补了文学史的空白。"[1]由此可见，敦煌变文的叙事方式对后世文学的影响极其深远。第一，敦煌变文开创的韵散相间的叙事模式，深深影响了后世文学。这种韵散相间的叙事模式在当时曾影响唐传奇的叙事；到了宋元以后，相继出现鼓子词、诸宫调、词话、弹词、宝卷以及戏剧文学等说唱艺术，虽然在名称和体制上各自不同，但是可以肯定它们作为说唱文学，都直接或间接地受到敦煌变文韵散相间的叙事模式影响。第二，敦煌变文所创造的超现实叙事时空，对后世小说有深刻影响，后世小说如《西游记》，角色人物可以上天入地，可以穿梭于前生、今生、来世，显然是受到敦煌变文超现实叙事时空的影响，若追溯其渊源，都和变文作品有很深的血缘关系。第三，敦煌变文所固定下来的"目连救母"以及"入冥"等创作母题，也为后世文学创作产生了深远影响，后世小说、戏剧、宝卷等众多体裁均在其中汲取营养，获得源源不断的情感以及内容支撑，使得后世文学纷纷受到故事母题的吸引，在相同故事中生发出新意，展现出世代的传承性。

敦煌变文不论是情节内容的建构，还是思想旨趣的定位，或者说唱风格的开放，均体现出浓郁的民间色彩，从中可以寻找到很多民间文学中常见的人物原型和故事母题，可以感受到浓郁而强烈的民间复

---

[1]　刘进宝. 敦煌学通论[M]. 兰州：甘肃教育出版社，2002：357.

仇观和果报观，变文处处体现出当时社会的价值观念和道德标准，不容否认的是，文学毕竟是时代的投影，通过对敦煌变文的研究，可以窥探到唐时的社会状况、审美心理。此外，敦煌变文作为民间俗文学的桥梁，不论是追溯其源，还是探查其流，均与正统的作家文学有着密不可分的联系，两者在内容、文体、创作方式等方面相互借鉴、相互影响，始终处于一种动态交互的状态中，民间文学中的母题走入文人创作，完成由俗到雅的转变，诗歌、骈文也逐渐融入说唱文学中，突破雅俗曾经泾渭分明的界限，由庙堂走入江湖，完成由雅到俗的转变。后世文人也不再拘泥于雅俗的界限，纷纷加入戏曲、小说的创作中，民间文学与作家文学相互借鉴相互影响，相互注入新鲜血液，成就后世蔚为大观的众多文学奇迹。

总之，敦煌变文以其独特的叙事手法，为大家书写一篇篇极富艺术魅力的优秀篇章，通过曲折复杂的情节、生动的对话、多变的视角以及简洁优美的叙述，敦煌变文传承古代史传与诗骚传统叙事方面的精髓，成为中国叙事文学史上一朵常开不败的艺术奇葩。

参考文献

[1] 周绍良. 敦煌变文汇录 [M]. 上海：上海出版公司，1954.

[2] 周绍良，白化文. 敦煌变文论文录 [M]. 上海：上海古籍出版社，1982.

[3] 王重民，等 [M]. 敦煌变文集. 北京：人民文学出版社，1984.

[4] 周绍良，白化文，李鼎霞. 敦煌变文集补编 [M]. 北京：北京大学出版社，1989.

[5] 黄征，张涌泉校注. 敦煌变文校注 [M]. 北京：中华书局，1997.

[6] 张锡厚. 敦煌文学 [M]. 上海：上海古籍出版社，1980.

[7] 王庆菽. 敦煌文学论文集 [M]. 长春：吉林大学出版社，1987.

[8] 陈垣. 敦煌劫余录 [M]. 北京：中央研究院历史语言研究所. 1991.

[9] 林家平，宁强，罗华庆. 中国敦煌学史 [M]. 北京：北京语言学院出版社，1995.

[10] 姜亮夫. 敦煌学概论 [M]. 昆明：云南人民出版社，1999.

[11] 刘进宝. 敦煌学通论 [M]. 兰州. 甘肃教育出版社，2002.

[12] 罗振玉. 敦煌零拾 [M]. 北京：电子工业出版社，2009.

[13] 富世平. 敦煌变文的口头传统研究 [M]. 北京：中华书局，2009.

[14] 热奈特. 叙事话语·新叙事话语 [M]. 北京：中国社会科学出版社，1990.

[15] 萧相恺. 宋元小说史 [M]. 杭州. 浙江古籍出版社，1997.

[16] 袁行霈. 中国诗歌艺术研究 [M]. 北京：北京大学出版社，1997.

[17] 童庆炳. 文学理论教程 [M]. 北京：高等教育出版社，1998.

[18] 袁行霈. 中国文学史 [M]. 北京：高等教育出版社，2004.

[19] 游国恩. 中国文学史 [M]. 北京：人民文学出版社，2001.

[20] 陈平原. 中国小说叙事模式的转变 [M]. 北京：北京大学出版社，2003.

[21] 章培恒，骆玉明. 中国文学史 [M]. 上海：复旦大学出版社，2003.

[22] 杨义. 中国叙事学 [M]. 北京：人民出版社，2009.

[23] 郑振铎. 中国俗文学史 [M]. 北京：中国文联出版社，2009.

[24] 鲁迅. 中国小说史略 [M]. 北京：中华书局，2010.

[25] 朱熹. 四书章句集注 [M]. 北京：中华书局，1983.

[26] 段玉裁. 说文解字注 [M]. 上海：上海古籍出版社，1988.

[27] 阮元校刻. 十三经注疏（全二册）[M]. 北京：中华书局，1996.

[28] 陈蒲清注释. 《四书》[M]. 广州. 花城出版社，1998.

[29] 石峻. 中国佛教思想资料选编 [M]. 北京：中华书局，1981.

[30] 任继愈. 中国佛教史 [M]. 北京：中国社会科学出版社，1991.

[31] 方立天. 中国佛教哲学要义 [M]. 北京：中国人民大学出版社，

2002.

[32] 南怀瑾. 中国佛教发展史略 [M]. 上海：复旦大学出版社，2007.

[33] 南怀瑾. 楞严大义今释 [M]. 上海：复旦大学出版社，2007.

[34] 张鸿勋. 敦煌说唱文学的体制及其类型初探 [J]. 文学遗产，1982（2）.

[35] 牛龙菲. 国散韵相间、兼说兼唱之文体的来源——且谈变文之"变"[J]. 敦煌学辑刊，1983.

[36] 李骞. 唐变文的形成及其与俗讲的关系 [J]. 敦煌学辑刊，1985.

[37] 舒佩实. 变文在我国小说史上的地位和作用 [J]. 贵州大学学报（社会科学版），1985（4）.

[38] 舒佩实. 论变文在我国小说史上的地位和作用 [J]. 贵州大学学报（社会科学版），1985（4）.

[39] 林家平，宁强，罗华庆. 十年代关于变文及"变"字的研讨 [J]. 兰州学刊，1985（6）.

[40] 曲金良. "变文"名实新辨 [J]. 敦煌研究，1986（2）.

[41] 曲金良. 敦煌写本变文、讲经文作品创作时间汇考——兼及转变与俗讲问题（续完）[J]. 敦煌学辑刊，1987（2）.

[42] 席臻贯. 敦煌变文与后世曲艺戏曲关系 [J]. 中国音乐，1992（3）.

[43] 席臻贯. 敦煌变文对后世曲艺戏曲的影响 [J]. 丝绸之路，1993（2）.

[44] 李润强.《降魔变文》、《破魔变文》与《西游记》——谈敦煌变文和古代神话小说的渊源关系 [J]. 社科纵横，1994（4）.

[45] 柴剑虹. 敦煌古小说浅谈 [A]. 敦煌学国际研讨会文集，1995.

[46] 徐志啸. 敦煌文学之"变文"辨 [J]. 中国文学研究, 1997 (4).

[47] 杨柳. 敦煌说唱文学影响拾零 [J]. 甘肃广播电视大学学报, 1999 (2).

[48] 陶利生. 佛教变文与中国戏曲浅探 [A]. 池州师专学报, 2000 (2).

[49] 尹富.《伍子胥变文》与唐代的血亲复仇 [J]. 西南师范大学学报, 2003.

[50] 方文章、王玉瑜. 议变文与戏曲 [J]. 中华戏曲, 2003 (1).

[51] 李紫薇. 试析变文对白话小说的影响 [J]. 贵州民族学院学报（哲学社会科学版）, 2003 (3).

[52] 俞晓红. 论敦煌变文叙事体制的渊源与衍变 [J]. 湛江师范学院学报, 2004 (4).

[53] 李明. 伍子胥变文的文化内涵 [J]. 湛江师范学院学报, 2005 (4).

[54] 富士平. 变文研究的成就与不足 [J]. 南华大学学报（社会科学版）, 2005 (6).

[55] 单方. 论敦煌说唱文学的叙事艺术 [J]. 敦煌研究, 2005 (6).

[56] 俞晓红. 敦煌变文叙事形式叙略 [J]. 洛阳师范学院学报, 2006 (1).

[57] 任映艳. 敦煌说唱文学对后世通俗小说的影响 [J]. 社科纵横, 2006, 21 (10).

[58] 刘晓军. 论俗讲变文对章回小说文体之影响 [J]. 敦煌研究, 2008 (4).

[59] 闫春娟. 敦煌讲史变文叙事艺术再探 [D]. 中国海洋大学, 2008.

[60] 白润. 代变文叙事学例论——兼论变文的小说史意义 [J]. 深圳大

学学报（人文社会科学版），2009（3）.

[61] 王志鹏、朱瑜章. 敦煌变文的名称及其文体来源的再认识 [J]. 敦煌研究，2010（5）.

[62] 张淑乐. 敦煌变文研究综述 [J]. 史志鉴研究，2009（16）（总第209）.

[63] 高岩. 明代历史小说对唐代变文的接受 [J]. 文学评论, 2010（8）.